KB178759

A. J 크로닌 추리소설

사랑과 죽음의 카르테

최 봉 식 옮김

지 성 문 화 사

〈 사랑과 죽음의 카르테 〉

　삶과 죽음을 넘나드는 음모와 배신, 그리고 혁명의 소용돌이 속에서 꽃피는 순결한 사랑! 크로닌 작품 중 가장 흥미롭고 박진감 넘치는 유일한 추리소설!

〈 지은이에 대하여 〉

　A. J. 크로닌은 1896년 스코틀랜드에서 출생하여 1925년 의학박사 학위를 받았다. 1935년 〈모자집의 성〉으로 문단에 데뷔했으며, 작품으로는 〈천국의 열쇠〉, 〈결혼의 조건〉, 〈인생의 도상에서〉, 〈자매의 아름다운이야기〉, 〈고독과 순결의 노래〉, 〈성채〉, 〈젊은날의 고독과 사랑〉 등 다수가 있다.

〈 A. J. 크로닌 추리소설　최 봉 식 옮김　지성문화사 〉

〈 이 책을 읽는 독자 여러분에게 〉

　이것은 크로닌 박사의 작품으로서는 비교적 최근작에 속한다. 연대로 보면「유다의 나무」(1961년)의 전년, 혹은 그전해에　쓰여진 인간사회(1958년) 뒤에 쓰여진 것이라고 추측된다. 불행하게 영어판이 간행되어 있지 않기 때문에 텍스트로는 독일어판(Doktor Murays Auftrg, Paul Zsolnay Verlag, Hamburg, Wien, 1960)과 일어판를 참조하여 번역하였다.

　영어의 원제는 The Native Doctor(토착민 의사)로 되어 있지만, 독일어판 「닥터 말레이의 임무」도 그다지 주제와 합당하다고 생각되지 않고, 일어판의 「사랑과 죽음의 카르테」도 너무나 통속적인 냄새가 나서 역자는 주인공 로버트 말레이가 낙원과 같은 섬에 들어가 이방인처럼 살아가는 것에 착안하여 「의사와 간호사의 아름다운 이야기」라고 제목을 붙였다. 어쨌든, 이 작품은 크로닌 작품 중에서 영어로 책이 간행되지 않은 몇 권의 작품 중 하나란 것을 밝혀 둔다.

스코틀랜드 태생의 로보트 말레이 의사가 뉴욕 병원 근무 중 말할수 없이 부유한 환자인 데프리스의 주치의가 되어 같은 병원에서 근무하는 간호사 메리 벤칠레와 함께 환자의 고향인 남태평양의·작은 섬으로 출장 명령을 받게 되는 장면에서 이야기가 전개된다.

그 열대의 섬에 체재중 환자이자 섬의 유력자인 데프리스가 직면하는 ·혁명적 음모에 휩싸여 데프리스 가문과 주인공 두 사람의 운명이 섬의 토착의사 더 스자의 손에 장악된다. 환자가 건강을 회복해감에 따라 혁명의 유혈소동이 자기들의 편으로 돌아와 생명의 위협을 받게 되고, 그 위협에서 탈출하지 않으면 안된다는 이중의 모험에 직면하게 되는데 이 근처부터 작자 일류의 감각으로 조직된 긴박감과 생생한 묘사에 따라서 주인공 로버트와 벤칠레 간호사가 겪는 숨막히는 서스펜스와 사랑이 독자로 하여금 손에 땀을 쥐게 한다. 너무나도 상세하게 설명하면 오히려 독자의 흥미가 반감될 것 같아 내용소개는 이 정도로 맺는다.

다만, 이 작품의 주요 무대가 되고 있는 서인도제도의 남쪽, 카리브 바다에 있는 산 페리페라는 섬은 실제의 섬이 아니라 작자가 만든 상상의 섬이고, 같은 지명은 남미 칠레의 수도 산티에고 가까이 있는 인구 1만 5천 정도의 마을인 것을 밝혀 둔다. 그리고 카리브 바다와 산 페리페 섬의 묘사는 여행을 좋아하는 크로닌 박사가 그 지방을 방문했을 때 실제로 경험했던 것을 상상으로 그린 것이라고 짐작된다.

옮 긴 이 씀

목 차

1

　　로버트 말레이 의사가 일반 외과에서 요추천자(역자주 : 신경계통의 질환을 진단하기 위하여 제3·제4 요추 사이에 침을 넣어서 수강 속의 수액을 채취하는 일)를 하고 있는 도중에 주임 의사로부터 '황금 해안(골드 코스트)'으로 와 달라는 전화가 걸려 왔다.

　　음습한 2월 오후로 추위도 매섭고 안개가 흩뿌려져 있는 날이었기 때문에 로버트는 정원을 가로질러 가는 길을 피하고, 길고 돌아가는 길을 선택하여 제7과와 제9과의 건물을 빠져 지하도를 거쳐 개인 환자들만 있는 특별병동으로 나왔다.

　　그 건물은-메소지스트 병원의 7동 가운데 하나이지만-언제나 로버트의 마음에 일종의 심술궂은 익살스러움을 떠오르게 하는 것이었다. 그 건물은 회색의 원통으로 된 돌기둥처럼 우뚝 솟아 있어 허드슨 강을 노려보는 화난 거인 같다는 느낌이 들었다.

　　그러나 그 내부는 마치 호화스러운 호텔 모양으로 제복 입은 벨보이가 오가고 1층에는 레스토랑이 있었으며, 매점이랑 당당한 접수부가 있었다. 그 접수부에서는 입원 신청을 받고-약간 운이 좋으면-또 퇴원의 말을 그곳에서 보내 주게 되어 있었다. 전속된 악단은 없었으니까 전체로서 확실히 밝은 외관을 보여 준다고는 말할 수 없었다.

밍크 코트를 몸에 두르고 병문안 온 여자 손님들로 초만원인 엘리베이터가 로버트를 32층으로 날아 올렸다. 온실에서 재배된 꽃의 마비시킬 것 같은 냄새가, 샤넬 5번 향수의 운무를 뿜으면서 로버트를 감쌌다. 이 32층을, 병원에서 근무하는 사람들은 '황금 해한'이라고 부르고 있었다. 이곳에는 특히 부유한, 그렇지 않으면 유달리 세상에 이름이 널리 알려진 환자들만이 입원하고 있었기 때문이었다. 엷은 파스텔 칼라의 색깔로 통일된 병실 안에는 전용 전화, 라디오, 텔레비전, 그리고—뭔가 저의를 감추려고 하는 것처럼—산소호흡기가 놓여 있었다.

복도 옆으로 널찍한 선룸이 있었고, 그곳에서 보는 허드슨 강과 뉴욕 마천루의 경관은 숨이 막힐 정도로 아름다웠다.

이곳에는 회복기의 환자들이 삼삼오오 모여서 깨끗한 환자복을 입고 푹신푹신한 안락의자에 엉덩이를 걸치고 십인십색의 수술 모양에 대해서 상세하게 소견을 붙여서 논하고 있었다. 에딘버러의 고풍스러운 왕립병원의 소박한 시설에 비교하면 너무나 차이가 심하기 때문에 로버트 말레이는 화가 나서 설명할 수 없는 반감을 떠올릴 수밖에 없었다.

그가 복도를 지나가자 도어 하나가 열리면서 주임 의사인 샘 캐링톤 박사가 나왔다. 주임은 60이 넘은 키가 큰 남자로 깨끗이 수염을 깎은 백발의 신사였다. 깊은 생각에 잠기어 몸을 굽히고 아무렇게나 백의를 입고 방심한 표정으로 이쪽으로 걸어왔다. 주임은 힐끗 로버트에게 가볍게 인사를 하고 그의 팔을 잡고 입구 가까이에 있는 작은 사무실로 끌고 갔다. 그리고 주임은 안락의자의 팔걸이에 의지해서 털썩 주저앉았다. 주임은 오전 내내 수술을 계속했던 것이다. 로버트는 상대 얼굴에 나타난 피로의 기색을 물끄러미 바라보았다.

'황금 해안'의 뛰어난 호화스러움에 대해서 사람들이 뭐라고 이야기 하든 병원의 주요한 의사들은 모두 말할 수 없이 제일가는 실력자들뿐이었다.—그렇지 않으면 이런 자리에 붙어 둘 이유가 없는 것이다. 캐링톤은 아마 전 미국에서 가장 우수한 심장외과 의사일 것이다. 그의 수술은 언제나 세상의 이목을 끌었다. 그는 문정맥(역자주 : 척추동물의 위, 창자, 지라, 비장 등 신장을 제외한 내장의 모세관을 돌고 온 정맥의 피를 모아서 간에 보내는 굵은 정맥) 폐쇄의 멋진 신기술을 고안했는데 이것은 세계적으로 유명했다. 그러나, 또한 의사로서 상당히 수완이 있을 뿐만 아니라 지극히 조심스럽고 소극적인 인물이기 때문에 로버트는 그의 성격에 깊게 뿌리 내린 스코틀랜드인 특유의 비뚤어진 근성을 갖는 것조차 주임 앞에서는 피할 수밖에 없었다.

로버트 말레이는 매큐원 재단의 기금으로 에딘버러에서 이곳으로 파견되어 왔다. 미국에 온지 채 1년도 되지 않아 근무지의 변화에 아직 완전히 길들여지지 않은 이유도 있지만 주임과는 매우 가까웠다. 두 개의 정맥을 연결시킬 때 로버트가 아주 사소한 연구를 덧붙였기 때문에 그것이 주임의 관심을 끄는 역할이 되었고, 운도 좋아서, 그 때문에 그는 캐링톤의 사랑도 받고 장래에도 활동할 수 있도록 커다란 기대를 걸고 있었다.

캐링톤은 담배에 불을 붙였다—그가 제1차 대선 이래 애용하고 있는 프랑스의 '골로워즈' 다—그리고 나서 주임은 침묵을 깨뜨렸다.

"데프리스가 이번 주말에 귀국하네." 하고 주임은 조용하고 온화한 버지니아 악센트로 말했다.

"아직 완전히 치유가 된 것은 아니지만 저와 같은 종류의 남자를 이곳에 잡아 둔다는 것은 나가는 것보다 더 해롭다고 생각하지."

로버트는 잠자코 다음 말을 기다렸다. 그 환자에 대한 것은 잘 알고 있다.—비둘기 사냥을 갔을 때 사고로 하복부에 총상을 입었는데 환자는 비행기로 산 페리페에서 데려온 것이었다. 로버트는 그 수술의 조수를 맡았다—저체온 마취를 행한 7시간이 넘는 수술, 그것은 정말로 거의 믿을 수 없을 정도였다. 그 이유는 산탄알 하나가 하복부의 동맥벽을 엉망진창으로 만들어 버렸기 때문이다. 5센티미터나 되는 두터운 지방층을 어려운 노력 끝에 펼치고 보니 멜론 정도의 커다란 궤양이 보였다. 캐링톤이 취해야 할 수단은 단 하나, 그것은 재빨리 제거하는 일뿐이었다. 수술을 하는 동안에 위험한 환자의 생명을 잃지 않게 하는 일이 두 번째였다. 그로부터 1주일 동안 환자는 수혈만으로 계속 연명했다. 그러다 갑자기 환자의 심장이 어떤 자극에도 반응을 나타내지 않기 시작했다.

데프리스는 귀찮은 환자였다. 무겁고, 커다랗고, 둥그런 절구통 같은 남자로 나이는 60세 정도이면서도 침착성이 없이 흥분하기 잘하는 남자였다. 그러나 어쨌든, 캐링톤은 그의 생명을 구하는데 성공했다. 그리고 지금 데프리스는 죽음의 후보자로서 분명히 저 세상으로 보내질 부분에 플라스틱제의 정맥을 집어넣어 새롭게 태어난 것처럼 계속 살아가고 있었다.

6

"그리고 물론, 앞으로 간호부가 보살피게 도겠지. 오콘너 간호사야." 하고 주임은 다시 이야기하기 시작했다. 주임의 말은 어쩐지 더욱더 부드러웠다. 미세스 오콘더는 이 환자의 일을 입원 당시부터 알고 있었다. 그녀는 잔소리가 많은 중년 과부였지만 아주 양심적이고 거기에다 정에 여리기도 했다. 조그마한 모임이라도 있으면 사람의 가슴을 두드리는 듯한 깊은 목소리로 민요를 불러 제겼기 때문에 모두들 '아줌마' 라고 부르고 있었다.

"그러나, 그뿐만이 아니라 데프리스 씨는 앞으로도 계속 의사와 함께 있고 싶다고 희망하고 있다네." 하고 주임은 의미심장한 미소를 떠올리며 말했다.

"자네!"

로버트 말레이는 놀라서 주임의 얼굴을 쳐다보았다. 어차피 이러한 터무니없이 부유한 부류들의 요구는 대개 끝이라는 것이 없는 듯하다. 데프리스는 보통의 억만장자가 아니라 서인도제도에 있는 산 페리페 섬 전체를 거의 수중에 넣고 있는 프랑스계의 사탕수수 재배 업자였다. 그렇지 않아도 이 요구는 결코 무리한 것이라고는 말할수 없었다.—환자는 아직 수술 후의 처지라, 매일 매일의 혈액검사 등을 필요로 하고 있었고, 캐링톤 박사의 태도로 미루어 퇴원 후에도 주임이 환자의 상태를 알고 싶어 한다는 것을 로버트도 약간은 느끼고 있던 것이다.

저 수술 그 자체가 주임에게는 대서특필해야 할 성공이었고, 때문에 캐링톤이 봄에 있을 차기 외과의사 회의에서 그 경과에 대해서 상세히 보고하고 싶다고 생각하고 있는 것과, 그런 연유로 앞으로 몇 주간 환자의 상태를 관찰해서 그 치료 보고를 완전한 것으로 하고 싶다고 바란다는 것이 로버트에게도 느껴지고 있었다.

"그런데, 로버트 말레이 군. 자네는 이 제안에 대해서 어떻게 생각하는가?" 하고 주임이 물었다.

로버트 말레이는 가고 싶은 기분이 그렇게 많지 않았다. 지금의 일이 그에게는 만족스럽다고 생각하고 있었다. 그는 공명심에 불타, 외과수술의 이 특수 분야에 대한 연구를 통해 자신의 지위를 굳히려고 노력하고 있었다. 지금 여기에서 한 사람의 환자-더구나 데프리스 같은 환자와-물론 이것은 이것대로 취할 점도 있지만 때와 경우에 따라서는 불유쾌한 생각도 지워지지 않는 인간과 함께-그리고 또한 로버트에게 일종의 시종 역할을 기대한다고 생각되는 인간과 함께 보내진다고 하면 할 수 없이 연구는 중단될 것이고, 아니 후퇴하게 될 것이 분명했다.

"도대체 어느 정도의 기간입니까?"

"일 개월 이상이 될 것 같네."

캐링톤이 자신을 보내고 싶어 한다는 것이 로버트에게 또 느껴졌다.

"약간의 일광욕을 하고 오는 것도 자네에게는 그다지 나쁘지 않을걸세."

잠시 뜸을 들이고 나서 로버트가 말했다.

"알았습니다. 제가 맡지요."

"고맙네. 저 노인에게는 누구든 자신에게 눈길을 빛내고 있다는 것이 필요한 거야. 좋았어. 담배는 엄금. 그리고 어떤 일이 있어도 술은 절대로 마시게 해서는 안 되네."

주임은 일어섰다.

"오콘너 간호사와 둘이서 저 사람을 배까지 데려가 주게. 출항은 토요일 오후 세시네. 물론 출발 전에 다시 한번 자네와 만나게 될 걸세."

로버트는 앞으로 할 일에 대해서 알아보기 위해 도서실에 들러 백과사전을 팔랑팔랑 넘겨 가며 산 페리페에 관해 짧게 정리된 기사를 찾아보았다. 그곳은 카리브해의 끝에 위치하고 있는 서인도제도의 남쪽 산타클라라와 니카라과의 거의 중간, 북위 17도, 글라시어스 어 디오스 항으로부터 250마일, 보통 기선 항로로부터는 멀리 떨어진 곳이었다. 대략 40평방미일의 섬. 섬의 주산물은 럼주, 사탕, 코코아. 섬의 역사는 아주 복잡했다. 스페인이 처음 발견한 것이라고 보이는데 일시 영국 해적에게 점령되었고, 프랑스인에게 정복되었고, 그리고 나서 폴투칼인의 영토가 되었다. 현재는 공화국으로서 통치하고 있다. 섬은 마침내 토착민 대통령의 손으로 자치를 쟁취한 것이다. 주민의 대부분은 클리올(역자주 : 서인도 제도에 이주한 백인(특히 스페인인)과 원주민의 혼혈아)로, 세차고 인내심 강한 카리브인 기질을 갖춘 인종 혼합의 전형적인 특징을 증명하고 있었다. 유일한 항구는 레누 마리였다.

로버트는 사전을 서가에 꽂고 다시 환자의 회진을 시작했다. 그러나 그는 막연해서 자신을 갖지 못했으며, 스스로도 자기의 반응을 이해할 수가 없었다. 로버트 성격 가운데 특징의 하나인 자기비판과 급격히 절망하는,언제나 나의 경향이 그를 엄습했다. 그리고 아무래도 가지 않으면 안 된다는 무익한 여행에 대한 생각을 돌이켜 보면서 검은 구름이 자기 위에 낮게 드리우는 것을 예감했다.

5시가 되어 일을 마치자 그는 도로를 건너서 맥시 상점으로 갔다. 한 잔의 커피를 싶었던 것이다. 보통 때의 의사나 간호사들로 가득찬 그 상점도 그 날은 카운터 저쪽에 있는 맥시를 제외하고는 아무도 없었다.

"어서 오십시오. 선생님, 바쁘셨던 모양이지요?"

뚱뚱한 맥시는 하품을 하며 몸을 흔들어 팔 밑을 긁고서는 언제나처럼 자기 자신을 동정하는 표정으로 머리를 흔들며 말했다.

"오늘도 역시 힘들구나……."

로버트는 상점 속에 있는 테이블에 자리를 잡고 주문을 하자 그이상의 잡담에서 벗어나기 위하여 반은 딴 쪽을 행했다.

그때 도어의 벨이 울리며 새로운 손님 한 사람 들어왔다. 어깨너머로 돌아보고 벤칠레 간호사라는 것을 로버트는 알았다.—더욱 엄밀히 말하면 그 간호사와는 서로 잘 알지는 못하고, 다만 지금까지 맥시 상점에서 짧은 말을 두세 차례 나눴을 뿐이었다. 어쨌든, 지금까지 여러 번 그녀를 볼 기회는 있었다고 말할 수 있었다. 그녀는 비번답게 운동화를 신고, 감색 스커트에 하얀 블라우스를 입고 테니스 라켓을 갖고 있었다. 감탄하며 보고 있는 로버트에게 그녀는 미소를 띄우면서 가볍게 인사를 하고 입구에서 제일 가까운 카운터 끝에 걸터앉자 벽에 걸린 메뉴를 자세히 바라보고 나서 초콜릿으로 덮은 바닐라 아이스크림 더블을 주문했다.

칼로리가 너무 많은데, 하고 로버트는 본능적으로 생각했지만 그렇다고 해서 그녀를 염려시킬 필요는 전혀 없다는 것을 확인했다. 그녀는 놀랄 정도로 날씬했고, 팽팽하게 당겨진 활처럼 여리고 탄력 있는 몸매를 갖고 있었다. 키는 표준보다 약간 컸으며, 밝은 얼굴빛, 건강한 치아, 개암나무 빛의 눈, 그리고 활력이 넘치는 턱을 갖고 있었기 때문에—건강형이구나, 하고 로버트는 야우조로 진단했다. 달고 있는 기장(記章)뿐만 아니라 냉정하고 자신 넘친 말씨로부터도 그녀는 메소지스트 병원의 간호사라는 것을 금방 알 수 있었다. 예외 없이 양가집 자녀로 이름 있는 학교를 나와 특별한 훈련을 받은 이곳의 간호사들은 대부분이 자기에 대해서 커다란 자신을 갖고 있는데 더구나 벤칠레 같은 젊은 간호사일 때는 더욱 심했다.

때때로 젊은 조수들은 미 맥시 상점에서 그녀를 놀리려고 했지만 그녀가 슬쩍 시선을 향하는 것만으로도 그들은 얼음처럼 굳어 버리는 것이었다.

로버트는 자기의 지금 기분 가운데 벤칠레 간호사에 대한 반감이 점점 짙어가는 것을 느끼지 않는다고는 말할 수 없다. 그는 갑자기 그녀의 허영에 대해서 세차게 일격을 가해 주고 싶다는 비뚤어진 욕구가 솟아올랐다.

그런 것을 생각하고 있는 동안에 떠벌이로 소문난 상점주인 맥시가 카운터에서 테니스 라켓을 집어 올려 그것으로 공을 때리는 우스꽝스럽고 난폭한 동작을 두세 번 반복했다. 맥시는 그 후 숨을 토하자 육체적인 트레이닝의 효능에 대해서 독백 같은 지껄임을 시작했다.

"그래요, 네. 그렇지 않습니까, 선생?" 하고 그는 로버트 쪽으로 갑자기 방향을 돌렸다.

"당신도 대장부이고 싶다고 생각하는 사람 중 하나이겠지요?"

"분명히 그거야 그렇지." 하고 로버트는 대답하고 조롱하듯이 덧붙였다.

"그러나 나는 아직 빗속에서 테니스를 할 만큼 그렇게 별날 짓을 한 적은 없어요."

벤칠레 간호사는 뭔가 대답하려고 눈썹을 치켜 올리고 은근히 그의 쪽으로 절반쯤 향했다.

"아, 닥터 로버트 말레이시군요." 그리고 나서 "난 체육관에서 했습니다." 라고 그녀가 말했다.

"배우고 왔습니까?"

"아니요—솔직히 말해서 그럴 필요는 없습니다만."

"그렇다면" 하고 로버트는 선배인 양 말했다.

"열심히 연습하시는 군요. 그렇게 하면 이번 여름에는 간호사 팀의 토너먼트에 나갈 수 있을지도 모르지요."

맥시가 큰소리를 내면서 웃었다.

"그건 농담도 너무 지나칩니다. 선생, 미스 벤칠레가 작년에 선수권을 딴 것을 모르셨습니까?"

로버트는 수치를 느끼고 입을 닫아 버렸다. 다른 두 사람은 격의 없이 잡담을 계속하고 있었다. 맥시는 양 무릎을 붙이고 한층 더 그녀 가까이에 몸을 가져 가 있었다.

"당신 벌써 휴가 허락을 받은 모양이지, 미스 벤칠레?"

"예. 일주일간!"

"집으로 갈 건가요?"

그녀는 얼굴 가득히 웃음을 띄우면서 고개를 끄덕여 보였다.

"언제 출발?"

"내일 아침."

"또 버몬드를 보게 되었으니 기쁘겠네요."

"그건 그래요, 맥시. 스키를 할 거예요. 눈 상태도 좋대요. 동생도 일주일간 휴가를 얻어서 글로톤에서 찾아와요. 우리들 둘이서 타지요."

스키와 테니스인가! 하고 로버트는 생각했다. 돈이 많이 드는 스포츠가 아닌가? 동생이 유명한 글로톤 학교에 다니고 있는 모양이구나.

로버트 말레이는 에딘버러 대학에서 공부하기 위하여 장학금을 받을 때까지 흔해빠진 초등학교에서 교양의 기초를 교육받아 온 것이다. 그런 화려한 학교란 똥이나 먹어라! 그는 이런 벤칠레 같은 타입의 인간을 크게 싫어했다. 또 반대로 그녀 쪽에서는 새침을 떨고 일부러 냉랭한 태도를 취하는 것으로서 그에게 반발했다. 그녀에게 있어서는 언제라도 즐겁게 걸을 수 있었지만 그는 발전이라는 기나긴 길을 스스로의 힘으로 싸우면서 악착같이 개척해 나가지 않으면 안 되었다. 그는 제일 값싼 학생들이 사는 것 같은 하숙에서 살았으며, 1페니라도 함부로 낭비해서는 안 되었고, 내일도 또 모레도 독서에 빠지고, 밤은 밤대로 가능한 한 아르바이트를 해왔던 것이다. 급사나 접시 닦기로부터 화물 운반이라도 하면 오트밀이나 치즈만으로 어떻든 기아를 면할 수 있었다. 그것뿐인가. 어떤 때는 자포자기해서 권투 흥행주에게 달라붙어 여름 내내 시골길을 이동하며 외과용 메스를 살 돈을 마련키 위하여 링에서 두들겨 맞은 일조차 있었다.

그러나 그는 그것을 기뻐하고 있었다.―가혹한 생활을 보내면서 육체와 정신에서 있는 힘껏 쥐어짜낸 것을. 스스로 전혀 의식하고 있지 않았지만 그의 몸 안에는 청교도인 선조로부터 받은 저항력이―만일의 경우에는 전세계에게라도 반항하는 것을 사양하지 않을 저항력을 간직하고 있었다. 뉴욕에 와서조차 그는 타향의 도시에 야물지 못한 생활태도에 물드는 일이 없었다. 매일 아침 6시에 침대에서 일어나면 얼음처럼 차가운 샤워를 3분간 하고, 그리고 나서 런닝하러 나간다. ―비가 오나 눈이 오나 그런 것에는 아랑곳없이―센트럴 파크의 분수 주위를 두 번 돌고 그 뒤에 비로소 아침 식사를 하는 것이었다.

다른 조수들로부터 이상한 놈이라고 놀림을 받아도, 아니 알콜도 마시지 않고 담배도 배우지 않은 어린 아이라고 놀림을 받아도 그는 조금도 염두에 두지 않았다. 다른 동료들이 외설스런 농담을 해도 표정 하나 바꾸지 않았다. 그리고―내성적인 남자의 무의식적인 방위책이지만―절대로 여자와 관계를 갖지 않도록 결심하고 있었다. 자기는 홀로 걷는 인간이니까 장래도 그렇게 계속 존재해야 한다고 생각하고 있었다.

벤칠레 간호사가 바쁘게 나가려고 했다.

"버몬드 특산인 메플 시럽(역자주 : 사탕나무의 수액으로 만드는 당밀)을 토산물로 갖다 줘요, 미스 벤칠레." 하고 맥시는 감미로운 소리를 냈다.

"좋아요, 갖다 줄께요, 맥시." 하고 그녀는 고개를 끄덕이며 승낙의 뜻을 나타내고, 그리고서 돌아서서 친절하게 로버트를 바라보면서 말했다.

"안녕, 선생님."

그녀의 뒤로 도어가 닫히자 맥시가 말했다.

"좋은 아가씨지요, 선생?"

"나는 좋은 아가씨라는 자가 마음에 안 들어. 다른 아가씨라면 몰라도 적어도 지금은."

"아, 농담이라도 그렇게 말해서는 안 됩니다. 저는 벤칠레 간호사가 마음에 들었으니까요. 저 아가씨는 나무랄 데가 없습니다요. "

"맥시, 분수를 알지 않으면 안돼요. 자네는 분열증이 있는 로맨티스트야! 자, 계산을 부탁하네."

"뭐가 어떻다고요." 하고 귀 뒤쪽에 끼었던 연필을 꺼내면서 맥시는 말했다.

"당신 같은 멍텅구리 상대는 그만두고 싶습니다!"

"뭐, 그렇게 흥분할 것 없어."

로버트 말레이는 일어서서 돈을 지불하고 빗속으로 걸어나갔다.

2

　다음날 2시 반, 로버트는 담당인 환자 알렉산도르 파코틸 데프리스를 곁에서 돌보며 가교를 건너 환자를 아일랜드 퀸 호의 트랩으로 안내했다.

　적어도 여기까지 무사히 데프리스를 데려오게 된 것을 로버트는 크게 기뻐했다. 호화로운 캐딜럭으로 시내를 달리고 있을 때 데프리스는 제일 먼저 매디슨 거리에서 담배를 사기 위하여 차를 내리려고 했고, 다음에는 리츠 칼톤 호텔 바에서 한잔만 하고 가자고 말했다.

　'허억허억' 숨을 몰아쉬면서 커다란 몸을 쿠션에 파묻고, 중량 있는 머리를 넓은 가슴에 떨어뜨리고 호사스런 선실에서 걸터앉은 현재까지도 모처럼의 기회를 잃어버렸다고 불평만 늘어놓았다.

　"저, 선생. 어째서 우리들은 호텔에 들어가면 안 된단 말인가? 둘이서 조금 마시고 금방 나왔으면 좋을 게 아닙니까? 저 식사ㅡ그래, 들어갈 마음도 없었던 병원에서 제멋대로 갖다 주는 그런 것을 식사라고 부른다면ㅡ그놈이 나를 묘지 바로 앞까지 데려다 주는 것이지."

　"그렇습니까?" 하고 로버트가 격한 어조로 말했다.

　"그 들어가고 싶지 않았던 병원이 없었다면 당신은 이미 묘지 속에 들어가 있겠지요. 그리고 당신은 몸을 돌보지 않으면 재빨리 또 그곳으로 다시 들어가게 될 것입니다. 엄격한 환자용 식사를 들지 않으면 안 됩니다. 나는 역할의 책임상, 당신이 그것을 잡수시도록 주의를 기울이지 않으면 안 되니까요. 자, 곧 침대로 들어가 주십시오."

"자네는 정말 놀랍군! 뭐야, 벌써 그런가! 좋아, 뭐든지 지시하는 대로 하지요. 금방 낮잠을 자도록 하지요. 그러나, 그 전에 조그만 제안이 있네. 선생, 아시는 대로 나는 사탕수수 농장의 지주로 사탕수수를 재배하고 있습니다. 그러니까 사탕수수에서 뽑은 놈을 단 한 입, 우리 같은 놈들은 다 그렇지 않습니까. 저 향기롭고 혼을 만드는 마실 것—알아듣기 쉽게 빨리 말하면, 선생, 람이지요"

"절대로 안 됩니다. 당신은 하루에 한 잔밖에 허락할 수 없습니다.

그것도 저녁뿐. 그 이상은 안됩니다. "

"정말 놀랍군, 선생."

깊숙이 페인 커피 빛 눈을 주름투성이의 검은 얼굴에서 깜박이면서 데프리스는 붙임성 있게 미소를 지었다.

"당신은 훌륭하고 엄격한 사람이다. 나는 당신에게 감탄했어요. 정직히 말해서 나는 지쳐 있습니다. 온순하게 시키는 대로 하지요. 못생겼지만 성의 있는 시녀 씨, 이 세상의 여신님, 마음씨 좋은 저 오콘너 씨는 어디에 있지요?"

"그 사람은 택시로 오고 있습니다." 하고 로버트는 대답했다.

"이미 도착했는지 모르니까 잠간 저쪽 선실을 들여다보고 오지요. 내가 돌아올 때까지 그 안락의자에서 편안히 쉬고 계셔 주십시오."

그는 통로로 나왔다. 데프리스는 우현(右舷)의 방 네 개 전체를 빌려 놓고 있었는데 하나가 자기의 방, 그 옆이 거실이었다. 로버트의 선실은 바로 옆으로 환자의 선실로 통하는 도어가 붙어 있었다. 네 번째는 오콘너 간호사를 위한 선실이었다. 로버트는 그 네 번째의 선실 도어를 두드렸다. 아무 대답도 없었다. 간호사는 아직 도착하지 않은 것이었다. 그는 갑판으로 올라갔다. 아일랜드 퀸호는 바나나 운반용 기선으로 1만 톤급 정도 되는 새로 만든 기분 좋은 배로, 칠한 지 얼마 안되는 하얀 페인트 빛이 아주 청결하게 보였다. 이배는 주로 화물선으로서 아주 적은 손님을 태우고 카리브해 제도, 베네쥬엘라, 브라질 방면으로 왕복하고 있었다.

갑판에는 아무도 없었다. 자기들만으로 이 배를 빌린 것 같구나 하는 느낌이 로버트에게 들었다. 시계를 보니 벌써 3시가 가까이 되어 있었고 출항 예정시간 바로 직전이었다.

그가 오콘너 간호사의 도착을 마음속으로 염려하고 있을 때, 그녀는 트렁크를 들고 무질서하게 세워져 있는 커다란 창고 사이를 빠져 잰 발걸음으로 트랩을 올라오고 있었다. 그때 비로소 그는 그녀가 오콘너 간호사가 아닌 것을 알고 깜짝 놀랐다. 그리고 나서 잠시 뒤 '하아하아' 숨을 몰아쉬면서 벤 칠레 간호사가 그의 앞에 섰다.

"당신이." 하고 그는 마음을 새롭게 고쳐 잡으면서 말했다.

"어떻게 또, 이런 곳에서?"

"오코너 간호사가 병으로 올 수 없습니다." 하고 메리 벤 칠레는 뛰어 왔기 때문에 뺨을 붉히고 말도 제대로 할 수 없는 듯했다.

"내 휴가가 취소되고 대신 여기로 보내졌습니다."

"어째서 이렇게 늦었지?"

"시간이 거의 다 되어서 이야기를 들었습니다. 거기에다 택시가 전혀 잡히지 않아서. 그런데다……."

비로소 그녀는 숨을 토했다.

"난……도크의 번호를 잘못 알고 있었지요. 모든 것이 어이없어서 당황해 버렸어요."

그는 잠자코 그녀를 바라보면서 이런 일이 있을 수 있는가 하고 생각했다. 이윽고 그는 말했다.

"혼자서 선실을 찾아요. 12호실이니까. 그리고 옷을 갈아입으시오. 옷을 갈아입고 환자의 선실에서 만나도록 합시다."

불쾌한 생각이 들었기 때문에 그는 그 기분이 가라앉을 때까지 갑판에 남아 있었다. 예인선이 선수를 기선에 붙인 채 조류를 탈 때쯤 해서 그는 아래로 내려갔다. 그가 선실 통로까지 오자 조그맣고 불결한 급사가 데프리스 선실에서 종종걸음으로 나왔다. 로버트는 안으로 들어갔다. 알렉산도르 파코틸이 사탕수수의 정수로 뽑은 람주를 마시려고 할 때였다. 손에 글라스를 들고 로버트에게 눈을 껌벅 거렸다. 그러나 로버트는 데프리스가 혀 끝을 내밀어 맛있게 알콜을 마시려고 할 때도 전혀 제지하려고 하지 않았다. 그 대신 화장대에서 병을 꺼내자 열려져 있던 창문으로 그것을 바다로 던져 버렸다.

데프리스는 이마 끝까지 피가 끓어올랐지만 곧이어 서서히 붉은색이 사라져 갔다. 그리고 미소를 지었는데, 그것은 눈뿐인 미소였고 표정은 바뀌지 않았다. 그 표정의 뜻은 추측할 수 없었지만 그래도 로버트의 행위를 책망하려는 얼굴빛은 아니었다.

"대단하다! 결연한 태도야…… 뜻밖에 재능을 가진 사람을 만났군, 선생! 아니, 당신에게 탄복했다. 그렇게 말해도 당신 같은 사람에게는—어쩌면 스코틀랜드의 피가 흐르고 있는 것 같은데—주님의 은혜를 이런 식으로 낭비하는 것이 울화의 씨앗이 아닐까."

침묵. 두 사람은 서로 얼굴을 마주 보고 있었다. 데프리스의 미소는 점점 매력을 더해 갔다.

"나는 낮에 이 에키스를 마시지 않으면 안돼. 뭐야, 나에게 한 짓이. 약간 지나치지 않은가, 선생. 알겠습니까? 나는 어쨌든 얼간이가 아닙니다. 그리고 가난하지도 않고. 그러니까 내 손에는 뇌물을 줄 돈이 얼마든지 있지."

그는 반응을 기대하고 입을 다물었다. 상대의 돌 같은 표정, 쪽 곧은 눈썹 아래의 결연한 파란 눈, 생동하는 입, 턱, 상처 자욱이 나있는 왼쪽 귀, 그것들에게 눈을 고정시키면서 그는 혼잣말 같은 소리로 말을 계속했다.

"아니, 어떻게 알아 버렸지요…… 소매 아래가 통하지 않는 걸…… 어쨌든 지금의 일을."

"데프리스 씨, 당신과 나 사이를 확실하게 해 두지 않으면 안되겠습니다." 하고 로버트는 침착한 어조로 말을 시작했다.

"나에게 부여된 임무는 당신의 치료를 마치고 회복시키는 일이지요. 시중드는 일입니다. 당신은 가벼운 식사를 즐기지 않으면 안 되고, 술은 하루에 한 잔으로 결정되어 있습니다. 점심 식사가 끝나고 나서 한 시간, 누워서 쉬지 않으면 안 됩니다. 약을 먹는 일, 매일 아침 당신을 위하여 특별히 조제한 주사를 놓는 일, 그리고 나는 매일 오후 당신의 혈액응고 테스트로 한바탕 땀을 흘리지 않으면 안 됩니다. 이러한 것은 모두 당신을 위한 것이지 나를 위한 것은 아닙니다. 우리들은 당신을 건강하게 해 드리고 싶다, 그것도 에누리 없는 건강을 드리고 싶다고 생각하고 있는 것입니다. 그러니까 서로 협력하지 않으면 안 되는데 어떻습니까?"

"좋아……좋아! 당신이 말하는 것은 전혀 틀림이 없습니다, 선생. 그리고 나에게는 빨리 건강하고 싶은 특별한 이유가 있으니까."

도어를 두들기는 소리가 났다. 벤칠레 간호사가 들어왔다. 냉정하고 조금도 덤비지 않고 유연했는데 방금 세탁한, 빳빳한 백의를 입고 있는 탓인지 어쨌든 직업에 어울리게 보였다.

"이 사람이 당신의 새로운 간호사입니다." 하고 로버트가 소개했다.

오콘너 간호사는 불행히도 상태가 좋지 않아 올 수 없게 되었습니다.

데프리스의 눈썹이 즐거운 놀람을 멈추고 슬쩍 꿈틀거렸다. 그는 눈을 가늘게 뜨고 벤칠레 간호사를 보았다.

"그러나……이건……전혀 뜻밖의 기쁨인걸. 언니, 당신의 이름은 뭐라고 하지."

"그저 간호사라고만 불러 주십시오.

로버트는 다가서면서 중얼거리듯 말했다. 그는 데프리스의 맥을 짚었는데 그다지 만족할 수 있는 상태는 아니었다.

"간호사가 당신을 곧 침대로 데려다 줄 것입니다. 이제부터 내가 주문한 대로 따르신다고 하셨으니까 탈지유 한 잔을 잡수십시오."

선실을 나갈 때 그는 벤칠레 간호사에게 말했다.

"이분에게 곧 글로코피를 100밀리그램을 주사해 주십시오"

통로에서는 급사가 청소를 하고 있었다. 그것은 마치 놋쇠를 광택이라도 내고 있는 것 같은 모습이었다. 바대를 댄 하얀 옷옷을 입은 여위고 작은 영국인으로 먹는게 부족한 것 같은 창백한 얼굴을 하고 있었다. 그것을 보더라도 로버트는 이 사내에게 악감정 같은 것은 가질 수가 없었다. 자기 자신 굶주림에 허덕이던 나날을 지내온 것이 떠올랐기 때문이었다.

"어이, 급사. 자네 이름은?"

"치바즈라고 합니다. 그러나 모두 나를 꼬마라고 합니다."

"그런가. 그런데 하나 말해 두고 싶은 것이 있네, 꼬마 군. 데프리스 씨에 대해서는 바를 폐쇄할 테니까, 46시간 내내! 나도 이제부터 올라가서 그렇게 전하고 온다."

"알겠습니다. 그런 일이라면 조금도 염려 마십시오. 나는 아까 그분이 있는 곳으로……."

"이제 괜찮아, 꼬마군. 어쨌든 지금부터 내게 협력해 주게. 그렇게 하면 자네에게 손해가 되지 않도록 후사를 해줄 테니까."

꼬마의 양 눈에 눈물이 솟구쳤다. 급사는 순수하고 극적인 본능을 갖고 있었다. 태어나 이래 줄곧 하인 역할을 연기해 온 것처럼.

"고맙습니다. 이제부터는 최선을 다해서 모시겠습니다."

로버트는 이 사내를 반쯤 밖에 믿지 않았다. 그리고 상갑판에 있는 사무실로 사무장을 방문해서 사정을 설명한 뒤, 그는 이것으로 미미 자기 역할의 적어도 반쯤은 손안에 놓은 것이라고 생각했다. 그러나 더 많은 다른 장애가 일어나리라는 것은 의심하지 않을 수 없었다. 데프리스의 보통 상태를 벗어난 변덕스러운 성질을 생각하자 더욱 수많은 가능성이 예견되었다. 그리고 또한 벤칠레―그는 이마에 주름을 지었다―공교롭게도 이 여자를 느닷없이 억지로 떠맡게 된 것은 어떤 재난이라고까지 말할 수 있었다. 병원이라면 이야기는 또 다르다. 병원이라면 명령만 내리고 뒤는 자기 좋을 대로하면 일은 끝난다. 그러나 여기서는, 선상생활이라는 억지로 만들어진 좁은 사회에서는 잘난 체하는 태도라도 보인다면 곧 그것을 제지하여 꼭 규율을 지키도록 부단히 노력해야 할 필요가 있으리라. 그렇더라도 와야 할 재앙의 어두운 예감처럼 로버트를 덮친 것은 그런 일이 전혀 아니라 뭔가 이것이라고 고정시킬 수 없는 개운치 않은 몽롱한 것이었다.

그는 선미(船尾)쪽으로 가서 몇 분간이나 서 있었다. 그의 배후에서는 맨하탄의 높은 빌딩이 저녁 안개 속으로 빠져가고 우현(右舷)에는 엷어져 가는 저녁놀을 마주하고 있는 자유의 여신이 외롭게 서 있었다. 배는 항해를 시작하여 부딪쳐 오는 대서양의 회색파도를 헤치면서 앞으로 나아갔다. 돛대에서 여섯 번, 천천히 종소리가 들려왔다. 그 소리는 조종처럼 수면에 부딪쳐 갔다. 문득 차가운 바람이 불어왔다. 로버트는 무의식중에 몸을 움츠렸다. 그리고서 정신을 다시 갑판을 내려갔다.

3

　그로부터 3일 후, 아일랜드 퀸호는 마치 그림엽서에 그려져 있는 것 같은 햇빛이 눈부시게 빛나는 하늘과 감청 빛의 넓은 바다 위를 미끄러지고 있었다. 태양은 내리쪼이고, 따뜻한 미풍은 뺨을 스치고, 고래랑 날치는 배 주위에서 펄떡펄떡 춤을 추었다. 일기예보가 뉴욕 방면은 눈과 안개라고 예고하고 있었지만 이곳은 선전 포스타 그대로의 아름다운 경관이었다.

　로버트도 장래에 대해서는 이전보다 조금씩 낙관적으로 되어갔다. 이제까지는 만사가 그가 예측한 것보다 훨씬 순조롭게 되어갔다. 데프리스에게는 규칙 바른 일과를 지키게 하는 데 성공했다. 이번 기회에 그는 자기 환자인 사람을 더욱 잘 알 수 있었다. 데프리스는 확실히 방자해서 주문도 많았지만 동시에 상당히 커다란 매력을 갖고 있었고, 익살스런 유머 센스도 준비하고 있었다. 그것은 어쩌면 그의 핏속에 흐르는 프랑스인 기질에 산 페리페 원주민의 특징이 혼합되어 몸에 흐르고 있기 때문일 것이다.

　살펴보니 그가 벤칠레 간호사와 이만큼 잘 타협이 된 것은 틀림없이 이 유머 센스였음에 틀림이 없었다. 그녀가 데프리스의 못된 장난을 상당히 훌륭한 태도로 슬쩍 받아넘기고 있는 것을 로버트는 인정하려 하지 않았다. 데프리스의 뽐내는 말투는 물론 연극이었다. 왜냐하면 마음에 들면 그는 정말 진지한 분별력을 갖는 일이 가능했으니까. 알렉산도르 파코틸 데프리스는 요컨대 주목할 만한 가치가 있는 인물이었다. 그것을 최근 수일 동안에 로버트는 확신할 수 있게 되었다.

출항 후, 3일째 되는 날 오후 데프리스는 말했다.

"저, 선생. 이런 배 여행 말이야, 시간을 보내는 것이 터무니없이 느리다고 생각하지. 친구들끼리라도 뭔가 게임을 하지 않습니까? 예를 들면 라미(역자주 : 트럼프 놀이의 일종)는?"

"전에 해본 일이 있습니다만." 하고 로버트는 대답했다.

"그러면 됐어," 하고 데프리스는 의외로 상쾌한 어조로 말했다.

"곧 시작해도 좋겠지? 벨을 눌러 그 궁상스런 얼굴의 꼬마를 불러 주시오."

이렇게 싱싱한 관심을 갖는 것이 로버트에게는 괜찮은 징조라고 생각되었다. 데프리스는 거의 갑판에 나오지 못하고 식사도 오로지 선실에서 하고 있으니까 따분함이야말로 그의 용태에 있어서 일어날 수 있는 한 최악의 것이었다. 그러니까 로버트는 그가 말한 대로 벨을 눌렀다. 그리고 이내 두 사람은 트럼프 대를 향하여 2조의 새로운 카드 꾸러미를 앞에 했다.

"그럼, 밥……이름으로 불러도 괜찮겠지요?"

은근하고 간단한 인사.

"게임을 즐겁게 하기 위해서는 얼마쯤 거는 게 좋지 않을까요? 물론 큰 액수는 아니고 그저 형식이라도 좋은데. 1점마다 1쿼터(역자주 : 25센트)로 하면 어떨까요?"

이 제안은 너무나 시시한 것이었기 때문에 로버트는 웃어 버렸다.

"거는 것을 2배로 하면 좋지 않겠습니까?"

데프리스도 똑같이 크게 웃었다.

"좋아요. 그것이 좋아. 나를 약자로 보면 안됩니다."

그가 카드를 나누고 두 사람은 게임을 시작했다. 로버트는 데프리스가 수완가처럼 카드를 사용하고 있는 것을 금방 느꼈다. 그러나 로버트 자신은 야간근무일 때 간혹 한 적이 있을 뿐이었는데—구급차가 언제 일거리를 실어와도 좋도록 잠을 자지 않기 위해서는 가장 확실한 방법 중 하나가 이것이었다.—여느 때와는 달리 운이 좋아서 6시경 승부를 끝 낼 때에는 거의 호각의 점수가 되어 있었다.

데프리스는 점수표를 계산하며 벙글벙글 웃었다.

"처음 손을 맞춰 본 것으로서는 아주 근소한 정도의 차이이지만, 선생—놀랬지만—당신이 이겼습니다."

"멋집니다." 하고 로버트는 무뢰한처럼 말했다.

"그건 당신의 중대한 핀치 때문에 지금까지 한 것이지요."

그는 초인종을 눌렀다. 그러자 이미 해야 할 일을 알고 있던 급사인 꼬마가 넘치도록 가득 따른 글라스를 갖고 들어왔다. 그것을 홀짝홀짝 마시면서 몸을 일으킨 데프리스는 계속 로버트를 바라보았다.

"선생—정직히 말해서……당신이 만들어 준 식사규칙은……엄격하고……스파르타식으로……상당히 좋은 결과를 얻은 것 같아요. 나는 기분이 좋아. 아니, 전보다 조금 좋아졌어요. 한마디로 말하면 나는 이 규칙을 이대로 지킬 것을 약속하지요."

"그거야 물론, 당신은 그렇게 하지 않으면 안 되기 때문이지요."

"아, 그거야 당연해요! 당신의 명령이니까! 당신은 권력을 수중에 잡았어요. 나는 머리를 숙이고 충절을 서약하겠어요."

그의 입술이 흠칫했다. 웃음이 나오는 것을 참으려고 하는 듯했다.

"급사 씨, 미안하지만 저 찬장을 열어 주게."

급사인 꼬마는 재빨리 앞으로 나아가 찬장의 문을 열었다.

긴 침묵. 급사의 얼굴빛으로 판단해서 이 사내에게는 아무 죄도 없다는 것을 로버트도 알았다. 찬장 속에는 최상의 쟈마이카 럼이 가득 든 병이 6개나 깨끗하게 늘어서 있었다. 데프리스는 미소를 지었다.

"선생, 용서해 주십시오. 그러나 지금까지 알렉산도로 파코틸 데프리스를 향해서 명령한 사람은 한 사람 밖에 없었습니다. 거짓이 아닙니다. 자, 나를 위하여 그 병을 꺼내서……모두 바다에 던져 버리지 않겠습니까?"

"아니―, 절대로 안 됩니다." 하고 로버트는 천천히 말했다. 산부리의 기세가 꺾인 모양이었다.

"이제부터는 나도 당신을 믿습니다."

데프리스는 고개를 끄덕여 보였다.

"당신을 믿을 수 있어서 나도 기뻐요. 어쨌든, 나는 당신의 마음에 의지해서 말해야겠어요. 배가 내일 하바나에 도착하면 손님이 한 사람 찾아옵니다. 세뇨르 페어이지요. 옛날 동료로 믿을 수 있는 사람이지요.―금주법 시대에 우리들은, 말하자면 함께 일을 했지요. 반시간 정도 배에 있을 예정인데, 허락해 주시겠는가?"

"이상한 마술을 사용할 작정은 아니겠지요?"

"아냐, 절대로 아냐." 하고 데프리스는 양손을 들고 맹세했다.

"그렇다면 괜찮습니다. 그러나 손님이 와도 화를 내서는 절대로 안 됩니다. 그럼, 몸에서 힘을 빼고 혈압을 재도록 해주십시오. 약간 지나치게 올라갔다고 생각됩니다만."

그 뒤 로버트는 갑판으로 나왔다. 매혹적인 저녁이었다. 일몰의 바로 앞에서 바람은 완전히 멎고, 조용하고, 뜨거운 낮 시간이 조금 지난 뒤의 기분 좋은 청량함이 있었다. 누구 한 사람 모습이 보이지 않았다. 그들 이외의 손님이라고 하면-클라사오까지 가는 화란인 가족뿐으로-그 가족은 선실에 머물러 있을 뿐이었다. 로버트는 갑판을 이리저리 거닐면서 하느님께도, 이 세상에도 만족하는 느낌이 들었다.

문득 그는 벤칠레 간호사가 앞 갑판 틈의 윈치에 앉아 있는 것을 느꼈다. 그녀가 조용히 앉아 있는 것이 묘했다. 쉬는 시간에는 언제나 갑판을 성급하게 걸어 다니며 짧게 깎은 머리칼을 바람에 날리고 있었던 것이다.

지금까지 그녀에 대한 그의 태도는 서먹서먹하다고 말하기보다는 오히려 엄격하다고 말할 정도였다. 그러나 벤칠레 간호사는 지금까지 교만하다는 등의 모습은 조금도 보이지 않았다. 그래서 오늘 밤 자기는 지금까지 그녀에 대해서 지나치게 엄격하게 대한 것이 아닐까 하는 인상을 받아들이지 않을 수 없었다. 그는 한 번인가 두 번 그녀의 근처를 거닐면서 슬며시 상대의 모습을 관찰하고 나서 드디어 그녀의 곁에서 발을 멈췄다. 그녀는 순간 잠자코 있었지만 곧이어 변명이라도 하듯이 말을 걸었다.

"다시 일을 시작하기 전에 일몰을 구경하고 싶었습니다."

그리고서 사이를 두었다가 이렇게 덧붙였다.

"선장이 말했어요. 태양이 물에 들어가는 바로 그 순간에는 녹색번개 같은 묘한 빛이 보인다고 해서."

"배 손님들을 속이기 위해 지어낸 말이 아닐까?"

"그럴지도 모르겠네요."

그녀는 미소 지었다.

식사시간에 그들은 상급선원들과 선장의 테이블에서 함께 식사했는데 벤칠레 간호사는 악의 없는 놀림의 표적이 되는 일이 가끔 있었다.

"녹색 번개라고. 전혀 나는 모르겠는데." 하고 로버트는 말했다.

"그러나 내가 잘못 듣지 않았다면 2, 3일 전날 밤, 일등 항해사가 자네에게 달을 보라고 했었지?"

그녀는 자기의 교양 높음을 의식하고 있는 것 같은 표정을 보이면서 입술을 꼭 깨물었다. 그러나 상냥한 말이 그 입을 따라서 나왔다.

"내가 거절한 말도 들었다고 생각되는데요."

"그래, 어떻게 거절했지?"

그녀는 로버트에게 언뜻 눈길을 던졌지만 다시 시선을 떨구었다.

"단순한 이유였지요. 그저 저는 어중이떠중이에게는 전혀 흥미가 없다는 것. 내가 그 사람의 매력에 홀딱 빠져 있다고 자만하고 있는 사람들에게는."

그녀의 뺨이 갑자기 붉게 물들었다. 그는 그녀를 더욱 당황하게 만들어 보자 하는 충동을 억제할 수가 없었다.

"반드시 고향에서 자네를 기다리고 있는 사람이 있겠지. 버몬드산 원숭이들 속에."

"말레이 선생님!" 하고 그녀는 느닷없이 일어서서 소리쳤다.

"정말 그런 식으로 생각하는 것은 그만둬 주십시오. 난 그런…… 아니예요……."

그녀는 우물거렸다.

"난 그런 여자가 아니예요. 난 병원에서 하는 내 일을 아주 좋아합니다. 그리고 그것은 다른 무엇보다도 나에게는 아주 중요한 일이구요."

나중에는 의미가 있음직한 침묵이 계속되었다. 그 사이에도 두 사람은 서쪽 하늘을 바라보고 있었다. 태양의 붉은 원판이 급속히 침몰해 갔고 현혹하는 것 같은 색채의 변화를 보여 불타는 스카렛에서 부드러운 바이올렛으로 바뀌었다. 두 사람 사이에 한층 더 이해가 통했으면 하고 바라듯이 그녀가 자기를 슬쩍 재빠르게 옆 눈으로 보았다고 로버트는 느꼈다.

"난, 실속 없는 여자처럼 말을 잘하는 방법을 알지 못해요. 변덕스러운 올드미스처럼 수다 떠는 방법도 알 수 없구요. 선생님에게는―다른 사람은 어떻든, 선생님에게만은 내가 생각하고 있는 것을 분명히 보여 드리고 싶습니다. 선생님 자신, 일에 몰두하고 계시지 않습니까?"

그녀는 잠깐 사이를 두고 나서 거북한 듯이 말을 계속했다.

"동맥결찰(역자주 : 외과 수술에서 동맥을 잡아매는 일)에 대한 선생님의 논문은 정말 멋진 것이었어요."

그가 너무나 물끄러미 쳐다보았기 때문에 그녀는 또 뺨을 붉혔다. 그러나 그것은 불타는 것 같은 빨간 하늘의 반영에 지나지 않는 것이었을까?

"그런 것을 어떻게 알고 있는가?"

"아, 병원 안에는 비밀이 전혀 없어요." 하고 그녀는 더욱 한층 얼굴을 붉히면서 말했다.

"캐링톤 선생님이 선생님을 아주 높게 평가해 주시는 것도 모두 알고 있어요.—나중에 만일 알아보시면 아시겠지만 난 그 논문을 모두 읽었어요."

그가 힐책하려고 하는 것보다 먼저 그녀는 재빨리 일어났다.

"녹색의 번개는 만들어 낸 말 같네요. 슬슬 내려가서 데프리스 씨를 방문해야 할 시간이에요."

그렇게 말하고 그녀는 사라져 갔다.

그리고 나서도 오랫동안 그는 계속 그곳에 서서 그녀가 지금 말한 것에 대해서 믿을 수 없는 기분으로 생각했다. 아니, 그것보다도 그녀가 그렇게 말했을 때의 모습에 대해서 생각했다. 스코틀랜드인 누구나가 그런 것처럼 최초의 반응은 언제나—말할래야 말할 수 없는 부끄러움으로서 받아들이는 것이었다. 그녀는 자기를 조롱하고 있는 것이 아닐까? 아니, 그런 일도 있을 수 없다고는 말할 수 없지만, 그러나 그것은 존재할 수 없는 일이었다. 뭔가 속이려고 한 것일까? 그것도 말이 안되리라. 그녀는 분명히 진심으로 말한 것이다. 생각하면 할수록 이러한 솔직함이 처음부터 그를 반항적인 기분으로 만든 그녀 성격의 본래 특징이 아닐까 하고 그는 스스로 자신에게 물었다. 로버트는 맥시가 그녀에 대해서 말하는 문구를 생각해냈다. —저 아가씨는 나무랄 데가 없다. 물론 진부한 표현이지만, 그러나 값싼 감정을 도외시하면 그 말에 뭔가 진실이 담겨 있는 것이 아닐까? 어쩌면 자기는 벤칠레 간호사에 대한 평가를 잘못하고 있는 것이 아닐까?

본래 타인에 대해서 엄격한 로버트도 이번만은 자기 자신에 대해서 엄격하게 물었다. 지금 그는 자신의 어둡고 괴롭게 살아온 데서 연유하는 일종의 도착적인 속물근성 때문에 일부러 감추려 하지 않는 공명 솔직함에 틀림이 없는 것을 불손이라든가, 우월이라고 꼭 믿고 있었던 것은 아닐까 하는 그런 것을 곰곰이 생각했다. 가령 그렇다고 하더라도 타인이 관여할 일은 아니라고 그는 생각했다. 그녀가 의문의 여지없이 자기의 직무에 충실하다는 것을 안 것만으로 충분했다. 이것으로 자기도-고맙다는 것에-적어도 옹졸한 인간관계에 속박당해서는 안된다고 생각했다.

이 때 비로소 그는 밤이 되어 수많은 별이 하늘에 떠 있는 것을 느꼈다. 쓸데없는 생각을 머리에서 털어 버리자 계단을 한번에 3계단씩 뛰어서 자기 선실로 돌아왔다.

4

그들은 남으로남으로 더욱 항해를 계속했다. 타이티, 도미니카, 마르티니크 그리고 산타루치아를 뒤로 했다. 태양은 날마다 뜨겁게 타오르고 하늘은 날이 갈수록 푸르름을 더해 갔다.

배는 하바나에 아주 짧은 시간밖에 기항하지 않았지만 그래도 페어 씨는 배에 올랐다. 그는 유복한 사람으로 뚱뚱하고 키가 작은 남자였지만 멋진 검은 실크 옷에, 실크 와이셔츠, 최상의 파나마모자, 그리고 멋진 구두를 신고 있었다. 그런 모습을 감춘 선글라스에는 양쪽 모두 눈을 감추려는 듯이 붙어있어 눈을 완전히 숨기고 있었다. 거기에 매니큐어를 보기 좋게 칠한 손을 탄력 있게 흔들어 활발한 제스추어를 해보였다.

그는 정확히 30분, 데프리스와 둘이서, 데프리스 선실에 틀어박혀있었는데 이윽고 올 때와 똑같이 정중히 뭔가 사의를 표하면서 배를 내려갔다.

그러나 이 사내의 방문은 로버트의 환자에게 있어서는 아주 즐거운 모양이었다. 데프리스 씨는 근사한 기분뿐이었는지 맥박도 혈압도 평상으로 변화가 없었고, 심장은 때때로 불규칙적으로 뛰고 있었는데 이것은 염려할 정도는 전혀 아니었다.

"정말 염려할 것 없었네요." 하고 로버트는 웃으면서 언제나처럼 진찰을 마치고 청지기를 주머니에 넣으면서 말했다.

"그러나 나는 당신의 장례식에 참석하는 즐거움은 아직

갖고 싶지 않습니다."

"뭐야, 당신." 하고 데프리스는 그에게 약간 의미를 알 수 없다는 눈길을 던졌다.

"당신, 그렇게 실망했나요. 어떤 무리들의 실망에 비교하면 그건 아무것도 아니지요."

그의 표정은 굳었지만 그의 눈은 가늘게 먼 쪽을 응시했다. 그리고서 그는 로버트의 얼굴을 찬찬히 바라보았다.

"밥, 누군가 나를 살해하려고 한다고 말한다면 당신은 깜짝 놀라겠지?"

이 말은 그다지 생각해 본 일이 없었으므로 로버트는 그저 잠자코 상대를 바라볼 뿐이었다.

"비둘기 사냥 사건이라는 것은 노련한 바꿔 쓰기에 지나지 않지요." 하고 데프리스는 계속 이야기했다.

"우연히 사고가 난 것이 아닙니다. 내가 제당공장에서 집으로 돌아오려고 했을 때 누군가가 나를 살해하려고 한 것이니까."

"누구입니까?"

"그놈을 모릅니다." 하고 데프리스는 어깨를 으쓱거렸다.

"염려할 것 없지만……."

"찾아낼 수가 없었습니까?"

"해볼 작정이지요. 어쨌든 내가 돌아가면 반드시 음모가 꾸며질 테니까."

다시 로버트는 잠자코 있었다. 데프리스 같은 인간에게 많은 적이 있다는 것은 쉽게 상상할 수 있지만 지금의 그 말을 진실로 받아들일 이유가 없었다. 결국 로버트는 분위를 즐거

운 쪽으로 바꾸려고 마음속으로 결정하고 농담 반으로 말을
계속했다.

"당신은 돌아가고 있지요. 곧바로 자신을 살해시키려고.
우리들이 당신을 꿰매 주고 수선해 준 것이 무엇을 위한 것인
지 알 수 없게 되는 게 아닙니까?"

데프리스는 '하하하하' 하고 짧게 웃었다.

"염려 말아요. 나도 그렇게 주의를 하고 있습니다. 나에게
도 살아가고 싶다는 강한 욕망과 그렇게는 죽고 싶지 않다는
욕망이 있으니까요."

그는 이빨과 이빨 사이로부터 말을 밀어 내듯이 말했다.
그리고서 빙긋이 미소했다.

"선생, 내가 경멸하는 것 가운데―뭐야, 그런 것은 산더미
같이 있습니다만―그런 중에서도 가장 비열한 것은 센티멘털
에 빠지는 것이지요, 알겠습니까? 그러나 그렇더라도 나는 말
하지 않고 이는 것입니다. 당신의 의사로서의 재능과 나를 치
료해서 다시 큰일을 할 수 있도록 해준 당신의 자상한 간호에
는……단 한마디로 말할 수 있는데, 다만 감사하는 것뿐이지요."

손을 저어서 그는 문제를 옆으로 밀었다.

"그러면 우리들의 게임으로 커다란 기회를 잡아 볼까요?
행복의 여신 폴투이어를 부르지요"

"오늘은 트럼프는 그만두고 한번 갑판으로 나가 보지 않
겠습니까? 태양의 빛남이 멋지니까요."

"뭐야, 당신! 오늘의 게임은 어쩌면 우리들 최후의 기회
가 될지도 모르는데요. 그것을 무로 돌리고 싶지는 않아요. 우
리들의 아름다운 산 페리페에 도착하고 나서도 태양빛은 얼

마든지 쬘 수 있으니까."

"당신은 그렇게도 섬에 집착이 갑니까?"

"아니, 당신…… 섬은 나의 고향이니까요! 3세기 전부터 우리들 데프리스 집안은 살아왔습니다…… 그러나 그런 것은 이제 아무래도 좋습니다. ―카드를 갖다 주시지 않겠습니까?"

그는 로버트를 어떻게 해서라도 내보내려 하지 않았다. 어쩌면 오후의 카드놀이가 그의 본업이 된 것 같았다. 그는 태어난 승부사였다. 로버트는 자기를 아무 말 못하게 납작하게 만들려는 야심에 불타 있는 것을 알아차렸다. 그러나 의사는 또 다른 상당한 행운이 따라 좋은 카드를 잡았다. 6시경 카드놀이가 끝났을 때는 이번에도 그의 쪽이 우세했다.

"믿을 수 없어!" 하고 데프리스가 중얼거렸다. 그는 점수를 매일 따져 왔는데 지금 그것을 모두 집계했다.

"뭐라는 별자리 밑에서 태어났는가…… 즉, 당신의 정확한 탄생일이 언제인가?"

"27일입니다, 10월의."

"아, 그렇기 때문이다…… 게자리의 영향인가…… 그렇다면……게자리를 상대해서 승부에서 이길 수는 없지. 당신, 당신에게 760달러를 빚진 것을 확인했습니다! 마음이 무거운데 지불하지 않으면!"

"물론입니다." 하고 로버트는 고개를 끄덕여 보였다.

"허나, 그 돈을 내 은행 구좌로 불입해 주십시오."

"절대로 그건 안돼! 이것은 도박에서 빌린 것이니까." 하고 그는 종이함을 꺼냈다.

"이런 것은 바로 이 장소에서 끝나지 않으면 안돼…… 좋습니까……."

로버트는 자기의 얼굴이 붉게 물드는 것을 느꼈다.

"무슨 말입니까? 지금 것은 모두 농담입니다. 이런 엉뚱한 도박한 돈으로 승부할 수 있는 나라고 생각합니까? 가령, 내가 졌다면 어떻게 하든 빌린 돈을 받으시겠습니까?"

"그건 조금도 중요한 것이 아니야. 어쨌든, 당신이 이겼으니까!"

로버트는 상대를 바로 보았는데 그의 얼굴은 검붉게 되어 있었다.

데프리스는 처음부터 자기를 어린 아이처럼 대해서 좋은 카드를 일부로 자기에게 넘겨 준 것을 알았기 때문이었다. 그것은 어쩌면 로버트에게 예의 감사를 보이는 구실을 만들기 위한 것이었다. 그는 미친 것처럼 화를 냈다.

"당신은 나를 뭐라고 생각하고 있습니까? ……끈적끈적하게 보살핌을 늘어놓아 당신이 던지는 팁을 받는 시종으로서 생각하고 있겠지요. 나는 의사를 직업으로 갖고 병원에서 주는 급료를 받고 있습니다."

이것은 입에서 나오는 대로 함부로 말한 거짓투성이었지만 속이 시원한 날카로움도 있었다.

"나는 당신에게 일전 한 푼 빌리지 않았습니다.—그러니까 나를 욕되지 않게 해주십시오."

데프리스는 그의 기분을 전혀 바꾸려 하지 않았다. 잠자코 종이함을 밀어넣자 뭔가 상당히 진귀한 것이라도 보듯이 로버트를 바라보았다. 그러면서 그는 혼자서 중얼거렸다.

"놀랍구먼. 정말로 뇌물이라고 생각 했는가…… 그렇더라도 이건 스코틀랜드인의 대물림 같구면…… 밥, 당신은 나를 교화시키려고 하는 마음이지. 나, 당신에게…… 흥미가 샘솟아 오른다. 대개의 인간이라면 혼이라도 팔아 버리려고 하는 것을 당신은 거절한다. 한마디로 말하면…… 횡재가 아닌가. 게다가 당신은 이성에게도 전혀 관심이 없는 듯하고.”

그는 참았다. 그 사이에도 로버트는 역시 씩씩거리며 계속 그에게 눈을 고정시켰다.

“당신은 벌써9일이나 매력적인 젊은 여인과 함께 여행을 하고 있지. 그런데도 당신은 여전히 한마디의 말을…… 어떻게 말하면좋을까…… 그렇지, 담뱃가게의 쇼 윈도우에 비치된 인디언 목각인형처럼 취급하고 있더군.”

“누구 말을 하고 계십니까, 도대체. 모두? 화란인 아가씨 말입니까?”

“그렇지 않지. 바보 같은 사람이구먼. 메리 벤칠레의 일 아닌가!”

“그녀는 간호사입니다.” 하고 로버트는 건조한 어조로 말했다.

“그 사람은 특별히 깨끗하고 젊은 아가씨가 아닌가.”

“그 사람을 깨끗하다고 생각하십니까?” 하고 로버트는 완전히 놀라서 반문했다.

“무슨 소리야!” 하고 데프리스는 정말로 분개해서 소리쳤다.

“그 사람이야말로 젊음이 넘치는 비녀스야! 저런 북구적인 타입은 나도 잘 알지만─겉모습은 얼음처럼 차갑고 순결 그 자체인것 같은 처녀이지만 그 가슴속에는 하얀 불꽃으로 불을 지피는 것을 기다리고 있지. 어떤 남자의 가슴을 유혹하는 여성이 아니지."

"말씀대로 나는 아무래도 유혹받고 싶지 않습니다." 하고 로버트는 차가운 목소리로 말했다.

"우리들이 병원에서 우선 첫째로 기억해야 하는 것의 하나로 보기에 깨끗한 간호사는 엄청난 재앙이라는 말이 있습니다. 그런데, 그런 것에 잠자코 정에 빠질 바보 같은 사람이 있겠습니까?"

데프리스는 오랫동안 그를 더듬듯이 바라보고 있다가 이내 웃으면서 고개를 흔들었다.

"내가 항복했어요, 당신에게는! 유감이야, 아주 유감이지만…… 이런 훌륭한 남성에게는…… 혈관에 얼음물만 흐르고 있는 듯하지만…… 깨끗한 아가씨는 귀엽고……성실한데, 밥, 당신은 지나치게 억제하고 있어요―만일 당신이 마음 밑바닥으로부터 진실된 사고를 갖고 있다면, 당신이라는 사람을 내가 생각한다면―자만심이 너무 지나친 성질을 가졌어. 아무래도 당신은 어릴 때 온갖 콤플렉스를 많이 키워 왔다고 나는 추측하고 싶어지지. 당신의 어머니는 그런 콤플렉스를 잘라내는 손을 어째서 당신에게 빌려 주지 않았을까!"

"예, 예." 하고 로버트는 형식적으로 대답을 했다.

"양친 모두 돌아가셨지요. 내가 다섯 살이 되기도 전에."

"그럼, 누구에게 양육을 받았는가?"

"상당히 훌륭한 두 사람입니다."

그들은 잠깐 침묵해 버렸다. 그동안에도 데프리스는 상대의 무표정한 얼굴을 더듬듯이 바라보았다. 그리고서 이번에는 어깨를 으쓱해 보였다.

"당신은 거짓말도 상당히 잘하는구먼, 밥. ―어쨌든 나를 혼자 내버려 두지 않겠는가? 상륙하기 전에 2, 3개 서류를 정리해 둘 필요가 있어서."

로버트는 선실을 나왔다. 그리고 천천히 사색에 잠기면서 걸어왔다. 데프리tm의 말에 의해 그는 완전히 마음이 혼란을 일으키고 있었다. 데프리스의 말은 로버트에게는 커다란 충격이었다. 그 말이 어지간히 진실을 말하고 있다고 느껴져 갑자기 절망적인 기분을 맛보았다. "아주 훌륭한 두 사람이다." 한푼마저도 아끼는 인색한 숙모와 주정뱅이 폭군이었던 그녀의 남편과―그들은 언제나, 너는 자기들 두 사람의 덕택으로 살아가고 있다는 것을 로버트에게 심어주려고 했다. 형편없는 음식을 주면서도 불구하고 거추장스럽게 여겼으며 입을 것이라고는 허술한 옷 한 벌뿐, 그것도 그를 위해서 고쳐서 만든 낡은 옷뿐이었다. 그런 옷은 색깔도 모양도 맞지 않는 것이 대부분이었기 때문에 학교에 입고 가면 모두에게 조롱받기 일쑤였고, 그래서 그는 언제나 혼자였고 의지할 곳은 자신뿐이라는 관념이 지배했던 것이다. 이렇게 되어서 그는 이미 유년시절부터 자기는 예외적인 놈이라고 느끼고 있었다.

이런 기분이었으므로 시원한 바람이라도 맞고 싶다는 생각이 들어 갑판으로 갔다. 상갑판에 올라가 보니 제일 먼저 눈에 띈 것이 벤칠레 간호사였다. 그녀는 사무장과 테니스를 한 뒤였는지 좀 더 계속하고 싶다는 모양을 하고 수줍어하면서―최근 며칠, 그의 친절한 태도에 아마 용기가 생겼는지 괜찮다면 한번 해보지 않겠느냐고 그에게 제의했다.

로버트는 그녀 쪽은 보지 않은 채 발을 멈췄다. 보통 같으면 반드시 거절해 버렸음에 틀림없지만 데프리스의 말이 가슴속에서 꼬리를 치고 있었기 때문에 뭔가 기분을 바꾸기 위하여 확신을 얻고 싶은 기분이 되어 짧게 대답했다.

"도전에 응하지요"

지금까지 벤칠레와 무엇을 하고 싶다는 기분은 없었지만 로버트는 그녀를 적당히 해치우면 반드시 기분이 맑아질 것이 틀림없다고 생각했다. 그는 웃옷을 벗자 와이셔츠의 소매를 걷어 올렸다—두 사람은 게임을 시작했다.

그리고 한 시간쯤 뒤 그는 와이셔츠의 소매를 본래대로 내리고 웃옷을 입었다.

"저."

그는 네트를 걷으면서 말했다.

"지금 승부, 내가 완패했어."

그녀는 그에게서 스트레이트로 3게임을 빼앗았던 것이다.

"아주 멋졌어요." 하고 그녀가 말했다.

"나중에 두 게임을 따내는 데는 아주 힘들었어요."

"그런 말 하지 말아요." 하고 그는 중얼중얼했다.

"이쪽이 형편없이 진 것이니까."

그리고 그는 자기가 화내고 있지 않다는 것을 증명하려고 그녀에게 손을 내밀었다. 그녀는 그의 손을 꽉 잡았다. 그녀의 손이 따뜻하다는 것을 느꼈을 때 로버트의 온몸에 번개 같은 충격이 와 닿았다. 그 때문에 그는 매우 허둥지둥해서 놀라움과 당혹이 엇갈리는 이상하게 묘한 감정이 가슴을 두드렸다. 그것은 뭔가 말할 수 없고 이해할 수 없는 감동이었는데 그것이 또 그를 초조하게 만들어 완전히 말을 잊게 만들었다. 얼굴을 식히면서 그는 잠깐 동안 망연히 그 자리에 서 있었지만 그 사이에도 혈관 속에서는 피가 매우 빠르게 두드리고 있었다. 그는 어쨌든 말해야 한다고 생각하며 입을 열었다.

"어때, 차가운 것이라도 마시지 않겠어?"

그는 당황하면서 겨우 말을 입 밖으로 내었다.

"난 레몬 스캇슈가 먹고 싶은데요."

두 사람은 아래 식당 입구에 있는 작은 조리실로 들어갔는데 아무의 모습도 보이지 않았기 때문에 그는 제멋대로 레몬을 두 개 으깨서 소다수를 붓고 얼음덩어리를 넣었다. 메리 벤칠레는 한 모금 마시자 만족한 듯이 숨을 쉬었다. 그러면서 그녀는 돌아보았다.

"여기에 올 적마다 난 맥시의 커피가게를 떠올렸어요. 그 아저씨 지금도 건강한지 모르겠어요. 무슨 생각해요?"

"늘 그 가게에 갔나?"

"예, 난 놀랄 만한 식욕을 하느님께 받았어요." 하고 그녀는 방긋이 웃어 보였다.

"점심과 저녁 식사 사이가 길 때는, 이해하세요?"

"맥시는 잔소리꾼이긴 하지만 그가 끓여 주는 커피는 일품이지."

"거기에 치즈 샌드위치도 그래요" 하고 그녀는 덧붙였다.

그리고서 그녀는 눈을 떨어뜨리고 컵 표면에 떠올라오는 거품을 계속 바라보았다. 태양에 그을린 피부 아래에서 그녀의 뺨은 희미하게 붉어지는 것 같았다.

"난 그 가게에서 선생님과 이야기하고 싶다고 종종 생각한 적이 있었어요." 하고 그녀는 그의 안색을 살피는 것처럼 바라보면서 주저주저하며 말했다.

"그러나 그래서는 안 되는 일이었지요? 간호사로서 용서받을 수없는 일이니까."

그는 지금까지 두 사람 사이를 그런 측면에서 본 적이 한번도 없었다. 그녀의 신중한 깊이가 규율 문제에서 온 것이라고는 상상 밖이었다. 그는 지금 비로소 그녀를 편견 없이 보려고 시도했다. 그리고 그녀를 호기심 찬 눈으로 보았다. 이제까지 그녀에 대해서 품어온 본능적인 증오의 감정을 모두 버리고.

데프리스의 말이 있었기 때문에 아마도 무의식중에 그녀의 육체적인 장점을 바르게 평가할 기분이 되어 있었는지도 모른다. 그녀는 소매 없는 블라우스에 하얀 쇼트 스커트를 입고 발도 벗고 있었기 때문에 ale을 수 없을 정도로 젊게 보여 나이가 22, 23살 정도밖에 보이지 않았다. 마치 남자 아이 같은 몸매를 하고 날씬하게 쭉 뻗었지만 다만 섬세하고 둥근 가슴만은 예외였다. 몸에 딱 맞는 약간 땀에 젖어 있는 블라우스 탓인지 그녀의 두 유방이 선명하게 눈에 띄어, 그 때문에 장미빛 유두가 보일 정도였다. 눈은 개암나무 빛이고 그 온순하게 정돈된 얼굴은 완전히 볕에 그을려서 부드러운 블론드 머리칼을 더욱 밝게 보이게 했다. 그러나 특히 그의 주의를 끈 것은 그녀의 꾸밈없는 발랄함이었다. 입술은 두툼해서 다감한 것을 생각하게 했고 손톱은 짧게 깎고 있었다. 입술연지도 거의 칠하지 않은 듯했는데 지금에 와서 그는 그녀의 화장한 것을 본 적이 없다는 생각이 떠올랐다. 이런 주황빛의 아름다운 혈색에는 그런 화장은 필요하지 않을 것이다.

그렇다. 그는 본의 아니게 데프리스가 말한 것을 바르게 보려고 하지 않았다.—그녀는 확실히 데프리스가 말한 대로의 여성이고, 아니 혹은 이상이라고 보아도 좋았다. 그는 마음속의 동요를 억지로 억누르지 않으면 안될 만큼 그녀의 존재를 몸 가까이에 느꼈다.

그녀는 자신의 컵을 비웠다.

"난 옷을 갈아입고 환자를 보러 가지 않으면 안 됩니다."

그렇게 말해 놓고는 움직이려 하지 않았다.

"그 사람은 자네의 말대로 되는 것 같애." 하고 그는 말했다.

"그분, 변덕이 심하지만 나는 그분이 좋아졌어요. 정말 난 그분이 아주 좋습니다."

"그분은 자네에게 완전히 빠져 있어."

"아, 그것은 내가 그분과 자주 프랑스 말로 이야기하고 있기 때문에 그럴 거예요."

"그것은 들었어. 나는 그다지 잘 알 수가 없지. 학교에서 배운 약간의 프랑스 말이고—그러나 자네는 아주 유창하게 이야기하니까."

그녀가 그런 인사를 흘려 버렸기 때문에 그는 더욱 계속했다.

"그 할아버지, 꽤 말이 없어. 그 사람, 자네를 상대로 종종 가족 이야기를 하지 않던가?"

"하지요. 그분, 두 번 결혼했다고 했어요……전 부인이 죽었기 때문이래요. 그리고 아이도 하나 있는 것 같구요."

꽤 오랫동안 침묵이 흘렀다.

"어쩐지 난 그 사람이 사는 섬이 즐거울 것 같은데—내일 도착하게 되어 있지?"

"예……." 하고 그녀는 우물거렸다.

"난 잘 모르겠지만……."

"모르다니, 뭐가?"

그녀는 생각해도 알 수 없는 것을 말할 때처럼 이마에 주름을 지었다.

"저쪽에선 뭔가 모르지만, 우리들이 상상하고 이는 것과 전혀 다른 것이 아닐까 하는 그런 이상한 느낌이 들어요. 어쩌면 이번 배 여행을 아주 즐겁게 끝내지 않으면 안 된다고 생각하고 있기 때문인지도 모르지요…… 하지만, 한편, 난 데프리스 씨가 우연히 이야기한 말로, 뭔가 알 수 없지만 그분이 협박받고 있는 듯한 느낌을 갖고 있어요. 뭔가 아주 중대한 일이, 잘되지 않는 것이 아닐까요?"

로버트는 잠자코 있었다. 그는 데프리스의 말을 그 정도로 중대한 것이라고 생각하고 있지 않았지만—그러나 벤칠레 간호사의 말을 들으니 다시 그 말이 생각났다. 그렇더라도 그의 말에는 모른체하는 쪽이 현명하다고 생각했다. 그 대신에 도대체 데프리스가 그녀에게 무슨 말을 했는지 그것을 물어 보았다.

"아." 하고 그녀는 눈썹을 모았다.

"전혀 설명할 수 없어요. 그분은 큰소리로 이야기를 하는 분이 아니겠어요? 그러나 그분, 언제나 싸우는 일만 암시하고 있어요.—선량한 세력과 악랄한 싸움이라든가 하면서……."

"저 섬에서?"

"예, 그분이 이런 것도 이야기했어요. 악마를 저 낙원에서 추방하지 않으면 안 된다고—어떤 악마인데요? 하고 물으면 그분으로서는 진지한 목소리로 말하는데, 그것은 나도 잘 몰라. 그러나 단 하나 알고 있는 것은 악마가 주는 사과는 붉다고 하는 것이지."

다시 두 사람 사이에 침묵이 흘렀지만, 그러나 그것은 불유쾌한 침묵이 아니라 동지끼리의 관계를, 새로운 흐름으로 두 사람 사이에 만드는 것이었다. 그것은 로버트의 마음에 이상한 죄악감을 불러일으켰는데, 그렇다고 해도 그는 그것을 억제하려는 느낌은 들지 않았다. 곧이어 두 사람은 마지못해서 일어섰다.

"잘 먹었습니다. 거기에 테니스의 상대도 고마웠습니다. 상륙하기 전에 다시 한번 시합할 수 있기를 부탁드리고 싶습니다만."

로버트는 발 빠르게 자기 선실 쪽으로 가는 그녀의 뒷모습을 바라보았다. 동작이 자연스럽고 쭉쭉 뻗어 사람 앞을 의식하는 것 같은 점은 하나도 없었고 멋지고 관능적으로 허리를 흔든다기보다 계속 사람 눈을 잡아당겼다.

그녀의 모습이 사라지고 꽤 시간이 흐르고 나서도 그는 역시 그녀가 가버린 쪽으로 눈을 향하고 있었다. 이내 그는 기분을 진정시켰다. 그런 것은 있을 수 없는 것이었다. 절대로 있을 수 없다. 그는 뒤꿈치를 돌려 우현 쪽으로 가자 그곳에서 내려가 자기 선실로 갔다.

데프리스는 이미 침실로 들어가 있는 것 같았다. 거실이 비어 있고 침실로 통하는 도어에 굳게 자물쇠가 걸려 있었기 때문이다. 로버트가 지나치려 했을 때 열어 놓은 작고 둥근 창으로부터 갑자기 휘익 하고 바람이 불어와 책상 위에서 종이가 한 장 그의 발 아래로 펄럭 하고 떨어졌다. 그는 그것을 집어들자 그저 본능적으로 그 종이에 힐끗 눈길을 주었다. 그것은 옛날에 미국군이 방출한 자동 권총 2백 정의 수취보증서였다. 3주일 뒤, 산 페리페 섬 그랜드 람브의 알렉산도르 파코틸 데프리스에게 인도한다고 씌어 있고, 마뉴엘 페어라는 서명이 되어 있었다.

5

그로부터 2주일 뒤 정오 조금 전에 산 페리페 섬이 시야에 들어왔다. 섬은 암초에 덮여 있는 지친 파도 물방울처럼 푸른 빛을 띄고 평평하게 누워 있었다. 해변을 둘러싼 종려나무들이 한낮의 불꽃 속에서 희미하게 흔들리고 있었다. 그것은 눈길을 사로잡는 것 같은, 이 세상 것이라고는 생각되지 않는 황홀하고 비밀에 둘러싸인 열대의 신비였다.

배는 두 개의 산호초 사이를 지나서 4시 가까이가 되어 작은 항구에 닻을 내렸다. 헛간이나 창고의 긴 행렬을 배경으로 해서 얼기설기 만든 나무다리 위에 상당히 크고 오래된 번쩍번쩍하는 노란 색의 롤즈 로이스가 멋진 장식을 한 포장을 덮고서 신형의 포드와 암록색의 지프차 옆에 멈춰 있었다.

데프리스가 시중드는 사람과 함께 기선에서 육지에 오르자 배 도착을 보러 모여 있던 원주민들이 길을 열었다. 한 사람의 젊은 아가씨가 밀크 커피빛의 피부를 가진 풍채 좋은 남자의 시중을 받으며 롤즈 로이스에서 내렸다. 미칠 정도로 뜨거운 열기였지만 그래도 그 남자는 검은 모자에 이상한 줄무늬 바지, 에나멜 구두, 앞섶을 둥글게 비껴 재단한 웃옷, 그리고 돼지가죽으로 만든 장갑은 끼고 있었다.

"아빠! 기뻐요. 돌아오시게 되어서."

그 젊은 아가씨는 양팔을 데프리스의 목에 두르고 아버지의 뺨에 가벼운 키스를 했지만 그동안 웃옷을 입은 사내는 어쩐지 정중하게 고개를 숙이고는 뜻을 알 수 없는 인사말을 계속 중얼거렸다. 데프리스가 아가씨의 모습을 보고 기쁜 듯한 표정을 짓고 있는 것은 로버트도 잘 이해할 수가 있지만, 그렇다고 해도 데프리스는 자기의 감정을 얼굴에 나타내는 타입의 인간이 아니었기 때문에 재빨리 포옹에서 몸을 풀고 떨어졌다.

"마담은 어디 있지?" 하고 그가 물었다. 아내가 영접하러 나오지 않았기 때문에 그는 실망해서 기분이 언짢은 모양이었다.

"집에서 아빠를 기다리고 있어요. 항상 있는 편두통으로 또 어젯밤에도 잘 주무시지 못한 것 같아요. 앙리는 농원에 갔고요."

"그가 일하고 있는 것은 말하지 않아도 좋아." 하고 데프리스는 중얼거리자 휙 방향을 바꿔 지프차 옆에 서 있는 얼굴들을 바라보고 작은 남자와 친하게 악수를 했다. 그는 회색과 은빛의 산뜻하고 꼭 맞는 제복을 입고 있었다.

"기뻐요. 또 만나서, 리베라."

"참으로 잘 돌아오셨습니다. 돌아오시게 된 것은 주님의 축복 때문입니다."

두 사람은 계속 몇 분간 이야기하고 있었는데, 어쩌면 내일 또 만날 약속을 하는 것 같았다. 그리고서 리베라는 인사를 하고 지프차에 올랐다. 데프리스는 일행을 다른 차 쪽으로 안내했다. 로버트는 원주민 운전사가 둘이서 짐을 싣고 있는 신형 포드에 자기를 태우려는 것이라고 생각하고 있었는데,

그러나 차별 대우를 받은 것은 벤칠레 간호사 쪽이었다. 그녀는 모두로부터 약간 떨어져서 이 장소의 진행상황을 특히 미스 데프리스를 차가운 흥미를 갖고 바라보고 있었다. 어쨌든 데프리스는 로버트를 예의 노란 색 롤즈 로이스에 끌어넣었는데, 차가 달리기 시작하자 그를 다른 사람에게 소개했다.

"이쪽은 말레이 선생—딸인 나탈리입니다. 그리고 단골 의사인 더 스자 선생."

그들은 선착장을 뒤로 하고 레누 마리항의 중심부를 꿰뚫고 차를 달렸다. 어쩐지 기묘한, 무서움이라고 말해도 좋을 느낌이 드는 작은 마을이었다. 도로는 좁고 굽어져 있었다. 어느 집이나 셔터가 내려져 있었고 정원은 높은 벽 뒤쪽에 숨겨져 있었다. 여기저기에 무늬 모양의 닳아서 떨어진 해막이의 그림자가 드리워져 있었고, 속이 텅빈 카페가 눈에 띄기도 했다. 야채나 약간의 닭을 늘어놓은 작은 시장도 있었는데 그곳에는 색이 바랜 장미 빛 목면옷을 입은 매우 나이를 먹은 흑인 노파 한 사람이 있을 뿐이었다.

바로크식의 성당과 상점거리의 아케이드가 이는 커다라 광장은 그래도 활기를 띠고 있고, 그 너머에 있는 재판소의 건물은 뭔가 편리한 곳이라고 보였으며 그 앞에 리베라의 지프차가 이미 멈춰 있었다.

로버트는 나탈리 데프리스의 곁에 앉아 있었다. 그녀는 크고 살이 쪄서 둥글둥글하고, 따듯함이 있는 색의 피부와 놀라울 정도의 검은 눈을 갖고 있었다. 가슴이 펼쳐지고 소매가 짧은 넉넉한 실크 코트를, 이것도 가슴둘레를 깊이 재단한 노란 색 슈츠 위에 입었는데 상당히 매력적이었다. 그러나 로버트의 마음을 끈 것은 그녀의 빼어난 용모보다 오히려 그녀의 정신 불안정, 특히 아버지를 상대로 이 섬에 최근에 생긴 일을 보고할 때의 어쩐지 앞뒤가 맞지 않는 쾌활함이었다. 그녀는 아버지에 대해서 매우 긴장한 태도를 취하고 있는 것 같았다.

더 스자 의사 쪽은 마치 오랫동안 떠나 있던 형제를 영접이라도 하듯이 로버트를 다루었다. 그리고 농담을 하거나 정중하게 붙임성 있는 말을 넘치도록 늘어놓기도 했다. 달리기 시작하여 아직 2마일도 가지 않는 동안 빠르게도 그는 로버트를 '동료'라고 부르기 시작했다. 그는 수술에 대해서 크고 작은 것을 빠짐없이 알고 싶어 했지만 자기의 자랑을 늘어놓는 것도 잊지 않았다.

당시 데프리스의 건강상태에 주의를 기울여 올바른 진단을 내린 것은 자기라고 큰 소리 치기도 했다. 그러나 그의 공적이 어느 만큼의 가치가 있었던 것인지 로버트에게는 조금도 납득이 가지 않았다. 그 이유는 수술을 하고서 궤양이 나왔을 때 그것이 거의 야자열매 정도의 크기로 악화되기 바로 직전 상태였다는 이야기를 하였기 때문이다. 그러나, 어쨌든 이 섬의 의사 수준은 그다지 높지 않음에 틀림이 없는 듯했다.

더 스자는 자기를 겸손한 인간이라고 생각하고 있는 듯했지만 사람에게 좋은 인상을 주거나 타인과 친해지려고 신경질까지 감추려 애쓰고 있었다. 그는 이런 말로 이야기를 이었다.

"물론, 여기에 계시게 되는 한 데프리스 씨의 병은 당신이 봐 주시지 않겠습니까, 동료."

로버트도 상대가 그저 자기에게 겉치레로 말하고 있음에 지나지 않는다는 것을 알고 있었지만 이런 상태로 이야기를 걸어오는 것은 불쾌했다. 그는 무정하게 말했다.

"우리들 둘이 모두 그분으로부터 눈을 떼지 않도록 합시다."

"아니, 아니, 선생! 저런 대수술을 하셨던 당신이야말로 환자를 다룰 자격이 있는 것이니까요." 하고 더 스자는 거절을 나타내듯이 어깨를 으쓱거리며 항변했다.

"당신이 이곳에 계시는 동안 난 간섭하지 않는 것이 예의인지 모르니까요."

흥, 밥통, 하고 로버트는 생각했다. 그러나 이 남자에게 악의가 있는 것 같지는 않았기 때문에 말하고 싶은 만큼 말하게 두었다.

차는 이미 마을에서 상당히 지나 6피트나 되는 사탕수수의 끝없는 밭을 옆으로 보면서 넓게 펼쳐진 전원을 달려갔다. 섬 주민인 노동자들은 거대한 메스 같은 예리한 손도끼를 휘둘러 즙을 담고 있는 줄기를 후려쳐 넘겨 수레 위에 싣고 있었다. 싣는 게 끝나면 그 수레를 두 마리의 소가 끌고 갔다. 손을 들어 인사하는 사람도 있었지만 대부분은 지나쳐 가는 자동차를 물끄러미 계속 보고 있었다. 다만 맨발의 아이들만이 꽥꽥 소리치면서 제각기 손에 사탕수수를 한 개씩 들고 흔들었다. 그들은 수수대를 굳은 이빨로 깨물어 단 즙을 빨아먹는 것이었다. 그러나 나이가 든 어린이들은 무뚝뚝해 보였다.

한번은 잘 익은 과일이 차에 던져져 과일즙의 냄새를 풍기면서 유리창에 부딪쳐 튀어나간 일이 있었다.

때로는 도로 옆을 넘실거리며 흐르는 깊은 수로를 따라서 압착공장의 낮은 건물이 보이기도 했다. 섬 전체가 평탄하고 여기저기 늪지가 있고, 때로 간혹 둥근 언덕이 있었는데 그곳에는 바나나 카카오나무들 사이에 이상한 모양을 한 원추형의 작은 집이 마치 개미탑처럼 서 있었다. 이럭저럭하는 동안 더욱 살풍경한, 인기척 없는 지역에 당도하여 도로는 양쪽 모두 녹색의 정글에 덮여 벼렸는데 그 정글에는 울창하게 자라고 있는 싱싱하고 윤이 나는 식물이 반짝반짝 빛나는 꽃을 다닥다닥 피우고 있었고, 그 속으로부터는 수많은 새들의 끊임없이 지저귀는 소리가 뒤덤벅이 되어 들려오는 것이었다.

파도가 부딪치는 소리가 점점 가깝게 들려 왔기 때문에 로버트는 자기들이 섬의 남해안에 접근하고 있다는 것을 알았다.

이윽고 차는 왼쪽으로 꺾여 굴 껍질을 전면에 깐 개인도로로 들어섰다. 그 길에는 '그랜드 람브'라고 쓴 표찰이 붙어 있었다. 차가 높은 철문을 빠져나가 커다란 종려나무 가장자리에 붙은 찻길을 따라 언덕으로 올라가자 거대한 회색의 아케이드로 장식한 건물의 바로 앞 정원에서 개가 영접하느라 짖는 소리를 들으며 멈췄다.

이곳에서 겨우 그들을 따뜻하게 맞아주었다. 그들이 도착하자 재빨리 대단한 시끄러움이 계속되었다. 검은 피부를 가진 하녀가 곧 로버트의 트렁크를 발견해 내고 배를 쪼개 놓은 것 같은 커다란 입을 벌려 미소를 지으면서 로버트의 안내를 섰다.

방은 2층의 서쪽에 있었다. 창이 하나, 열대에 어울리는 수목이 빽빽한 정원을 향하고 있었는데 정원 저 멀리 종려나무가 줄지어 서있는 모래언덕이 보이고 그곳에는 파도가 하얗게 부서지고 있었다.

또 하나의 창으로는 철책이 둘러싼 토지가 보였다. 그 둘레에는 예전에 노예들의 숙사였던 것 같은 갈대 짚으로 엮을 작은 집이 나란히 있었다. 로버트는 방안을 둘러보았다. 중후하고 검게 칠한, 터무니없이 굉장한 마호가니 가구가 정돈되어 있었고 의자 다리는 흰개미를 방지하기 위하여 유리다리 대 위에 놓여져 있었다. 커다란 덮개가 붙은 침대에는 모기장이 쳐져 있었고 쓸데없이 커다란 수정 샨데리아가 천정에서 늘어져 있었다. 그들 전체의 인상은 강력했지만 약간 어두운 면도 있었다.

도어를 두드리는 소리가 났다. 벤칠레 간호사라고 생각했는데 들어온 사람은 나탈리 데프리스였다. 실크 코트는 이미 벗고 있었다. 가슴둘레를 깊이 판 옷은 몸에 딱 붙는 너무나 부드러운 옷감으로 만들어져 있어 제2의 피부라고 불릴 만큼 꼭 맞게 그녀를 감싸고 있었다. 그녀의 머리칼에는 화려한 색으로 염색한 곳이 한 덩어리가 섞여 있었다.

"마담이─내 계모 말입니다─당신에게 필요한 것이 모두 준비되어 있는지 보고 오라는 말씀이 있었기 때문에."

"그것은 감사합니다. 필요한 것, 그 이상으로 있습니다. ……보통 사용하고 있는 이상의 것까지요." 하고 로버트는 말했다.

"편안히 지낼 수 있어요." 하고 그는 예의가 가득한 어조로 말했다.

"이렇게 훌륭하고 유서 깊은 저택에서 편안히 지낼 수 없다는 것은 말이 안 되지요."

"예, 그랜드 람브는 오래된 것만은 틀림없습니다. 이곳은 17세기에 라몬 이베라가 세운 것입니다. 라몬 이라는 사람은 해적이었습니다. —내 아빠처럼!"

그녀는 로버트에게 기묘한 미소를 보냈다.

"아버님이 돌아오시게 되어서 무척 기쁘시겠지요."

"물론이지요."

그녀의 말투는 반은 도전적이고, 반은 농담 식이었지만 그 이상으로 또 다른 여운이 숨어 있었다. 그것은 이상하게 어색하지 않은 농담 이었다.

"이제부터 우리들, 다시 모두 함께 되어 행복하고 물샐틈 없는 생활을 즐기게 되겠지요."

침묵이 흘렀다. 두 사람은 시선을 맞추었다. 나탈리는 상대의 시선을 필요 이상으로 길게 잡아 끌어두는 매혹적인 방법을 알고 있었다. 로버트는 스스로에게 물었다. 이것은 그녀의 눈이 노이로제 징후에 지나지 않는 것인가, 그렇지 않으면 뭔가 다른 것에서 오고 있는 것일까?

"저녁 식사는 8시입니다. 늦지 않도록, 늦으면 마담이 싫어하니까요. 뭔가 용무가 있으시면 나에게 이야기해 주십시오. 내 방은 바로 저쪽입니다. —복도를 건너서 바로 한 발짝의 곳이니까요."

방을 나가서 도어를 닫았을 때 그녀는 또 아주 묘한 눈짓으로 그를 한참 바라보았다. 만일 그가 그 뜻에 대해서 생각해 보았다면 그는 그녀가 응시하는 시선 속에 오해가 없는 유혹, 남자를 불러들이는 도발적인 유혹의 암시를 느꼈으리라.

밤의 장막은 순식간에 내려졌다. 달도 별도 없는 검은 주단 같은 깊은 암흑이 되었다. 로버트는 피로를 풀려고 조용한 밤공기 속에서 춤추고 있는 반딧불을 잠시 바라보거나, 집으로 돌아가는 농원 노동자들의 소리치는 목소리랑 이야기 소리에 귀를 기울이기도 하며 이 타향의 환경에서 자신이 받은 인상을 분석하려고 시도했지만 어쩐지 생각대로 그려지지 않았다. 집안이 떠나갈 만큼 커다란 징소리가 울렸을 때 이윽고 그는 계단 아래로 내려갔다.

커다란 홀의 폭 넓은 마호가니의 나선 계단을 오르는 입구의 터무니없이 커다란 수정 샨데리아 아래에서—이 집에는 이런 샨데리아가 많이 있는 것 같았다—그는 상아빛 같은 피부를 가진 귀족적인 얼굴과 멋지게 크고 빛나는 눈을 가진 단아하고 위엄 있는 부인에게 영접 받았다. 그녀는 녹색의 가벼운 실크 천으로 만든 현대적인 야회복을 몸에 딱 맞는 콜세트 위에 입고 있었는데 브로큰 영어로 자기가 마담 데프리스라고 소개를 했다.

"프랑스 말은 할 줄 모릅니까, 선생?"

"형편없이 서툴러서요, 마담."

"난 영어는 아주 조금 밖에 못해요. 그렇지만 조금도 부끄럽진 않습니다. 언어가 부자유스러워도 우리들 서로 사이좋게 지내요, 어때요. 이해해 주십시오. —우리들, 당신이 오신 것을 기뻐하고 있습니다."

그녀는 머리를 숙이더니 앞장서서 천정이 높고 커다란 식당으로 안내했다. 그곳에는 진홍의 꽃들로 장식된 엄청나게 크고 긴 식탁이 있었고, 중후하고 고풍인 은그릇이랑 색색의 크리스탈 글라스가 가득 놓여 있었다.

알렉산도르 데프리스와 그의 딸은 이미 그곳에 와 있었다. 약간 떨어진 곳에 벤칠레 간호사가 몸을 움츠리고 서 있었다.

56

그녀가 입은 옷은 검은 옷이었다. 그녀 옆에는 여위어서 뼈가 앙상한 남자가 서 있었는데 그는 갈색의 주단으로 지은 야회복을 입고 단추 구멍에 치자나무 꽃을 한 송이 꽂고 있었다. 로버트 말fp이가 들어서자 그는 다가와서 발뒤꿈치를 딱 맞추고 사의를 표하고, 나는 마담 데프리스의 사촌인 앙리 라몬이라고 자기소개를 했다. 이것이 식탁 동료의 전부였다. 더 스자 의사는 아마 집으로 돌아간 모양이었다.

요리는 하얀 웃옷을 입고 빳빳한 하이칼라를 붙인 집사와 두 사람의 흑인 소녀에 의해서 날라졌다. 이 식사는 맥시 상점의 커피랑 치즈 샌드위치 등과 비교하면 상당한 차이가 있었다. 냉동된 파파이어 열매에 이어서 거북이 고기의 스프, 그리고 카레 쏘스를 잘 친 토착식인 불고기 요리, 사탕 기름을 친 새끼돼지의 스테이크, 그리고 디저트에 럼 스프레. 그러나 누구 한 사람도 선택으로 뽑힌 요리를 충분히 즐기며 맛보는 것 같지 않은 모습이 로버트에게는 이상하게 생각되었다. 대화는 거의 모두 프랑스 말로 하고 있었기 때문에 로버트는 일일이 그 뜻을 확실하게 알아들을 수가 없었다. 분명히 모두들 알렉산도르 데프리스가 돌아온 것에 지나치게 흥분해서 그다지 식욕이 생기지 않는 듯했다.

데프리스 자신은 당연히 여느 때의 가벼운 규정 식 밖에 먹을 수가 없었다. 그는 오랫동안 잠자코 있었기 때문에 이것은 마음이 들뜬 때문이라고 로버트는 생각했다. 다만 마담에 대해서만은 사람의 마음을 흔들 정도로 아기자기하게 대했다. 몇 번이나 그는 테이블 밑으로 손을 잡고 작은 목소리로 속삭였다.

"다시 집으로 돌아오게 되어서 아주 멋져."

나탈리는 로버트의 옆자리에 앉아 있었는데 식사 전에 이미 칵테일을 두세 잔 마신 것을 로버트는 느끼고 있었다. 식사 중에도 그녀는 포도주를 계속적으로 마셨다. 그녀의 눈은—마담의 눈과는 대조적으로—약간 비스듬히 붙어 있어 그 얼굴에 거의 동양적이라고 말해도 좋을 매력을 감추고 있었다. 그렇기 때문에 마치 이렇게 말하고 있는 것 같았다.

"저, 우리들의 일, 당신 어떻게 생각하고 있어요?"

냉정하고 태연하게 그저 먹는 일에만 전념하고 있던 벤칠레 간호사는 그 눈길의 옥신각신을 느끼고도 표정 하나 바꾸지 않았지만 그녀가 마음속으로 어떻게 생각하고 있는가를 상상하고 로버트는 마음이 초조했다. 마담은 독특한 친절함이 있는, 그러나 명령적인 태도로 대화의 흐름을 편안하게 하려고 확실히 애쓰고 있었다. 몸매는 점점 뚱뚱해져가고 있었지만 그렇더라도 그녀는 의외로 매력적이고 유혹적이라고 말해도 좋을 정도였다. 겨우 40세가 되었을까말까 했고, 이런 떨어진 섬에서 파리랑 뉴욕의 디너파티에 어울릴 만큼의 좋은 물품들을 갖추고 있었다. 그녀의 행동거지에는 비난할 점이 없었다. 몸짓 하나 하나에 만족적인 자만과 성격적인 강함이 느껴졌다. 여주인으로서의 그녀에게는 그저 탄복할 뿐이었다. 그렇더라도 역시 로버트는 의붓딸처럼 그녀에 대해서 신경질적인 불안감을 느꼈다. 그녀의 맑고 깨끗한 얼굴 속에 무엇인지 모를 개인적인 고민을 감추고 있는 듯한 기묘한 인상을 그는 받았다. 한번 그녀는 어떤 영향으로 손이 미친 듯이 움직여 자기의 와인글라스를 자칫 잘못하면 쓰러뜨릴 뻔하였다.

그녀는 얼굴을 붉히며 재빠르게 눈길을 살짝 남편에게 던져 남편이 그것을 느꼈는지 어떤지 안색을 살폈다. 일동은 커피를 마시러 살롱으로 갔다. 데프리스만은 여기에 따라가지 않고 편히 쉬라고 말하며 2층의 자기 방으로 올라갔다. 그때 마담은 저택의 전 길이에 해당할 만큼 길고 거대한 방의 도어 앞에 멈춰 섰다. 그리고 로버트의 마음에 상처를 주려는 듯한 못마땅한 말투로 미스 벤칠레를 향해서 말했다.

"당신은 환자의 상태를 돌보지 않으면 안 되겠지요, 간호사양. 여기서 헤어집시다. ─이쪽으로 와 주십시오, 말레이 선생."

그렇게 말하고 그녀는 로버트의 팔을 잡고 금실을 충분히 사용한 고블랑(역자주 : 프랑스 직물의 일종(융단, 벽걸이용))의 소파로 안내하고 애교가 가득한 제스추어로 자기 옆에 앉도록 재촉했다. 나탈리는 꼬냑의 커다란 글라스를 갖고 베란다로 나갔는데 주단의 이음새가 일어나지 않는가 하고 꺼리듯이 발끝으로 주위를 돌고 있던 라몬이 두 사람의 바로 뒷의자에 자리를 잡았다.

"그런데, 선생님." 하고 마담은 은세공으로 장식한 스푼으로 커피를 섞으면서 친절이 가득 담긴 어조로 말하기 시작했다.

"저, 주인의 치료에 대해서 모든 것을 들려주셨으면 하고 생각하는 데요."

그녀가 수술에 관해서 정확한 보고를 듣고 싶다는 것은 지극히 당연한 일이었기 때문에 로버트는 간략하게 그 전말을 들려주었다.

"그러면 저 사람의 심장을 통하고 있는 동맥은 인공이라는 말씀입니까?"

그녀는 연극에서 본 제스추어로 양손을 높이 들어 보였다.

"그것은 기적이에요!"

"예, 그렇게 말할 수도 있겠지요."

"그렇더라도, 선생님." 하고 그녀는 호기심어린 말투로 끈덕지게 계속하였다.

"그런 식으로 도움이 될 수 있을까요? 오랫동안 살아갈 수 있을까요?"

"물론입니다."

"저, 말씀하신 것처럼 오래 살 수 있다면, 어쨌든, 나도 기쁘지요."

그가 입을 다물자 그녀는 염려스럽게 몸을 적극적으로 다가앉으며 물었다.

"어쨌든—잘 부탁합니다, 선생님—당신은 나에게 마음을 쓰셔서 위로하느라고 말씀하신 것은 아니시겠지요. 그렇지만 나도 이미 어린아이가 아닙니다. 설혹 주인이 나에게 알리고 싶지 않다는 말까지도, 난 진실을 어떻게 해서라도 알고 싶습니다."

꽤 무뚝뚝하게 로버트는 대답했다.

"지금 말씀드린 것은 모두 진실입니다, 마담. 주인은 완전히 완치되셨습니다. 지금부터 앞으로 20년은 살아갈 수 있겠지요. 주인이 스스로 몸에 주의를 기울인다면 말입니다만."

"그것은 어떤 뜻이지요—주의를 기울인다는 말은?"

"간단한 것이지요. 규칙 바르게 정상적인 생활을 하실 것, 무절제한 흥분을 피하시는 일입니다. 그리고 환부에 상처가 나지 않도록 주의할 것—단적으로 말하면 복부에 자극이 되는 것 같은 일은 무엇이든 접근하지 않도록 주의하는 일입니다."

그녀는 안도의 한숨을 깊게 토하자 고개를 두세 번 끄덕이고 감동하면서 그의 손을 잡았다.

"하느님, 감사합니다. 정말로 감사합니다, 선생님! 당신은 아주 친절한 분이시네요. 나에게 위로를 가져다주시고, 나를 또한 행복하게 해 주셨으니. 어차피 우리들이 있는 곳에서는 집에 계신 것처럼 편하게 지내시기를 부탁합니다. 베란다로 나가 나탈리와 잠시 이야기 해 주시지 않겠습니까?"

"말씀을 돌려서 죄송합니다만—나는 너무나 피로합니다. 괜찮으시다면 방으로 돌아가고 싶다고 생각합니다만."

그는 안녕히 주무시라는 인사를 하고 2층으로 갔다. 그로서는 벤칠레 간호사와 두세 마디 말을 걸어서 아까 파티의 일을 그녀가 어떻게 생각하고 있는지 듣고 싶다고 생각했지만 그녀가 어느 방으로 안내되었는지도 모르고, 복도 끝에 쌓아 놓은 밀짚 위에 몸을 하나도 움직이지 않고 앉아 있는, 무거운 금 귀걸이를 달고서 애교 없이 앉아 있는 흑인 노파의 시선을 계속 느꼈기 때문에 복도를 두세 번 왔다 갔다 하다가 결국 목적을 이루지 못하고 발걸음을 돌려 잠자기로 했다.

6

그날 밤 말레이 의사는 편안히 잠잘 수가 없었다. 아직 배에 계속 누워 있는 것 같은 느낌도 들었고, 꿈을 꾸는 동안에 이 집안이 어쩐지 가라앉는 것 같은 때때로 이상한 소리가 느껴졌기 때문이었다.

그래서 7시에는 옷을 갈아입고 데프리스의 방으로 가 보았다.

벤칠레 간호사는 이미 그곳에 와 있었다. 베란다 쪽의 샷시는 모두 말아 올려 상쾌한 아침 공기가 방으로 들어오도록 되어 있었다. 환자는 지극히 상태가 좋은 듯했다. 로버트는 보통 때처럼 진찰을 하고 주사를 놓는 것이 끝나자 데프리스가 말했다.

"오늘 아침 나는 매니저와 상담하지 않으면 안되네. 그리고 오후는 레누 마리까지 어슬렁어슬렁 나가서 대통령이랑 친구인 호안 리베라를 방문하고 싶다고 생각하는데 허락해 주실 수 있을까요, 선생?"

"자신이 무리하지 않는다고 생각되면 관계가 없습니다만."

"고맙소. 그러면 당시도 밤까지 내 일은 관계치 않아도 좋겠구먼. 해안이라도 가서 놀고 오시지."

로버트가 방을 나오자 벤칠레 간호사도 그를 따라서 복도로 나왔다. 그녀의 태연자약한 얼굴과 세탁해서 깨끗한, 더럽

62

지 않은 백의가 이국의 환경 속에서 불가사의할 정도로 그의 기분을 가라앉히는데 도움이 되었다. 현재 같은 입장에 놓인 이상, 형식적인 규율을 어느 정도 풀어 주는 것이 필요하다고 그가 생각하는 것도 당연했다. 데프리스의 말을 따라서 오전 중을 벤칠레 간호사와 함께 지내는 것도 그다지 나쁜 생각만은 아니겠구나, 하고 로버트는 생각했다.

그녀와 상담하고 싶은 것도 여러 가지 있었다. 그는 자기의 감정이 여느 때와는 달리 바뀌고 있었음을 거의 느끼지 못했고, 가령 느끼고 있더라도 그런 감정을 긍정하지 않았음에 틀림없지만, 하여튼 그는 지금 벤칠레 간호사의 가치를 어느 정도 인정하여 그녀의 판단을 신뢰할 기분이 되어 있었다.

"아래로 내려가서 함께 아침 식사를 하지 않을래?" 하고 그는 물었다.

"벌써 난 먹었어요."

"뭐야? 이렇게 일찍?"

"예."

"그래. 그럼 난 빨리 가서 한 입 먹고 오지."

그는 망설였다.

"어때, 그 뒤에 잠깐 수영하러 갈까?"

그녀는 머리를 흔들었다.

"편지를 몇 통 쓰지 않으면 안 되어서요."

그녀는 전에 없이 그를 향해서 미소를 지었다. 그리고 부자연스러운 말투로 마치 무엇에게 억압이라도 받는 것처럼 이런 말을 했다.

그대로 두 사람 모두 잠깐 침묵했다. 곧이어 당돌하게 그녀가 말했다.

"그 의사 선생님이 밤중에 이곳에 왔었어요."

"누가?"

"닥터 더 스자."

"데프리스 씨가 있는 곳인가?" 하고 로버트는 말투가 예리하게 물었다.

"아뇨……마담이 있는 곳입니다."

그녀는 약간 말을 끊었지만, 그리고 나서 계속 말을 이었다.

"한밤중에 갑자기 외치는 소리가 들려 왔기 때문에 나는 일어났습니다. 마담 이었지요……. 그분의 방은 내 방 가까이에 있습니다. 그분, 아마 심한 신경쇠약인 것 같아요. 완전한 히스테리에요. 나도 뭔가 도울 수 있지 않을까 해서 일어나 있었지요. 그러자, 그때 누군가가 그분이 있는 곳으로 갔습니다. ……라몬이었다고 생각합니다. 난 그분이 신음하면서 외치는 소리를 들었습니다. '참을 수 없어…… 그 사람을 와 달라고 하지 않으면 안돼…… 그 사람에게……' 처음 동안은 확실히 라몬이 그분의 마음을 진정시키려고 애쓰고 있었지만, 그리고 나서 난 라몬이 전화거는 소리를 들었습니다. 그럭저럭 40분 정도 지나자 차가 한 대 소리를 내지 않도록 조심해서 들어왔습니다. 난 창으로 엿보고 있었습니다. 더 스자였지요. 그 사람이 마담에게 주사를 놓는 것 같았습니다. 그리고서 나중에도 그 사람은 마담이 있는 곳에 있었습니다. 마담이 조금 전부터 안정하고 있던 것처럼, 두 사람은 적어도 30분간 베란다에서 뭔가 소곤소곤 속삭이고 있는 것 같았지요."

벤칠레 간호사가 이야기를 끝냈을 때 로버트는 아연해서

그녀의 얼굴을 바라보았다. 곧이어 그는,

"그러면 마담 데프리스는 극도로 신경질적인 타입이 아닐까…… 어젯밤부터 나는 이미 그것을 눈치 채고 있었지. 아마 주인이 건강하게 되어서 돌아온 것이 그 사람에게는 상당히 흥분이 되었겠지…… 그래서 아마 진정제가 필요했을 거야."

"그렇게 생각하십니까?" 하고 벤칠레는 새침을 떠는 목소리로 말했다.

"진정제라면 그분은 항상 먹고 있어요. 식사할 때 선생님 눈에 띄지 않았습니까? 그분의 동공이 병마개만큼 컸었던 것을?"

"그건 자네 생각이 틀려요." 하고 로버트는 말했다.

"그 사람은 완전히 정상이었어. 난 식사 뒤에 오랫동안 그 사람과 이야기하고 있었으니까."

간호사는 세차게 머리를 흔들었다. 그리고 갑자기 이날 아침 처음으로 빨아들일 것처럼 그의 눈을 바라보았다.

"이 저택과 이곳 사람들 모습에 뭔가 이상한 점이 있는 것 같아요. 어젯밤 느끼지 않았습니까? 이야기를 하고 있을 때 어딘지 어색한 저 밝음이랑, 어쩐지 고의로 짓는 듯한 웃음이랑 그 밑바닥 비밀스런 것이 흐르고 있는 게 아닙니까?"

"이제 됐다, 됐어." 하고 그는 중얼거렸다.

"데프리스 씨가 시끄러운 바람의 원인일 거야. 그런데 자네? 무책임 하군. 그렇게 멋대로의 공상을 말하는 것은. 이곳의 모습이 자네에게 전혀 맞지 않으니까 아마 그런 식으로 생각하게 되는 것이겠지."

벤칠레 간호사는 대답을 하려고 입을 벌렸다. 그런데 나오던 말을 멈추고 눈을 떨어뜨렸다.

"난 이런 곳에 너무 오래 있지 않는 편이 좋다고 생각해요."

이윽고 그녀는 말했다.

"달리 어떤 방법이 없지 않은가? 아일랜드 퀸호는 3주일이 지나지 않으면 돌아오지 않고, 그리고 우리들은 서로에게 짧은 휴양기간을 벌어놓고 있는 것이니까. 이 땅은 꽤 멋지다고 생각하는데, 이곳 생활에 길들여지면 자네 마음에 들 거야."

그녀를 어쨌든 안심시키려고 노력하고 나서 로버트는 계단을 내려갔다. 누구의 모습도 보이지 않았다. 어쩌면 이 가정에는 일찍 일어나는 사람이 한 사람도 없는 듯했다. 그러나 집사인 마테오가 사이드 테이블 위에다 보온그릇에 담은 아침 식사를 준비해 놓고 있었다. 로버트는 스스로 커피를 따르고 커피잔과 과실을 두 개만 손에 들고 베란다로 나왔다. 어쩌면 벤칠레 간호사는 현대식인 하얀 배에서 삐걱삐걱 소리가 나는 마룻바닥과 비밀로 가득 찬 벽이 세워져있는 수백 년이 넘은 이 낡은 저택으로 옮겨 온 급격한 변화 때문에 혼란을 일으켜 버린 것이리라. 그렇더라도 곧 익숙해질 거야, 하고 로버트는 생각했다.

커피를 마셔 버리자 로버트는 정원으로 나가 집 주위를 둘러보았다. 여러 채 있는 허술한 작은 집 앞의 공터 안에서 원주민 아이들 두서너 명이 놀고 있었는데 어머니들은 우물 곁에서 무릎을 꿇고 빨래하기에 여념이 없었다. 그곳에서 그는 어젯밤 복도에서 만나 노파를 만났다. 그녀는 다른 사람과 떨어진 곳에서 방자한 얼굴을 하고 야위어 키가 큰 몸을 똑바로 하고 있었다. 그녀의 표정은 마치 연마한 흑단의 조각처럼 전혀 움직임이 없었다. 그녀는 계속 그를 관찰 하고 있었다. 그가 가까이 다가가자 그녀의 굳었던 표정은 부드러워지고 갑자기 사의를 표하며 마치 애무라도 하는 듯한 제스추어로 그의 소매를 잡았다. 그리고 그녀는 이해할 수 없는 말로 뭔가 두세 마디 이야기했다. 그리고서 그녀는 재빨리 그의 손안에 무엇인지 아주 작은 것을 쥐어주자 입술에 손가락을 대고 집 쪽을 재빠르게 슬쩍 바라보면서 일어서서 갔다.

그는 멍청해져서 그녀에게서 받은 걸 바라보았다. 거의 콩알 크기의 피처럼 붉은 달걀 모양의 돌로 보석처럼 장식이 조각되어 있었다. 그 장식을 보자 그는 반달을 연상했다.

도대체 이것은 무슨 속셈일까, 하고 그는 당혹과 노여움이 교차하는기분으로 자문했다. 이런 어처구니없는 일에 관계하기 위하여 이런 곳까지 찾아온 것은 아니다. 그는 그것을 몰래 언덕에라도 던져버릴까 하고 생각할 정도였지만 노파는 확실히 선의(善意)로 한 일이고 그 호의를 손상시키고 싶지 않았기 때문에 그대로 그 돌을 주머니에 슬그머니 집어넣고 베란다로 돌아왔다.

11시 반이 지나자 누군가가 모습을 나타냈다. 나탈 리가 비틀비틀 계단을 내려와 그의 쪽으로 다가왔다. 그녀는 지독히 피로한 모양으로 어젯밤 같은 활기는 아무 데서도 찾을 수 없었다.

"잘 주무셨습니까?" 하고 그녀는 귀찮은 듯이 담배에 불을 붙이면서 물었다.

"예, 감사합니다. 아주 잘 잤습니다―당신은?" 하고 그가 반문했다.

그녀는 어깨를 으쓱해 보였다.

"나는 두통이 있었습니다."

그녀는 웃지도 않고 그를 계속 바라보았다.

"약을 조제해 주시지 않겠습니까?"

"어떻습니까, 아스피린은? 두세 알 정도 잡수시면 되겠습니다만."

"단지 그것뿐이에요? 당신이 나를 위해서 해줄 수 있는 것이?"

"당신은 그것보다 강한 약은 필요하지 않습니다." 하고 그는 말했다.

"어떻게 약을 잡수시려고 하지요? 그대로, 혹은 물로?"

"셀리주를 쭉 마시고 싶어요. 친절심이 있으시다면 식기함에서 셀리병을 갖다 주시지 않겠습니까?"

"셀리와 아스피린? 그것은 정상적인 아침 식사가 아닙니다."

그러나 그는 가서 그 양쪽을 모두 가져 왔다.

조금 지나자 그녀는 어느 정도 평정을 찾게 되었고 기분도 약간 좋게 되자 의자에 걸터앉아 다시 또 한잔 셀리주를 마시고 비스킷을 씹으면서 또 마셨다.

"이제 어지간히 기분이 좋아졌어요." 하고 그녀는 말했다.

"이것으로 당신은 나의 의사님이 되었고-거기에 친구도 되었어요."

그녀는 그의 손을 잡았다.

"어쨌든, 당신은 나의 친구예요, 네? 새로운 분을 오랜만에 만나는 것은 멋진 일이지요. 부탁해요. 내 친구가 되어 줘요."

"되고말고요."

그는 미소했다.

"그렇다면 더 이상 우리들, 이런 곳에서 우물쭈물하고 있는 것은 그만 두지요."

그녀는 일어섰다. 그리고 그의 손을 놓지 않고 그대로 그를 일으켰다.

"카바나 해안으로 갑시다. 가벼운 식사는 그곳에서 먹을 수 있으니까. 그리고서 마을로 가요. 아, 잊었어요. ─저 사람 좋은 더스자 선생이 와도 좋다고 당신을 초대했어요."

그런 뒤 5분 정도 지나서 두 사람은 해안으로 가는 길로 나섰다. 꽃이 만발한 쟈카란다 나무가 늘어선 길을 지나쳐 갔다. 그쪽 일대엔 쟈스민과 퐁시어나의 꽃이 피어 있었다. 그리고 바니라의 감미로운 향기가 근처에 펼쳐져 있었다.

가는 도중에 그는 노파에게 받은 그 돌을 그녀에게 보였다.

"당신은 이런 것, 지금까지 본 일이 있습니까?"

나탈리는 처음에는 계속 돌을 보고 있었는데 곧이어 이번에는 어쩐지 놀랍다고 하는 표정으로 로버트를 바라보았다.

"그런데 어디서 얻었어요?"

"댁의 하녀에게서 선물로 받은 것입니다. 저 복도에 앉아 있던 나이 많은 분입니다."

"디어 루시아군요?" 하고 그녀는 놀라서 소리쳤다. 그리고 잠시 뜸을 들이고 나서,

"그 여자는 당신을 아주 존경하고 있군요. 이것은 그 여자가 제일 중요하게 갖고 있던 것이 틀림없는데."

"원래, 이것은 어떤 의미가 있습니까?"

"악마를 제거하는 부적이에요. 이곳 원주민들의 주술이지요. 바라기만 하면 흉악한 눈을 피할 수 있어요. 그리고 불행

이랑, 병이랑, 죽음에서 지켜 준다는 이야기이지요. 이 돌은 선물로서밖에 손에 넣을 수 없고, 파는 일도 할 수 없고, 훔친다고 해도 효능이 없어지지요."

그녀가 진지하게 그런 말을 해도 그는 조금도 이해할 수 없었지만 다만 그녀가 농담을 하고 있지 않다는 것은 그녀의 얼굴이 나타내주고 있었다. 그에게는 정말 웃어야 할 일이라고밖에 생각되지 않는 것과, 또 그런 모양을 감추려고 하는 기분에서 이 섬에는 미신이 많이 있는 것이 아닌가 하고 물어 보았다.

"예……특히 카리브인들 사이에 있지요. 디어 루시아는 그렇다고 해서 카리브 사람인지는 모르겠어요……. 오히려 카리브 사람을 미워하고 있으니까."

"그 카리브 사람이라는 것은 어떤 인종이지요?"

"본래는 남미 인디언으로 마트 글로소에서 건너온 인종이에요. '카리브' 라는 이름은 '타관 사람' 이라는 뜻이지요…… 저 사람들은 정말로 변하지 않아요……."

"어떤 점에서요?"

나탈리는 잠시 입을 닫아 버렸는데 곧이어 마지못해서 입을 열었다.

"카리브 사람에게는 일종의 종교가 있습니다. 비밀스런 의식을 가진 그것은 언제나 밤에만 행하지요―난, 그 일은 그다지 잘 모르고…… 또 알고 싶은 생각이 조금도 없고…… 어떤 일이 있어도 우리들 절대로 그런 것은 말하지 않습니다."

그녀는 그 이상 아무 것도 말하려고 하지 않았다. 그리고 그 말은 그만 둬 버렸다. 이제 그런 말 그만해요, 하는 식으로.

두 사람은 이미 해안 바로 옆까지 와 있었다. 바다 멀리 암초에서는 세찬 파도가 계속 만들어 올려 졌지만 조금 길을 돌아가자 두 사람은 하얀 은빛 모래사장으로 이어진 삼면이 육지로 둘러싸인 하구 쪽으로 나왔다. 그곳에는 종려나무로 지붕을 이은 커다랗고 둥근 집이 따뜻하고 파란 수면을 입구로 해서 세워져 있었다.

작은 집안에는 샤워실이랑 고정시켜 놓은 바랑 전화가 설비되어 있었다. 로버트가 그 작은 집의 자기 앞으로 나누어 준 작은 방에 들어가 보니 수영복까지 준비되어 있었다. 그는 옷을 갈아입고 밖의 폭신한 모래 위로 나왔다. 모래의 따뜻함을 직접 살갗으로 느끼는 것이 그에게는 즐거웠다. 온화한 미풍이 하구를 이상적인 휴가의 낙원으로 만들고 있었다. 곧이어 나탈 리가 모습을 나타냈다. 비키니 스타일의 수영복을 입은 위에 크고 보들보들한 밀짚모자를 쓰고 있었다. 그림처럼 아름다운 육체를 갖고 있었지만 벤칠레 간호사처럼 훌쭉하고 직선적인 것과는 달리 매혹적인 곡선으로 부풀어 허리 근처가 날씬했다. 거무스름한 밀 같은 살갗은 일광욕을 위한 올리브 유의 선전에 사용할 정도로 멋있었다. 그녀는 로버트의 옆에 눕자 손가락 사이로 모래를 좔좔 흘려 내렸다. 그리고 그녀가 말했다.

"이야기 상대가 생겨서 난 기뻐요. 부탁해요. 이제부터는 나를 미스 데프리스라고 부르지 말아요. 그저 나를 나탈리라고 불러 주세요. 그것은 그렇고…… 당신에게는 말해 버리는 쪽이 좋겠어요.

어차피 당신 귀에 언젠가는 들어갈 테니까, 난 결혼하고 있어요…… 라기보다 결혼해 있었던 것입니다."

그녀는 잠깐 입을 다물었다.

"잘 이루어지지 않아서……."

그녀는 어쩌면 그에게 뭔가 말해 버리고 싶은 것 같았다.

"이혼했습니까?"

"별거하고 있어요. 우리들은 가톨릭이니까. 찰리 카라한 이라고, 이제 듣게 되실 거예요. 카타스토러프 카라한(역자주 : 카타스토로프는 커다란 재앙이라든가, 참혹한 눈에 맞춘다 는 뜻)이라고 부르고 있어요. 지금도 아직 레누 마리에 살고 있고 그 근처를 헤매고 다닐 거예요. 때때로 만나지요…… 마 을에서 우연히 마주치거나 해서. 이상한 기분이에요."

"어쨌든, 결혼생활이 즐거웠던 것처럼 들립니다."

"아, 우리들은 언제나 싸움만 하고 있었어요. —어때요. 드 라이 마티니를 한잔 마시는 것이, 우리들 둘이서."

"이런 시간에 말입니까?"

"좋지 않을…… 까요?"

"아까 먹은 셸리와 잘 어울릴까요?" 하고 로버트는 그녀 의 생각을 중지시키려고 말했다.

"셸리라면 간에 기별도 가지 않아요."

그녀도 지지 않고 도발적으로 그를 바라보았다.

"난 이런 못된 섬에 계속 살고 싶지 않아요. 조금쯤 자극 이 없다면."

"이곳 생활이 마음에 들지 않습니까?"

"아뇨…… 어릴 때는 달랐어요……. 엄마가 아직 살아 있 을 때는요. 이젠 난 이 섬이 싫어졌어요. 하느님 눈 밖에 난 이런 곳에, 오는 달도 또 오는 날도 닫혀 버려 있다고 생각하니. 이곳에서 제일 가까운 육지가 브라질의 정글이라는 것을 당신 상상할 수 있어요?"

"여행을 전혀 하지 않습니까?"

"그거야 하지요. 때때로 우리들은 미국으로 가요. 대개 마이애미지요. 찰리를 만난 것도 마이애미에요. 하지만 아빠는 이 작은 섬에 빠져 있어요. 우리들 데프리스 집은 제일 오래된 이주민이지요. 그래서 아빠는 이 섬에 대해서 일종의 의무가 있는 것이라고 말하지요…… 그런데 저 사건이 있고부터는……."

그녀는 말을 끊었다.

"저 작년의 사건이 있고부터는…… 어느 쪽이라 해도 아빠는 나를 좀처럼 쇠사슬에서 풀어 주지 않아요. 그런 주제에 계모에게는 때때로 리오라든가 파리로 놀러 가는 것을 허락해 주면서. 당신은 아빠가 이 집에서 수렵이라도 하듯이 지휘봉을 흔드는 것이 이미 느끼셨겠지요?"

느닷없이 그녀는 짧게 쓰디쓴 웃는 소리를 냈다. 그러나ㅡ이상하게ㅡ그것은 뭔가를 무서워하는 듯한 목소리였다.

"내가 이렇게 재잘거리는 것을 듣는다면 계모는 아마 재미있게 생각하지 않겠지요……. 내가 당신과 사이좋게 이야기하고 있고……우리를 모두가 태양과 바다와 아름다운 가정을 사랑하고 있다고, 내가 당신에게 이야기하고 있고…… 그리고 레누 마리랑……무엇이든 너무나 밝은 마음으로 흥미를 끄는 것뿐이라는 것을, 내가 당신에게 그런 이야기를 하고 있는 것이 모두의 계산에는 빈틈없이 들어 있지요. 하여튼 난 당신을 밤에 한번 댄스에 유혹하는 역할을 부탁받고 있지요- 그러나 이미 끝났어요. 자, 당신 잠깐 수영하실래요."

"당신은 수영하지 않습니까?"

"안돼요-난! 당신이 수영하고 있는 동안 마티니를 준비해 둘 테니까."

뜨거운 모래에서 첨벙 하고 들어가자 바닷물은 차가웠다. 로버트는 하구 밖의 커다란 파도가 부서지는 근처까지 한바탕 헤엄쳐 갔다. 파도가 조용한 곳에서는 산호 사이를 무늬 모양의 물고기들이 끊임없이 헤엄쳐 가는 것이 보였다. 그는 단숨에 숨을 깊이 들이마시고 잠수하여 물고기들의 뒤를 쫓아서 색색의 해초 사이를 헤엄쳐 빠져나갔다. 이 근처의 바다 밑은 꽃이 핀 정원처럼 멋이 있었다. 수면에 떠오르자 나탈리가 올라오라고 손짓하고 있는 것이 보였다. 아침 식사가 날라져 베란다의 테이블에 놓여져 있었다. 그녀는 믹서용의 컵에 든 뭔가 마실 것을 가늘고 긴 나무 스푼으로 뒤섞고 있었다.

"이 섬의 토박이 술을 한번 맛 봐 주세요."

그녀는 칵테일을 가득히 부었다.

"이건 파파이어가 기본이에요."

"파파이어 주스라고? 정말 맛있는데." 하고 로버트는 말했다.

"내 방에 이놈이 가득 들은 카프가 있었어요."

"어느 방이나 있어요." 하고 그녀는 미소를 띠었다.

"아빠는 부업으로 패릭에서 주스 공장도 경영하고 있어요. 우리들은 그것을 물에 타서 마십니다. 물을 여기에서는 먹을 수 없으니까. 그러나 이 칵테일에는 특별한 술이 약간 들어

74

있어요."

그 특별한 술이라는 것은 럼이었다. 로버트는 맛만 보려고 했지만 한번 수영을 한 뒤라 상당히 맛이 좋았다.

"한잔 더 하시지요." 하고 나탈리가 권했다.

"나도 한잔 더 할 테니까."

그녀는 이미 두세 잔 마신 듯했지만 로버트가 이제 되었다고 말하자 그녀는 다시 자기의 글라스에 따랐다.

"그것은, 그러나 젊은 아가씨에게는 알콜이 너무 지나친데요." 하고 그가 말했다.

"상관없어요."

두 사람 다 충분히 식사를 했다. 샐러드와 샌드위치와 과실의 차가운 것뿐이었지만 상쾌한 공기와 나탈리가 상대했기 때문에 어느 것이나 멋지고 맛이 있었다. 그녀는 상당히 어색하게 행동했지만 가능한 한 아무것도 아닌 듯이 하려고 그 태도가 나타나면 그럴수록 그것이 외관만의 연기처럼 생각되고 그런 식으로 몸을 지키는 갑옷 밑에 인간적인 따뜻함과 애정을 구하는 강한 욕구, 수평선과 맞닿은 파란 열대의 하늘 저편에 있는 무엇인가로의 갈망이 숨어 있는 것을 그는 느꼈다. 그는 나탈리에게 동정 같은 것을 가졌는데 상대도 자기에게 호감을 갖고 있다고 느꼈다.

식사가 끝나자 그녀는 길다랗게 몸을 쭉 뻗고 약간 도발적인 미소를 떠올리면서 그를 바라보았다. 그리고 요염하게 유혹하는 것처럼 몸을 움직였다.

"하룻밤 교제하고 싶어요." 하고 말했다. 그러나 그것은 단순히 마담의 명령에 따르는 것뿐이라는 말은 하지 않았다.

로버트는 불안하게 되었다. 스코틀랜드 사람이라고는 해도 그도 남자일 뿐만 아니라 뜨거운 모래 위에서 이런 매력적인 거의 나체와 같은 여자 옆에 누워 있다는 것은 악마의 유혹에 몸을 맡기고 있는 것 같은 것이었다. 너무나 몸이 가까이 있었기 때문에 숨이 막힐 만큼 피부 냄새가 났다. 벤칠레 간호사는 아무 향수도 사용하지 않았고, 때로 머리끝에서 발끝까지 갈색의 윈저 비누로 씻을 뿐인데도 상쾌하고 청결한 향기가 나는 일은 있었다. 그런데 이것은 다르다. 완전히 다르다. 그는 나탈리가 반쯤 눈으로 자기를 계속 보았을 때 확 하고 숨을 멈췄다. 약간 몸을 옆으로 움직여 태양에 그을은 부드러운 육체에 양팔을 얹고 두터운 새빨간 입에 자기 입술은 누른 것은 결단코 만들어낸 짓은 아니었으리라…… 만들어낸 짓이라면 지나친 정도였으리라……. 그녀가 선정적으로 기대하고 있는 모양에는 뭔가 모르게 불안한 것과 정말로 슬픔이라고 말할 정도인 것이 비춰졌다.

그는 억지로 자기의 기분을 억제했다. 자기는 이런 것에 인연이 있는 사람이 아니라고 생각했다. 나탈리가 이런 행동을 하는 것은 그녀가 고독을 푸념하고 욕구불만 같은 두렵고 불행한 상태에 있는 탓인 것이다. 뭔가 확실히는 알 수 없지만 그녀의 마음은 깊이 상처입고 있는 것이다. 그래서 그 상처가 지금도 계속 불타는 것처럼 아픈 것이리라. 그러나 베일에 감싸인 것 같은 그녀의 눈길의 경솔한 도발에 따르는 것이 아무런 구원도 되지 않을 뿐만 아니라 바꾸어 해로움만 무겁게 하는 마음으로 돌아오게 될 것이 틀림없었다.

"마을로 나가자는 이야기, 어떻게 되었지요?"

일어서면서 그가 말했다. 그녀는 대답을 하지 않고 잠시 눈을 감은 채였지만 이내 몸을 펴고 일어났다.

"그래요, 그렇게 하지요." 하고 그의 쪽은 보지 않고 그녀는 무덤덤하게 말했다.

"보트로 가지요."

그녀가 옷을 갈아입기를 기다려 그는 작은 집으로 들어갔다. 그의 사고는 건강하고 고결한 것이었지만 그러나 분수에 맞지 않는 자제를 한 느낌도 있었다. 가슴속에 이미 그는 너무나도 엄격한 청교도 기질을 후회하기 시작했다.

그가 작은 집을 나오자 그녀는 석조의 작은 제방에 묶여 있던 모터보트에 엔진을 걸었다.

"그물을 벗겨 주세요." 하고 그녀는 모터가 돌아가는 소리에 지지 않도록 크게 소리쳤다.

"그리고, 빨리 타요!"

그가 모터보트를 해안에서 떼어내자 그녀는 우선 약간 후퇴를 시키고, 그리고서 모터를 전속력으로 바꾸었다. 두 사람은 하구를 크게 회전하면서 망그로브의 종려나무가 싱싱하게 서 있는 길고 평탄한 해안을 따라서 날듯이 나아갔다.

곶을 지나치자 상당히 파도가 거친 바다로 나왔는데 나탈리는 관계치 않고 풀 스피드를 계속 넣었다. 이곳을 뚫고 나가는 사이에 모터보트는 거의 공중으로 돌진하여 간혹 수면에 닿으면 배 전체가 부서질 만큼 꽈당 하고 충격을 받았다. 다시 파도가 조용한 곳으로 나갔을 때 비로소 그녀는 속도를 줄였다.

"지금 통과한 곳이 버스 텔 포완(역자주 : '저지곶' 이라는 프랑스 말)이에요." 하고 그녀는 말했다.

"언제나 아주 재미있어요…… 금방 전복될지도 모르지만요. 검은 개울이 저쪽에서 바다로 들어오고 있지요. 못된 연못이 있는 곳이에요. 그리고 이번에는 사반나 델 마르(역자주 : '바다의 초원'이라는 스페인어)."

그녀는 머리로 그쪽을 표시했다.

"더 스자 씨의 별장이 저쪽에 있지요. ―그러나 그것은 옛날 일이고 ―지금은 아무도 살고 있지 않아요. 아, 저 나무 틈으로 약간 보이네요."

"상당히 견고하게 지은 집 같은데요?" 하고 로버트가 말했다.

그녀는 끄덕여 보였다.

"옛날의 성채예요. 거기에다 그 사람이 약간 증축했지요. 하지만 지금은 완전히 방치해 두고 있지요."

덤불이 많은 늪지의 쓸모없는 황량한 땅에 눈길을 보내면서 그의 머리는 주치의의 일에 집중되었다.

"그 사람의 일을 이야기해 주지 않겠습니까?" 하고 그가 물었다.

"무엇을 말할까요?"

"어느 대학을 다녔다든가…… 어떤 학위를 받았다든가……."

"브라질 이지요…… 리오의 대학요. 아마 여러 나라를 다녀서 수개국어를 할 줄 알지요."

"더 스자란?" 하고 그는 생각하면서 물었다.

"폴투칼어의 이름 아닙니까?"

"예, 하지만 그 사람은 폴투칼 사람은 아니예요…… 어쨌든, 그 사람, 아주 수완가인 의사로 더 이상 없는 명의지요. 이곳 사람들에게 아주 존경받고 있어요. 많은 사람이 그 사람을……." 하고 그녀는 로버트를 옆 눈으로 슬쩍 보았다.

"성자 선생이라고 부르지요."

"정말, 그러면 아마 상당히 많은 환자들을 고친 모양이지요."

로버트는 히죽 웃었다.

"그러니까 성자 같은 영광을 받을 수 있는 권리도 얻은 것이겠지요."

그때 그녀는 암초를 피하면서 나아가는 모터보트의 항로를 조절하는데 집중하고 있었다. 레누 마리의 평탄한 집들이 보이기 시작했는데 그로부터 10분 정도 지나자 두 사람은 배 끝을 항구로 향하고, 그리고 안쪽의 도크 계단 옆에 정박시켰다. 곧이어 그들은 육지로 올랐다.

바다 위에서 시원한 바람을 받아온 뒤끝이라 뜨거운 열기는 숨이 막힐 정도로 느껴졌지만 그대로 마을은, 로버트에게는 처음 보았을 때보다 활기가 있는 것처럼 생각되었다. 원주민들의 무리가 왕래하고 있었고 노동자들이 큰 거리에서 색색의 기를 만들었고, 무늬 모양으로 칠해 놓은 높은 말뚝을 세워 놓고 있었다. 광장에서는, 성당 앞에 있는 커다란 차양 밑에서 힘있게 추를 두드리거나 정을 때리거나 하는 작업이 이루어지고 있었다. 그 저쪽에서는 태평한 것 같은 혼혈아가 오래된 호텔의 색이 벗겨진 샷시에 녹색 페인트를 칠하고 있었다.

"모두 카니발을 위해서 준비하고 있지요." 하고 나탈 리가 말했다.

"매년, 지옥처럼 야단법석을 떨지요. 앞으로 2, 3주일은 바보라도 하지 않는 축제가 시작되지요."

낡고 좁지만 손질이 빈틈없이 잘된 집 앞에서 두 사람은 멈췄다.

놋으로 머리 장식을 만든 철대문 저쪽에 포취가 있는 집이었다.

"자, 다 왔습니다. 이곳이 더 스자 선생의 댁이에요. 이야기가 끝나면 폰세카까지 나를 맞으러 와 주세요." 하고 그녀는 머리로 그 호텔쪽을 가리켰다.

"어떻게 된 것이지요? 함께 들어가지 않습니까?"

"그럴 수 없어요! 저쪽의 베란다에서 난 시원한 것이라도 마시고 있겠습니다. 바삐 오시지 않아도 좋아요."

마치 세상에 근심 하나 없다는 투로 그녀는 걸어갔다. 다음 순간 그녀는 회전 도어로부터 폰세카 호텔의 바 속으로 모습을 감추었다.

7

　로버트는 잘 다듬어진 계단을 오르자 의사 집 현관의 초인종을 눌렀다. 현관 옆의 표찰은 난간의 놋 장식과 마찬가지로 번쩍번쩍하게 닦여져 있었다. 녹색의 쇠살문 뒤에 가늘고 긴 창에 걸려 있는 에이스가 달린 커튼은 깔끔하고 더럽지 않아 눈에 띄지 않는 색상이었다. 거기에다 베란다 역시 깨끗하게 청소되어 있었다. 요컨대 모두가 말할 수 없이 정돈되어 있었다.

　더 스자가 스스로 로버트를 나와서 맞아들였다. 더 스자는 품이 넓고 긴 백의를 입고 있었는데 그의 다른 점은 여느 때와 마찬가지로 멋을 부리고 있었고 그 위에 또 더 한층 허물없이 대했다. 악수를 할 때 로버트의 손을 비틀어 잡듯이 힘껏 잡았다.……그의 악력은 마치 불로 달근 봉이라도 사용하고 있는 듯했다.

　"야 이거, 아주 좋을 때 와 주셨군요, 닥터. 지금 금방 진찰을 마쳤습니다 ― 어서, 이쪽으로 들어오십시오."

　그는 현관홀의 오른쪽에 있는 거실로 로버트를 안내했다. 오래된 마호가니 가구의 의자는 진홍의 프라시텐, 넓은 마루는 왁스로 말끔히 닦여져 있었고 그 근방에는 아편이랑, 에텔이랑, 석탄산의 냄새가 물씬 풍기고 있었다. ―이것은 모두 의사의 집이면 빼놓을 수 없는 약품 냄새였다.

　"그러면, 마실 것은 무엇으로 하지요? 홍차……커

피………그렇지 않으면 좀 더 강한 놈입니까? 나처럼 한심한 독신자 가정에 있는 것으로 좋아하시는 것이 있으시면 마음대로 주문해 주십시오.”

“홍차로 됐습니다.” 하고 로버트가 말하자 더 스자는 얼굴 가득히 웃음을 터뜨리며 자기도 찬성한다고 말했다. 그러자 거의 동시에 원주민의 검은 알파카 옷을 입은 덩치 큰 하인이 은제 찻그릇을 담은 쟁반을 들고 들어왔다. 그의 납작하고 기골찬 청동색의 얼굴은 눈썹에 이르기까지 긴 흉터가 있어 마치 절단기로 끊은 것 같은 느낌을 주었다.

그 사내가 우물쭈물하고 서 있자 더 스자가 양손으로 두세 개의 신호를 보내자 하인이 가버렸는데, 그 뒤에 그는 설명했다.

“카스트로는 농아입니다. 보기는 험악하지만 저 사람은 아주 쓸모가 많이 있지요. 말하는 것을 잘 듣습니다. 칼로 싸움을 한 뒤 내가 완전히 봉합해 주었던 것입니다. 원주민인 카리브인들은 단순한 인간뿐이지만…… 그래도 때로는…… 마음대로 되지 않는 일이 있습니다.”

그는 홍차를 마시기 시작했다. 이제 로버트에게도 그를 자세히 관찰 할 수 있는 여유가 생겼는데 아까의 첫인상을 수정할 필요가 없다고 느껴지자 조금도 놀라지 않을 수 있었다. 멋쟁이처럼 포마드로 손질을 한 외관에도 불구하고 더 스자의 얼굴은 빼어났고 그의 몸체도 웃옷을 벗고 보니 생각보다 남성적이었다. 사람을 보고 있지 않을 때의 그는 예의 맑고 부드러운 미소도 없었고, 얼굴은 침울하여 깊이 생각하는 지성적인 느낌을 주었다. 아랫턱은 옴폭 패였고, 눈썹은 검은 아취형이었고, 손목은 근육질의 어깨로부터 완강하고 모양 좋게 늘어져 있었다. 순간 전혀 다른 사람으로 보였는가 하고 생각이 들면 다음에는 머리를 들고 미소하며 환자를 진료할 때의 모습으로 돌아가 아일랜드 퀸호를 맞을 때의 매력 있는 남자로 돌아오는 것이었다.

"이것이 입에 맞고 좋지요, 닥터?"

그는 로버트에게 홍차 잔을 들어 보였다.

"인도 홍차라서. 이 섬에서는 커피와 카카오만을 재배하고 차는 전혀 만들지 않습니다. ─레몬이 좋습니까, 아니면 크림이 좋습니까?"

로버트는 레몬을 달라고 말했다. ─그러자 곧 레몬이 들어왔다.

"이렇게 상쾌한 차를 댁의 나라인 미국에서는 거의 마시지 않는다니 아주 놀랍군요."

분명히 더 스자는 자기를 미국인이라고 생각하는 듯했다. ─로버트는 별로 정정도 하지 않았다.

"여기도 브라질이랑 똑같지만 당신들은 무지무지한 커피당의 국민들이지요. 그렇긴 하지만 홍차를 마시는 습관이 미국의 대·중 도시에도 점점 늘어간다고 나는 생각하는데요."

"아마, 그렇겠지요." 하고 로버트는 말했다.

"거기에는 이유도 있습니다. 나는 이 차의 애호가이지요. 시인의 말을 빌리면 '이 한 잔, 건강은 가져 오지만 취하지는 않는다' 라는 것입니다. 비스킷은 어떻습니까, 닥터?"

"아니, 지금은 괜찮습니다."

"마실 것이라고 하면, 닥터, 이것은 알콜 음료의 이야기인데 데프리스 씨가 최근에·계속 끊고 있다고 듣고 나도 실로 감사하고 있습니다. 어쨌든, 그 사람은 최근까지 상당히 마셨으니까요. 당신에게 감사를 드립니다."

"그 사람은 그 사람대로 각오를 하고 있었던 것입니다."
하고 로버트는 밀했다.

"아마 당분간은 파파이어 주스로 참고 있겠지요."

"진심으로 당신을 신뢰합니다, 닥터. 이것으로 그 사람도
오래 살수 있겠지요. 나, 개인으로서는 저 가문에 계속 헌신할
작정입니다. 마담은…… 그분은 차밍한 부인으로 교양도 있
고 피아니스트로도 우수하지만, 염려스러운 일은, 이상한 만
큼 자주 화를 내는 것이지요."

그의 표정이 신중해졌다.

"사실을 말하면 그 부인 때문에 아주 머리 아픈 일이 지금
까지 여러 번 있었습니다. 당신도 이미 느끼셨으리라고 생각
합니다만, 닥터…… 진정제의 남용입니다. 어쨌든, 나는 그 습
관을 중지시키려고 될 수 있는 한 손을 쓰고 있습니다만, 그것
도 주인을 위한 것이 될지도 모르니까요. 주인은 멋진 분이시
지요. 점점 심해 가는 노동운동에 대한 국외로부터의 위협에
대해 옛 지주로서 권리를 지키고 산 페리페를 위하여 커다란
공헌을 하고 있으니까요."

그는 눈을 감고 생각에 잠기면서 계속 움직이지 않고 '건
강을 주는 마실 것'을 한모금 마시고서 섬의 일이랑, 섬의 관
습이랑, 원주민 사이에서 자기의 일 등을 이야기하기 시작했
다. 흥미 있는 화제가 몇 개인가 있었고, 그리고 의학 방면에
관해서는 의문의 여지없이 그가 자기의 직업에 정통하고 있다
는 것을 로버트도 인정하지 않을 수 없었다. 그의 너무나도 화
려한 이야기 탓으로―그에게는 그렇게 이야기하는 방법밖에

모르고 있는 것 같았지만―꽤 할인해서 받아들이지 않으면 안 되었지만, 더 스자는 사실 로버트에게 강한 인상을 주었다.

그래서 이번에는 로버트가 말을 걸었다.

"굉장한 책임이 있겠습니다. ……이런 아주 외진 곳에서 단 한 사람의 의사라는 것은."

"난 운이 좋았던 것입니다." 하고 더 스자는 천천히 고개를 끄덕여 보였다.

"때로는 괴로운 일도 있었지요. 예를 들면 간혹 티프스라든가, 한번은―이런 것을 말한다는 것은 안됐지만―악성 콜레라까지 있었지요. 그러나 난 최선을 다했지요. 잠깐 진찰실을 보시겠습니까?"

그의 진찰실은 현관의 홀 반대쪽에 있었고, 거리를 통할 수 있는 다른 출입구까지 있는 데에는 로버트도 꽤 놀랐다. 일류의 설비들이었고, 그것은 분명히 새로운 것뿐이었다. 하얀 타일로 장식한 응급 환자용의 병실이 두 개, 거기에 소형이지만 고성능인 렌트겐 장치까지 있었는데, 이 기계 하나를 준비하는 것만으로도 상당한 돈이 들었음에 틀림없었다. 짙은 눈썹 아래에서 로버트를 관찰하고 있던 더 스자는 로버트의 기분을 읽은 듯 미소했다.

"의심스럽게 생각하는 것도 당연하겠지요, 닥터. 이 원주민 환자만으로는 이만큼 준비할 수 없었으니까요." 그리고 뭔가 적당한 말을 찾고 있는 모양 같았지만 신경을 쓰지 않을 정도의 짧은 동안에 그는 말했다.

"모두 광산의 덕택이지요."

"광산이라면?"

로버트가 아직 광산의 일은 전혀 들은 일이 없다는 것을 알자 그는 설명했다.

　　"약 1년 전인데 이 섬에서 보키사이트가 발견되었지요. 귀중한 광맥입니다. 현재 브라질에 있는 회사가 채굴하고 있지요. 나도 그 사람들을 솔직하게 그다지 환영한다고는 말할 수 없지만 저쪽이 뚱뚱한 배를 내밀었을 때 나도 인류의 이익 되는 일을 생각해서 거부할 수가 없었습니다. 돈의 일은……." 하고 그는 갑자기 어딘가 모르게 애매한 미소를 떠올렸다.

　　"물론 나도 돈은 경멸하지요. 다만 그것이 바르게 쓰여 진다면 그 나름대로 장점이 있으니까."

　　그가 이야기하고 있는 동안에 로버트는 설비들을 둘러보았다. 모두 로버트의 마음에 든다고 스스로도 입 밖에 내어서 말했다. 진찰실 안에 또 하나의 도어가 있었다.

　　"저쪽은 약국입니까?" 하고 로버트가 물었다.

　　"아니, 그곳은 아직 골절용 치료기구를 놓았을 뿐이라서…… 부목과 깁스 등을요. 약국은 왼쪽입니다."

　　정중히 인사하면서 그는 로버트에게 약국을 보여 주었고, 그리고서 두 사람은 다시 집안으로 들어갔다. 들어가자 로버트는 자기의 시계에 눈을 돌리고 이제 돌아갈 시간이라고 말했다. 더 스자는 현관 도어까지 로버트를 데리고 나와서 그곳에서 그의 어깨에 손을 얹고 가까운 기일 안에 다시 꼭 찾아오기를 바란다고 희망을 말했다.

　　로버트는 붙임성 있게 대답하고 나서 그곳을 떠났다.

8

　밖으로 나와 커다란 광장까지 당도하여 로버트는 눈에 손을 붙이고 눈부신 햇빛을 가리면서 나탈 리가 어디에 있는지를 찾았다. 잠시동안 그는 그렇게 기다리고 있었다. 이 사간에는 왕래하는 사람들의 그림자도 거의 보이지 않고 있었는데, 문득 두 사람의 사내가 모습을 나타냈을 때에는 로버트도 역시 깜짝 놀랐다. 두 사람이 광장의 반대쪽에 있는 사무실의 건물에서 동시에 나오자 어깨를 나란히 하고 성당 쪽으로 걸어갔다.

　로버트의 눈길을 끈 것은 이 순수한 원주민의 마을에 어울리지 않는 두 사내의 풍채였다. 두 사람 모두 키가 작고 땅딸막하고 어깨의 멋을 살린 유럽풍의 기성복과 폭이 넓은 헐렁헐렁한 바지를 입고 있었다. 양쪽 다 검은 홈부르크 모자(역자주 : 차양이 좁고 선의 한가운데가 움푹 페인 중절모)를 쓰고 갈색의 서류 가방을 들고 있었다. 어디에서 왔는지는 알 수 없었지만 얼핏 보아 여행자인 것만은 확실했다. 그러나 두 사람 모두 로버트와 아주 닮아 있었고 그것도 잠자코 나란히 걷는 그 모양 때문에 그들의 모습에는 뭔가 모를 장소에 어울리지 않는 느낌이 따라다니는 듯했다. 얼마쯤 까닭 모를 무서움이 없었다면 그 어울리지 않는 느낌은 해학적인 효과까지 주었으리라.

로버트는 두 사람이 가까이 다가오고 있는 동안 계속 지켜보았다. 성당 앞에서 두 사람은 잠시 멈춰 서 있었다. 그 모양은 잠시, 성당의 무너져 있는 바로크풍의 호사스러움을 감탄하며 감상하는 것 같았다. 그리고서 그들은 또 걸었는데 재판소 앞에서 다시 멈췄다. 여기서도 감탄하며 감상하는 듯한 것이 로버트에게는 이번에도 어색한 모습이었지만 아무래도 그들다운 제스추어로 감탄을 강조하는 듯했다. 곧이어 그들의 시선은 문 앞의 오래되고 커다란 나무 아래 멈춰 있던 지프차로 향했다. 그 지프차가 상당히 그들에게 흥미를 일으킨 듯이 두 사람은 그 위에 올라타고 내부를 조사하거나 조종석의 계기판이나 기구류를 면밀히 음미하고 있었는데, 그러한 행동은 이미 차의 성능에 감동하고 있는 분명한 증거였다.

점점 로버트는 그들의 어릿광대짓에 싫증이 났다. 그것은 서투른 아마추어의 연기를 보는 것과 거의 비슷하였기 때문인데, 따라서 몇 분 후에 그들이 다시 걸어 나와도 이미 거의 눈길조차 주지 않았다.

그러니까 두 사람이 그때 이미 서류가방조차 갖고 있지 않았던 것을 기억해 낸 것은 한참이 지나고 나서였다.

그러나 그 사이에도 그는 어쨌든 나탈리를 찾지 않으면 안된다고 생각했다. 아무데도 그녀의 모습이 보이지 않았기 때문에 그는 폰세카 호텔 쪽으로 발걸음을 떼어 놓았다, 그런데 잠시 광장을 가로질러 가려고 하고 있을 때 그녀가 젊은 남자를 데리고 호텔의 회전 도어에서 나왔다. 남자는 로버트에게 등을 돌리고 있었기 때문에 얼굴은 알 수 없었다. 키가 크고 늠름한 몸체였는데 옷차림은 지독히 더러운, 나쁜 모습을 하

88

고 있었다. 발끝에 걸친 가죽 띠의 샌달을 신고 있는 것 외에 낡은 가죽 잠바에 더러운 미군 병사용의 바지를 입고 있었는데 그 바지도 낡아서 흐물흐물하게 되어 있었다. 두사람은 베란다에 서서 서로 뭔가 완전히 아야기하고 있었지만 마치 싸움이라도 하고 있는 듯한 모습이었다. 두 사람은 헤어지려고 하는 순간 뭔가 눈에 보이지 않는 힘이 서로를 끌어당기는 것 같았다. 어쩐지 부자연스러운 격렬함으로 남자는 갑자기 나탈리를 양팔로 끌어안았다 그러자 그녀는, 처음에는 저항하는 체했지만 곧이어 몸을 맡겨버리는 것 같았다. 오랫동안 그녀는 그와 딱 붙어 있었는데 그 후 급히 몸을 흔들 정도로 해서 그 남자로부터 벗어나 버렸다.

　　로버트는 아무 것도 보지 않은 체하는 시늉을 했고, 그녀가 자기 쪽으로 다가왔을 때 상당히 흥미를 끌고 있다는 식으로 담버라 바자르(역자주 : 노점이 늘어선 시장)로 눈을 향하고 있었지만 그녀를 속일 수는 없었다. ―그 이유는 그녀가 그에게 친절함과 동시에 도전하는 듯한 기묘한 미소를 보내왔기 때문이었다. 묵묵히 두 사람은 선착장으로 돌아가자 모터 보트로 귀로에 올랐다. 그녀는 똑바로 전방을 바라보며 변함없이 예의 수수께끼 같은 미소를 떠올린 채 기계적으로 배를 조종하고 있었다. 아까보다 신경질적이 아니었고 평상으로 돌아오려고 하는 것 같았다. 비로소 그녀가 입을 열었는데, 문득 질문을 했다.

　　"성자인 의사 씨는 느낌이 어떻습니까?"

　　"아, 그 사람 말입니까? 겉은 색다른 면도 있었지만 아무래도 훌륭한 이해력과 두려운 힘을 가슴에 비밀로 감추고 있는 것 같습니다. 그렇더라도…… 나로서는 어쩐지 그 사람을 확실히 알 수 없었습니다. 가령, 탄복하는 것은 할 수 있어도 좋아하게는 되지 않는 인물이라고 생각합니다."

"그렇게 생각하고 있는 것은 당신 혼자만이 아닐 거예요." 하고 그녀는 말했다.

"어쨌든, 그 사람은 당신 어머니를 아주 존경하고 있는 것 같았습니다만."

"그것은 오히려 반대예요. 마담은 완전히 그 사람에게 의지하고 있을 테니까. 최근 몇 주일 그 사람은 언제나 그랜드 람브에 와있었지요. 아빠가 돌아온 지금은 그것도 그만두지 않으면 안 되겠지만요."

한참 동안 사이를 두고 나서 그녀는 새로운 말투로 이렇게 말했다.

"부탁이에요. 마담을 내 어머니라고 말하지 말아요. 나 스스로 의붓엄마라는 말은 거의 사용하지 않으니까. 나에게 있어서 그 사람은 언제나 마담이에요."

"당신은 마담을 그렇게 좋아하지 않습니까?"

"예." 하고 그녀는 억양 없는 목소리로 대답했다.

"난 그 사람이 미워요. 약을 끊으면 무서워진다는 것도."

침묵이 흘렀다. 그는 그녀의 옆모습을 주시했다.

"당신이 그런 약에 손을 댄다는 것은 나도 믿고 싶지 않습니다."

"절대로 아니예요. 난 한번인가 두 번, 그 약을 시험해 본 일이 있지만, 나중에 머리에 젖은 솜을 가득 얹어놓은 느낌일 뿐 전혀 느낌이 없었어요."

그녀는 농장의 방파제 쪽으로 배를 향하면서 그를 바라보지 않고 다시 말을 이었다.

"그것은 그렇고, 부탁이니까 마담에게 내 일을 말하지 말아줘요. 아까 나와 같이 있었던 그 사람이 찰리에요. ─파락호일지 모르지만, 하지만…… 어쨌든 내 남편이에요."

두 사람이 상륙하려고 했을 때 갑자기 멀리 fp누 마리 항구 쪽에서 엄청난 폭발음이 울려 왔다.

로버트는 움츠렸다.

"저것은 도대체 무엇 하는 소리일까요?"

그녀는 질겁해서 얼굴을 들었다가 어깨를 움츠리며 말했다.

"아마 광산에서 나는 소리일 거예요. 그것에서는 언제나 폭발이 있거나, 그렇지 않더라도 불유쾌한 일이 일어나고 있으니까."

"그러나 지금 소리는 마을에서 들려온 것인데요. 저 소리는…… 그래…… 마치 폭탄 같았어요. 번쩍하는 빛 같은 것도 보였으니까."

그녀는 의아스러운 눈빛으로 슬쩍 그를 보았다.

"번개일지도 모르지요…… 거기에 천둥도요. 이런 계절에는 번개를 띈 폭풍이 언제나 있답니다."

그것은 사리에 맞는 설명처럼 생각되었고 그 이상 아무 일도 일어나지 않았기 때문에 두 사람은 집으로 향했다.

그들이 돌아온 시간은 로버트가 생각하고 있던 것보다 상당히 늦었다.─황혼이 이미 스며들고 있었다. 나탈리는 집에 들어오기 전에 쟈카란다 나무들 아래에서 문득 발을 멈추고 쓰러지듯이 기대어 그의 뺨에 키스했다.

"이건, 오는 당신이 나에게 해준 것에 대한 답례예요······
그리고 당신이 해주지 않은 것에 대한 답례도 되고요······."

다음 순간 그녀는 사라져 갔다.

너무나 눈 깜짝할 사이에 일어난 일이어서 로버트는 놀랄
틈도 없었다. 그뿐인가, 그녀가 어떤 마음으로 그런 말을 했는
지 그것도 알 수 없었지만, 단지 나쁜 기분은 아니었다. 그는
곧 2층으로 올라가서 벤칠레 간호사를 찾았다. 너무나 오랜
시간 동안 집을 떠나 있어서 어쩐지 체면이 서지 않았기 때문
에 그녀를 만나고 싶었던 것이다. 여기저기 헛걸음을 친 끝에
그녀의 방으로 가서 보니 벤칠레의 모습이 보였다. 그녀는 창
가에 걸터앉아 책을 읽고 있었다.

"어, 자네 쪽은 어땠지?" 하고 그는 쾌활하게 물었다.

그녀는 책에서 눈을 떼자 미소도 띄지 않은 채 몇 초 동안
잠자코 있다가 이윽고 대답했다.

"순조로웠습니다. 데프리스 씨의 상태는 아주 좋았습니
다. 아침 한 시간은 사무실에 있었고, 점심 식사 뒤 언제나처
럼 쉬었습니다. 두시에 약을 드렸습니다. 맥박도 체온도 정상
이었습니다. 오후에 차로 정부청사까지 외출하고 오셨습니다.
지금은 저녁 식사까지 휴식하고 계십니다."

형식적인 말투와 그 태도의 소극적인 정중함이 로버트의
죄악감을 한층 더 격화시켰다. 자기는 그녀를 하루 종일 홀로
내버려 두었던 것이 아닌가! 할 수 없이 그는 질문하는 것으
로 어색한 자기 입장을 극복하려고 노력했다.

"그럼, 자네는 무엇을 하고 있었지?" 하고 거의 그의 성질
과는 닮지 않은 부드러운 목소리로 물었다.

"수영하러 갔었나?"

"아뇨."

"그럼, 무엇을 했지?"

"잠깐 산책을 했습니다."

"그래, 어디로?"

"아, 그렇게 멀리는 가지 않았습니다. 너무나 더워서. 난 파파이어 숲의 변두리에 모여서 큰소리로 토론하고 있는 원주민들 속으로 들어가 버렸습니다. 그리고 또 길을 잃어서 가슴이 메슥거리는 것 같은 늪지에 빠졌다가 돌아왔습니다."

그녀의 얼굴은 태연하고 무표정했다.

"그런데, 선생님은 새로운 걸 프렌드와 즐겁게 지내셨습니까?"

"그래."

그는 아주 무뚝뚝한 말투로 대답했다.

"좋군요."

그녀의 냉담한 말투와 태연자약하고 아무래도 좋다고 말하는 눈길이 그의 마음을 무척이나 괴롭혔다. 그는 자기의 직업상 품위를 잊어버렸다.

"내가 선생님을 보다니요?"

그녀의 눈썹이 약간 치켜 올라갔다.

"그래, 보고 있는 게 아닌가? ……그것도 얼음처럼 차가운 눈으로."

"좀 더 따뜻하길 바라신다면, 그래요. 선생님은 잘 계시겠지요, 어디로 가시던 그녀가 보살펴 줄 테니까."

화가 나서 로버트는 새빨갛게 되었다. 자기는 무엇 하나

구린 짓을 한 것이 없지 않은가? 도대체 그녀는 자기가 무엇을 잘못했다고 생각하고 있는 것일까? 그는 자기가 보고 들은 것을 모조리 그녀에게 이야기해 줄 생각이었는데, 그러나 지금은 흥분한 나머지 도를 지나쳐 아무 말도 할 마음이 아니었다.

그대로 지쳐 버렸다. 벤칠레 간호사는 그의 기분을 가볍게 하는 것이 마치 계속 책을 읽는 것이라는 듯이 재빨리 책 페이지를 찾았다. 근무시간이 끝났기 때문에 그녀는 백의는 벗고 검소한 꽃무늬 모양의 무명옷을 입고 있었는데 그 탓인지 보통 때와는 달리 더욱 어리고 깨끗하게 보였다. 그것이 또 점점 사태를 곤란하게 만들었다.

당당히 그는 도어 쪽으로 걸음을 옮겨 놓았다. 분노와 슬픔이 마음 밑바닥에서 밀려왔다. 그녀에게서 기대했던 공감도, 기쁨도, 이해도, 모두 허물어졌다는 것이 아주 슬펐다. 그것도, 그 원인이라는 것이 자기에게 있다는 기분에서 그는 어떻게든 사태를 원래대로 돌이킬 수 없을까 하고 생각했다.

"식사 전에 다시 한번 여기에 올 테니까 그때 함께 내려가지 않을래?"

"그런 염려는 하시지 않아도 괜찮습니다." 하고 그녀는 말했다.

"이제부터 난 내 방에서 식사하도록 되어 있으니까요. 마담 데프리스가 그렇게 하라고 이야기했습니다."

"무슨 말이야." 하고 그는 외쳤다.

"그렇게 제멋대로 하는 것은 용서할 수 없어. 자네도 모두와 함께 내려가지 않으면 안돼. 지금 가서 마담과 의논하겠다."

"어쨌든, 그만두십시오. 난 그쪽이 좋으니까요."

"그래?" 하고 그는 잠깐 사이를 두고 나서 말했다.

"그런 일이라면……."

그녀가 무슨 말을 해올까 기대하고 기다렸지만 그녀가 잠자코 있었기 때문에 그가 말을 계속 이었다.

"그럼, 난 가서 얼굴이랑 손을 씻어야겠군."

"그렇게 하십시오." 하고 그녀는 신랄하게 대답했다.

"반드시 루즈 자욱쯤은 모른 체하고 크게 남기는 쪽이 좋을 거예요. 그런 얼굴이라면 사람들이 화려하게 대접할 테니까요."

9

다음날은 토요일이었다. 그 날은, 당장은 사건다운 사건이 없이 시작되었는데, ―벤칠레 간호사와 이야기가 통하지 않던 것은 별도로 하고―로버트는 이전에 벤칠레 간호사가 말했던, 그리고 자기로서는 끝내 최근까지 부정하고 있던 뭔가 긴장된 분위기 같은 것을 느끼게 되었다. 그것은 이 집안의 누군가가, 비밀이긴 하지만 강력한 힘의 감정에 억눌려 괴로워하고 있는 듯하다는 일종의 이상한 느낌이었다.

여느 때와는 달리 아무 말도 없던 데프리스는 9시 반이 되자 이미 차로 외출해 버렸다. 마담은 점심 식사 내내 그 새침떠는 인사를 오직 열심히 계속 꾸미고 있었는데 그것이 더욱 그녀의 신경을 피곤하게 만든 것 같았다. 또 라몬은 잠깐 동안 농장에서 일을 하고 돌아온 듯 오후 내내 그 주변을 건들건들 왔다갔다 하며 보잘것없는 자신의 남성됨을 벤칠레 간호사에게 보이려고 하고 있었다. 오직 나탈리만이 잠자코 있는가 생각하였더니 곧 다시 쾌활하게 되어서 보통 때와 다르다고는 생각지 않는 모양 같았다.

그런 음울한 분위기 속에서 뭔가가 발효하고 있었다. 비밀스럽고, 강한 뭔가가 로버트를 억누르고 있었다. 이것도 모두 날씨 탓이라고 그는 스스로에게 들려주려고 했다. 그날은 감당할 수 있을 정도의 더위가 아니었기 때문이었다. 벤칠레 간호사의 태도도 너무나 그의 기분을 즐겁게 해주지 못했다. 반대로 그녀는 적지않이 그를 속 타게 했다. 전날 밤 이래 벤칠레 간호사는 자제라는 갑옷 속에 몸을 숨겨 버렸다. 그녀가 너무나도 마음을 터놓지 않았기 때문에 그는 가까이 가는 것조차 안 되는 것처럼 생각되었다. 아일랜드 퀸호 위에서 메리 벤칠레는 넘치는 활기를 띄고 멋진 유머 센스와 밝은 지성으로 만나 주었는데. 그것이 어찌된 일인지, 일만 열심히 하고 융통성이 없는-냉담한 간호사로 변신해 버렸던 것이다.

5시 가까이 되어서 데프리스가 돌아오더니 곧 로버트에게 자기 사무실까지 와주면 좋겠다고 말했다. 책상 앞에 앉아서 잠시 동안 그는 로버트를 보고 있다가, 이윽고 여느 때보다 야유가 거의 없는 말투로 말했다.

"선생, 당신도 내 건강이 최근에 꽤 좋다는 것을 보증해 줄 수 있겠지요."

로버트는 염려 없다는 투로 미소했다.

"이상할 정도로 좋습니다."

데프리스는 그 미소에는 대답하지 않았다.

"다른 말로 하면 이 이상 더 의사에게 감독받는 것은, 어쨌든 필요 없다는 뜻이겠지요."

"엄밀히 말하면 그렇습니다."

"좋아." 하고 데프리스는 말하고 계속 이었다.

"내일 모레 하바나의 화물선이 북쪽 해안에 도착합니다. 나에게 아주 중대한 물건을 실어 오는 것이지, 밤이 새기 전에 배는 닻을 올리게 되어 있습니다. 그리고 나서 3일째에는 코롱에 도착할 예정입니다. 코롱이라는 곳은-당신도 알리라고 생각되지만—라과르디어 공항에서 9시간 걸리는 곳이지. 당신과 벤칠레 씨를 그 화물선에 태워 보내고 싶은데."

"왜 그렇습니까?" 하고 로버트가 반문했다.

잠시 동안 침묵이 흘렀다.

"당신들이 지루하게 지내서는 안 된다고 생각했기 때문에 그렇게 말씀드리는 것입니다."

데프리스는 한 손을 이마에 대고 안락의자의 등에 기대었다. 넉넉히 1분쯤, 그는 무엇인가를 생각하고 있는 모양이었다. 그리고 다시 말을 계속했다.

"과거 반세기 동안 산 페리페는 이 혼란의 세계애서 드물게 평화스럽고 평온한 땅이었던 것입니다. —감상적인 표현으로 말하기를 바란다면 소위 낙원 같은 섬이었습니다. 대우도 좋았지만 언제라도 일할 수 있었고—모두 행복하고 만족스럽게 살고 있었습니다. 그런데 불운이랄까, 작년 봄, 외국의 시추업자가 찾아와서 이 섬에서 보키 사이트 광맥을 발견했지요. —저, 전기 분해로 알미늄 정제의 원료가 무진장이라고 말해도 좋을 광맥을 . 그 땅의 소유자가 특허권을 팔아 버렸는데, 우리들도 아직 제대로 알지 못하는 동안에 어떤 외국 회사가 이 섬으로 바꿔치기로 들어왔지요. 브라질 회사라는 말을 퍼뜨렸지만 사실은 철두철미 공산당계 기업의 기만이었지요. 공산당으로부터 돈이 나오고 있었으니까요."

그는 잠시 입을 다물었다.

"당신은 아시겠지만 남미의 국민위원회 회의(코미타트 나쇼나레)의 결의에 의해서 이 지구상의 전략적으로 중요한 섬이라는 섬은 소수자에 의한 착취에 대해서 결연한 전투가 계

98

속되고 있지요. 흑인이랑, 푸에르토리코인이랑, 멕시코인, 기타 불평불만 속에 일하는 그런 사람들을 확장시키려는 의도입니다. ㅡ현재의 정치체제를 타도하려는 의도를 갖고 있지. 그런 이유로, 이 산 페리페에서도, 상투수단인 그 해독이 만연하기까지에는 상당히 시간이 걸리겠지만…… '해방'이라는 잘 알려진 테크닉…… 우선 먼저 대규모적인 선전활동을 2, 3회 일으키고, 그리고부터는 '압제자'에 대한 탄핵이지요. 거기에는 예의 영구적인 복지를 민중에게 약속한다는 문구를 넣어서ㅡ즉, 이들 민중의 필연적인 비 노예화를 모토로 하고 있다는 웃기는 이야기지만, 이 섬의 대부분 주민은 백인과 토인의 혼혈아지요. 마치 어린아이처럼 마음 바탕이 선량하지만 그만큼 영향 받기 쉬운 이유로 해서 우리들로부터 벗어나 버린 사람도 몇 사람이 있는 것입니다. 그러나 그러한 선전에 본심으로 선동 받은 것은 섬에 사는 자 중에서도 카리브계의 무리뿐이었지. 이 카리브인 들은 수에 있어서는 아주 적지만 지금까지도 언제나 폭력을 휘두르는 위험한 집단이었지. 그런데 더욱 나쁜 것은 이 무리에게는 비밀스런 제전이라는 것이 있다는 것이지. 이것이 우쯔(역자주 : 아프리카 토인의 마교)와 같은 것으로 아주 지독한 것이지요. 지금까지는 우리들의 힘으로 억제시킬 수 있었지만 현재는 다시 활발하게 되었고, 거기에다 공산주의 운동의 지도자가 그것을 이용하고 있지요. 모두 아주 비밀로 되어서ㅡ일종의 혈맹결사이니까ㅡ우리들에게는 그 조직이 전혀 알려져 있지 않지만 다만 그것이 무서운 것이라는 것만 단언할 수 있지요. 나 자신과 내 친구이며 경찰서창인 호안 리베라가 이미 몇 개월 전부터 주요한 표적이라는 것이었지요."

데프리스는 또 잠시 입을 다물었다.

"여하튼 그런 이유에서 내가 섬에 돌아오면 여러 가지 분개한 불만들이 나오리라고 각오하고 있었지요. 그런데 대통령이랑, 리베라랑, 다른 재배업자들과 이야기를 해보니 우리들이 정말로 각오하지 않으면 안 될 무엇을 알게 되었지요. 그것은, 즉 아주 심각한 것이지요. —국가에 대한 반역의 기도로, 한마디로 말하면 혁명입니다."

그는 말을 계속 했지만 표정은 점점 어두워졌다.

"어제 오후 리베라를 죽이려고 하는 분명한 기도가 이루어졌어요. 리베라의 지프차가 운전사와 함께 폭파당했지요. 리베라는 아주 우연하게도 자신의 사무실에 있었던 덕택으로 난을 피할 수 있었지만, 또 어젯밤은 라 토르츄에서 대단한 소동이 일어나서 제당공장이 불타 벼렸지. 이것은 모두 시작에 지나지 않는 것입니다. 그러니까 나는 아무래도 당신들이 섬을 떠나는 것이 좋다고 생각하는 것이지요."

로버트는 묵묵히 있었다. 어디에나 있는 기성복의 옷을 입은 저 익살스럽고 기분 나쁜 2인조의 일, 그 두 사람의 포커페이스랑 갈색의 서류가방을 생각해 냈다. 그것은 데프리스의 말을 증명하는데 충분했다. 그들이 찾아온 나라의 낙인이—로버트는 아주 인상 깊은 생각이었기 때문에—그 두 사람의 남자들에게 불타 버렸던 것이다.

"그러면 당신은 우리들을 도망시키려고 생각하고 계시군요." 하고 그는 반문했다.

"어쨌든. 나는 당신들의 안전을 보장한 책임이 있으니까."

100

"내가 벤칠레 간호사를 대변할 수는 없습니다만." 하고 로버트는 대답했다.

"그렇더라도 그녀 역시 나와 똑같이 생각하고 있다는 것은 확신 할 수 있습니다. 우리들은 당신을 1개월 동안 돌보도록 지시를 받고 온 것입니다. 어쨌든, 당신은 내가 필요하게 되겠지요. 만일 당신이 사격을 받는 경우, 그렇게 되면 다시 꿰매야 할지도 모르지요."

또다시 꽤 오랜 침묵이 계속되었다.

"좋아…… 로버트 군."

데프리스는 약간 미소를 떠올리면서 손을 내밀었다.

"집안에 아는 분이라도 있다면 나에게서 경고를 받았다고 편지라도 써서 알려 두십시오."

로버트는 그곳을 나오니 슬슬 이미 햇빛도 약하게 걸려 있었지만 그렇더라도 바닷물로 목욕하여 시원함을 가질 필요를 느꼈다. 아직 더웠다. 그가 바다 멀리까지 헤엄쳐 가자 바다 속에서 떠오른 달이 검은 비로드 같은 바다 면에 번쩍번쩍 빛나는 길을 만들고 있었다.

문득 그는 이 은빛의 빛남 속에 또 한 사람이 자기의 바로 앞을 똑같은 방향으로 헤엄쳐 가고 있다는 것을 알았다. 가까이 다가가 보니 그것은 벤칠레 간호사였다.

확실히 그녀는 산호초를 향해서 헤엄쳐 가고 있는 듯했다. 그는 뒤를 쫓았다. 말없이 두 사람은 평평한 바다 위로 올랐다. 그녀는 생각하지 않은 사람의 출현에도 무엇 하나 말을 꺼내지 않았지만 그의 쪽에서는 그녀가 여느 때보다 약간 상냥하고 온순해져 있는 듯한 느낌을 받았다.

"이런 시간에도 자네는 수영하는가?" 하고 그가 물었다.

"예…… 조용한 것이 아주 좋기 때문입니다."

몇 분간 두 사람 모두 말없이 있었지만 곧이어 그녀가 문득 입을 열었다.

"어젯밤 내가 이상히 말한 것, 난 후회하고 있습니다. 그런 말, 절대로 용서하지 않으시겠지요?"

"그렇지 않아." 하고 빠른 말로 대답했다.

"아무튼 생각하지 말자. 그러나…… 도대체 어째서…… 그렇게 자네는 화를 냈지?"

그녀는 시선을 떨구었다.

"화를 내고 있던 게 아닙니다. 화라고 할것까진 없었지요. 다만…… 나 혼자뿐이라는 생각이 들어서. 그러니까 때때로 감정적이 되어 버려서. 이제부터는 더욱 주의하도록 하겠습니다……."

"아냐…… 그런 것……." 하고 그는 그녀의 말을 막았다.

"이곳은 자네에게는 자극이 지나치게 강한 것 같아…… 그러니까 우리들 모두, 때로는 감정을 마음껏 털어놓을 필요가 있지."

"정말이에요?"

여전히 시선을 떨어뜨린 채 그녀는 낮은 목소리로 물었다.

"정말이고말고." 하고 그는 빙긋이 웃었다.

"그렇지 않으면 오히려 부자연스럽다고 생각하지."

"그래요……."

그녀는 대단히 주저하면서 말을 입속으로 했다.

"이야기가 통할지도 모르겠네요."

102

"그렇다면 모든 것을 순전히 우리들 두 사람의 일로 묶어 두면 좋겠군." 하고 그는 쾌활한 말투로 말했다. 그리고 전에 한번 아일랜드 퀸호의 배 위에서 한 것처럼 그녀에게 손을 내밀어 우정이 넘치는 따뜻한 악수를 교환하여 새롭게 그녀의 기분을 바꿔 주려고 했다. 그런데 놀랍게도 이번에는 그녀 쪽에서 손을 재빨리 빼내 버렸다. 로버트에게는 조금도 잘못한 점이 없었지만 그 이유를 깊이 파고들지 않는 쪽이 현명하다고 고쳐 생각했다. 그 대신 잠깐 사이를 두고 나서 말했다.

　"데프리스 씨가 우리들을 위하여 약간 마음을 써 주고 있어."

　그리고 그는 데프리스와 가진 대화를 그녀에게 전달했다.

　"섬을 떠나고 싶다면─지금이 그 찬스이겠네요."

　이상하게도 그녀는 이 말을 기다리고 있었다는 듯이 말했다. 그리고 아무런 주저 없이 그녀는 단호히 머리를 옆으로 흔들었다.

　"난 섬에 남겠어요. 처음에는 그런 기분이 있었습니다. 그러나 지금은…… 그럴 필요가 있다고 생각되어서."

　그녀의 이야기는 생각이 깊고 신중했다. 아니, 그 이상이었다. 그의 윤기 나고 싱싱한 얼굴에도, 또 호리호리하고 날씬한 몸매조차 뭔가 긴장을 잃고 슬픔이 오고 있다고 말하는 것처럼 보였다. 그녀는 한쪽 팔꿈치를 붙이고 아득히 먼 농장쪽을 보고 있었는데 그곳에서는 쟈카란다의 숲을 넘어 데프리스 저택의 연기가 하늘로 올라가고 있었다. 불가사의한 예감이 갑자기 그녀의 가슴을 뛰게 하는 것 같았다.

　거기에서 문득 그녀는 생각지도 않은 질문을 해서 근처의 정막을 깼다.

"선생님은 버몬드에서 살았던 적이 한 번도 없습니까?"

"아니," 하고 그는 놀라서 대답했다.

"지금 잠깐 버몬드의 일이 생각났기 때문이지요. 눈앞에…… 지금 보이는 것 같은 느낌이 들어서…… 이곳 마을이 아니라 우리 마을의 일을 생각했기 때문에."

그는 그녀의 기분을 이해할 수 있었다. 그녀의 목소리에 낙담과 향수가 물씬 묻어 있는 것을 느꼈다.

"그래요…… 별로 색다른 것은 없습니다…… 마을의 큰길 양쪽에 단풍나무가 있고 잡화점의 가마가 한 개, 그리고서…… 우리들 마을이 현대식이라는 것을 알려 주기 위한 가스공장이 있는데, 그곳에는 펌프가 한 대 밖에 없지만 그것은 새빨간 색을 하고 있어서 높게 쌓인 눈 위에서도 분명히 보이지요. 그리고 전나무랑 백화나무가 음울하고 무성한 구릉이 있고, 그것이 깊고깊은 눈에 덮여 몇 마일이나 계속되고 있지요. 거기에 작은 강도 있습니다만, 지붕이 있는 나무다리가 있고 강 건너편에는 탑처럼 우뚝 솟은 하얀 교회와, 그리고 그 근처에 목사관이 있지요. 그 목사관도 하얗지만 이것은 식민지 시대에 세워져서 이미 100년 이상이나 된 집이지요."

작은 목소리로 그녀는 다시 덧붙였다.

"그것이 내 아버지의 집이지요."

그는 묵묵히 있었다. 벤칠레 간호사가 그에게 말로 그려 보여준 간단한 스케치 이상의 것이 그에게도 보였기 때문이었다. 다시 생각해 보니 그는 그녀의 성격을 해결하는 열쇠와, 명예라든지

의무라든지 말한 것에 대한 그녀의 사고방식이, 그녀의 목

사관에서 교육받아 배양된 것이 틀림없었다. 현대처럼 거친 시대의 추악하기 짝이 없는 소용돌이 가운데, 그러한 사실은 진실로 참신함과 동시에 비교할 수 없는 무엇이 있었다. 그렇지만 그가 뭔가 말하려고 하기 전에 마치 말의 앞을 가로막으려고 하듯이 그녀는 정신을 다시 되찾은 듯 바쁘게 일어섰다.

"자, 이제 조금 물로 들어가요."

그들은 바위에서 뛰어들어 반시간 정도 깊고 조용한 물 속을 묵묵히 헤엄쳤다. 그녀는 힘껏 헤엄치지는 않았지만 잠수해 나가는 모습은 멋진 숙련자였다. 그는 그녀와 이렇게 함께 즐거운 한때를 보냈다. ─사실 이것은 이 섬에 도착하고 경함한 제일 멋진 시간이었다. 그녀도 그도 입을 열 필요를 느끼지 않았다. 그녀는 뭔가 나쁜 예감에 억눌려 있었는데 그것을 잊고 싶어 하는 것 같았다. 마지막으로 두 사람은 경주를 해서 해안까지 헤엄쳤다.

옷을 갈아입자 그들은 도로 쪽으로 올라갔다. 로버트는 두 사람 사이의 친밀감도 이것으로 다시 생기를 되찾았다고 느꼈고, 그렇게 생각하는 것만으로도 그는 믿기 어려울 정도의 기쁨을 경험했다. 그러나 두 사람이 풀밭을 가로질러 집에 가까이 오자 이미 저녁 식사를 위하여 정장을 한 마담 데프리스가 베란다에 서 있었다. 그녀는 상아부채를 우아하게 흔들어서 로버트를 부르자 약간 도에 지나친 농담을 하며, 어깨를 가볍게 두드리면서 인사를 했다. 그는 재빨리 그녀가 특별히 강한 약을 먹은 것을 눈치 챘다.

"어디로 갔었어요, 못된 사람. 나탈리가 이 근방을 다 찾고 돌아 다녔어요. 당신 때문에 가련하게 저 아이의 머리가 완전히 미쳐버리게 되었어요. 자, 함께 칵테일을 마시러 갑시다."

그녀는 뽐내는 몸짓으로 벤칠레 간호사에게도 말을 걸었다.

"당신도요, 간호사 양…… 오늘은 특별히."

벤칠레 간호사의 몸이 곧 굳어지는 것을 로버트는 느꼈다.

"난 괜찮습니다."

"그러지 말고 함께 가지요." 하고 그는 재빨리 말했다. 그는 그녀가 말한 대로 해서 기분을 북돋아 주는 것이 좋다고 생각했다.

그녀는 머리를 옆으로 흔들었다. 그 얼굴에는 쾌활한 기색이 완전히 없어져 버렸다. 그녀의 목소리는 이전과 똑같이 차갑게 들렸다.

"정말로 난 괜찮습니다. 용서해 주십시오."

그렇게 말하고 그녀는 베란다를 나가자 복도를 통해 집안으로 들어가 버렸다.

마담은 양손을 사용해서 그 행동을 비난하는 제스추어를 해보였다.

"그다지 붙임성이 좋은 사람은 아니 예요. 저 간호사 양 말이에요. 사람들이 자주 이야기하지요. 이내 발끈하기를 잘한다고."

애교는 있지만 굳은 미소를 떠올리면서 그녀는 로버트의 팔을 잡았다.

"적어도 당신만은 샤르망(매력적)이에요…… 이제 괜찮아요. 이렇게 말씀드려도−당신은 가족의 일원이니까요."

두 사람이 들어가자 이미 데프리스, 라몬, 나탈리, 세 사람이 식전 술을 앞에 두고 얼굴을 마주하고 있었다. 마담이 이만큼 기분이 좋았던 적은 없었다. 처음부터 끝까지 대화의 밝은 분위를 준 것은 그녀였다.

저녁 식사까지는 아직 시간이 있었다. 갑자기 그녀는 살롱의 피아노까지 걸어가서 그 앞에 걸터앉자 맑고 깨끗한 미소를 떠올리면서 슈트라우스의 경쾌한 왈츠 여러 곡을 즉흥적인 바리에이션을 넣으면서 멋지게 정열적으로 연주했다. 이 이상한 기분에는 어떤 원인이 숨겨져 있는 것일까? 로버트에게는 전혀 판단이 서지 않는 일이었다. 그의 머리는 다른 일로 가득했기 때문이다. 아까부터 계속 메리 벤칠레의 일로 마음이 쓰였다. 그녀의 기묘한 행동거지, 그것보다도 자기에 대한 그녀의 태도가 눈에 띄게 변화한 일, 그것이 마음을 사로잡고 있었던 것이었다.

10

다음날도 계속 더위로 야자나무를 흔드는 미풍조차 불지 않았고, 죽음 같은 바다는 용해된 유리 표면과 비슷했다. 뇌우의 기운이 공기 중에 떠돌고 있었지만 비가 내릴 기미는 보이지 않고, 다만 열기만 괴로움을 더해 갔다. 섬은 희미한 부자연스런 운무 속에 흔들거리는 것 같았다. 도마뱀조차 흥분해서 여기저기로 마구 달리는 것을 그만둬 버리고 육지에 있는 바위 위에서 배를 벌떡벌떡하면서 쉬고 있었다.

오후가 되자 로버트는 해안을 따라 멀리까지 산책을 했다. 부드러운 모래 위를 걷는 것은 한 발자국마다 땀이 흘러내릴 정도로 노력을 요하는 일이었지만 여러 가지 일로부터 도망치고 싶어서 걸을 수 있을 만큼 걷고 싶은 심정이었다. 그러나 산책에서 돌아와도 기분은 거의 좋지 않았다. 흐리멍덩하고 한 방 먹은 기분으로 그는 집 쪽으로 향했다. 더 스자의 차가 차고 옆에 멈춰 있는 것을 알았다. 남쪽 베란다를 통해서 객실로 들어가니 저쪽 모퉁이에서 사람의 움직임이랑 목소리가 들리고 누군가가 히스테릭하게 우는 것이 때때로 들려왔다. 그것은 마담으로 그 오른쪽과 왼쪽에 라몬과 더 스자가 있었는데 둘이서 그녀를 달래려고 애를 쓰고 있었다. 어젯밤의 반대로구나, 하고 로버트는 불쾌하게 생각하며 몰래 계단 쪽으로 가려고 했다 그러나 그의 모습을 보더니 그녀는 로버트의 이름을 불렀고 그가 가까이 다가오자 그의 팔에 매달렸다.

　"선생님…… 선생님…… 케르 아포르망(뭔가 두려워요)…… 난 이제 참을 수가 없습니다."

　"마담, 어쨌든 정신을 차려 주십시오. 자신을 위해서…… 자신의 신경을 위해서."

　이 때 처음으로 묘하게 허둥대는 모습을 보인 것은 더 스자였다.

　"어떻게 된 일입니까?" 하고 로버트는 그에게 물었다.

　"사고입니다……. 상당히 유감이지만 이제는 만사 오케이로 누구도 상처받지 않았습니다."

　"케르 마라즈(뭔가 불행이지요)…… 케르 모베샹즈(뭔가 운이 나빴지요)."

　더 스자의 반대쪽에 서 있던 라몬이 흥분한 말투의 프랑스 말로 두세 마디 지껄였다. 마담에게 안심하도록 부탁하는 것에 틀림없었다.

　그러나 마담은 그 말은 전혀 들으려 하지 않았다. 낭떠러지 끝에서 떨어지지 않으려는 몸짓으로 더욱 강하게 로버트에게 매달리면서 광기에 찬 프랑스 말로 있는 말 없는 말을 지껄여댔다. 라몬은 걸쭉한 목소리로 그녀가 말하는 것을 설명해 주었다.

　"마담은 주인을 기쁘게 하려고 생각하고 있었습니다. ─ 주인이 돌아왔을 때, 주인의 방을 깨끗이 하지 않으면 안 된다. ─더욱 깨끗이, 그것도 저 사람이 아주 좋아하는 시원한 청색으로, 또 천정도─마담은 흰색으로 칠했던 것입니다……."

　로버트는 라몬이 무슨 말을 하는지 전혀 알아들을 수가 없었다. 그 사이에도 마담은 또 끊임없이 훌쩍거렸다. 그리고 마침내 조용하게 되었다. 그녀의 손이 힘없이 풀어지고 눈도 자연히 감겼다. 로버트는 더 스자에게 물었다.

"이 사람에게 무엇을 복용시켰습니까?"

"반 그램의 염산 몰핀입니다. 강한 것이 필요했기 때문에."

"괜찮지요?"

동의를 구하듯이 상대의 눈을 보고 나서 더 스자는 작은 목소리로 덧붙였다.

"벌써부터 당신에게도 이야기하고 싶다고 생각했습니다. 불행하게도 저 약을 복용하는 것이 저 사람의 습관이 되어 있습니다."

그들이 마담의 모습을 지켜보고 있는 동안에도 더 스자는 전과 똑같이 분명하지 않은 목소리로 계속 이었다.

"그래서 저렇게 흥분되었던 것입니다. 아주 좋은 의도였으니까 고쳐지겠지요. 자세히 말씀드리면 이런 것입니다. 마담은 주인이 돌아오기 때문에 주인의 방을 완전히 새롭게 꾸미려고 시킨 것이었지요. 그런데 이곳의 무정한 하인들이." 하고 이번에는 화난 목소리가 되어서 말했다.

"무책임하고 쓸모없는 녀석들뿐이라서 샨데리아를 원래대로 완전히 해놓는 것을 태만했던 것입니다. 지금부터 30분쯤 전에 데프리스 씨가 쉬고 있을 때 그 무거운 샨데리아가 느닷없이 떨어졌지요. 운 좋게 주인은 그 순간 몸을 일으킬 때였기 때문에 머리칼 하나 차이로 맞지 않고 떨어졌습니다. —주인에게는 아무 일도 없었던 것입니다."

마담은 꿈꾸는 상태에서 무슨 뜻인지 모르는 말을 중얼거렸다.

"빨리 침대로 데려가는 편이 좋지 않을까요?" 하고 로버트가 물었다.

"벤칠레 간호사에게 당신을 도우라고 시킬 테니까."

그는 데프리스 씨의 방으로 가 보았다. 방안은 얼핏 보아 상당히 비참한 모습 이었다 금속 물체가 엉망진창이 되어 나뒹굴어 있었고, 그것을 몰타르나 벽 조각들이 엷게 덮고 있었다. 벤칠레 간호사와 데프리스는 창 옆에 서 있었는데 디우 루시아 노파가 그 먼지들을 쓸어내고 있는 중이었다.

"아니, 선생…… 어지러운 것을 들켰구먼, 그러나 곧 치우겠지요."

데프리스도 보통 때 같은 야유 섞인 자세심을 갖고 이야기를 하려고 했지만 꽤 놀란 것이 로버트에게도 보였다. 벤칠레 간호사는 계속 시선을 고정해서 떨어진 샨데리아를 바라보고 있었다. 그곳에는 약 2백 파운드 됨직한 둥근 납대가 붙어 있었다. 만일 그것이 데프리스에게 맞았다면 확실히 죽어 버리고 말았으리라.

"운이 좋았군요."

얼빠진 말이라고 생각했지만 로버트는 다른 말이 생각나지 않았다.

"그럼. 나는 행운의 별을 믿고 있으니까." 하고 데프리스는 신중한 목소리로 말했지만 곧 어깨를 으쓱해 보였다.

"나는……운이 좋을 때에…… 견딜 수 없이 목구멍에 갈증이 나거든."

"뭐야? 단, 파파이어 주스라야 해. 당신도 정신 차려야 하니까, 선생…… 은혜에는 보답이 있어야 해요!"

순간 조용해졌다. 노파는 무엇을 생각하고 있는지 전혀 알 수 없는 얼굴 표정을 짓고 청소를 계속했다. 로버트는 천정에 난 구멍에 힐끗힐끗 눈길을 주었다.

"이것을 공사한 사람은 아주 무성의한 사람이군요."

"무책임한? 그럴지도 모르지."

데프리스는 겸연쩍게 웃었다.

"그것도 그렇지만, 내가 부리는 사람들에게도 난 당신도 알다시피 그렇게 인기가 있다고는 말할 수 없지."

로버트는 부숴진 샨데리아를 손으로 만져 보았다. 이런 일은 생각조차 해보지 않았다. 이것이 계획적이라고 한다면, 그 현명한 짓, 확실히 흉악할 정도로 현명한 계획이라고 할 수밖에 없었다. 잠시 뒤 그는 자기가 2층으로 찾아온 용건을 생각해 냈다.

"마담 데프리스가 상당히 혼란에 빠져 있어서…… 벤칠레 간호사를 30분 정도 빌리고 싶은 데요……."

"좋아, 물론…… 지금 곧 좋아…… 곧바로. 아내에게는 아주 커다란 쇼크였겠지. 성격은 아주 강하지만…… 상냥하고 감정에 약한 여자이니까."

"저는 곧 돌아오겠습니다." 하고 로버트는 말하고 벤칠레 간호사를 데리고 복도로 나왔다. 그곳에서 두 사람은 꼭 닫힌 창의 샷시 사이를 빠져 들어오는 밝음을 받고 멈춰 섰다. 그녀의 창백한 얼굴이 더욱 흰 빛을 띄었고, 또 그 입술이 가늘게 떨리고 있었다. 두 사람이 서 있는 창 옆의 옴푹 페인 곳에 걸려 있는 길고 높다란 시계가 째깍째깍 초를 가리키고 있었다.

"못된 이야기였지." 하고 그는 말했다.

"예."

"자네는 사건이 일어났을 때 그 방에 있었나?"

"아뇨. 꽈당 하는 소리를 듣고 달려왔습니다."

침묵.

"저 사람은 침착한 것 같은데."

"예."

그리고서 그녀는 신랄한 말투로 덧붙였다.

"적어도 지금까지는."

"그래, 나도 그분이 협박받는 위험한 입장에 있다는 것은 알아요." 하고 로버트가 말을 계속 이었다.

"믿을 수 없다, 그런 거예요?"

"그래." 하고 로버트는 생각했다.

"자네도 잘 모르겠지만…… 샹데리아가 떨어지는 순간 데 프리스 씨가 아래 있었다는 것은 확실한가?"

"예, 확실하다고 말할 수 있지요."

재빨리 그녀는 타고난 세찬 성질을 억제했다.

"저것은 모두 꾸민 일들이에요."

"무엇이 자네를 그토록 확신시켰지?"

질문하면서 그는 계속 그녀의 얼굴을 살폈다. 벤칠레 간호사의 입술이 떨렸다. 그녀는 자제하려고 열심히 애를 쓰고 있었다. 처음에는 그녀가 그 이야기를 하리라고는 생각지 않았다. 그런데 곧이어 그녀는 결심한 듯이 양손을 꼬아 잡았다. 그리고 머리를 흔들더니 슬쩍 그를 보았는데, 그것은 본다기보다 오히려 그의 마음속을 읽어 내려고 하는 시선이었다.

"누군가가 잠자는 의자를 움직였어요. 잠자는 의자는 언제나 벽 옆에 있었습니다. 그리고 난 오늘 아침 벽 옆에 있었던 것을 확실히 기억하고 있지요. 맹세해도 좋아요. 오늘 모두 내려가서 점심식사를 하고 있었고 내가 내 방에 있는 동안에, 그것이 샨데리아 바로 밑으로 옮겨져 있었으니까요."

그녀는 빙그르 발걸음을 돌리더니 그를 복도에 남긴 채 그곳에서 사라져 갔다.

11

그날 밤 로버트는 우스꽝스럽고도 묘하게 가슴이 두근거리는 이상한 꿈을 꾸고 땀에 흠뻑 젖어서 눈을 떴다. 어떤 반향 효과가 좋은 계단식 강당에서 캐링톤 박사가 보고하고 있는 꿈이었다. 로버트도 단상에 박사와 나란히 앉아 있었는데 갑자기 벤칠레 간호사가 청중 속에서 일어나서 소리를 질렀던 것이다.

"수술은 성공했지만, 환자는 지금 죽어 버렸습니다."

로버트는 몸을 일으켜서 야광시계에 눈을 주었다. ―아직 한 시 반이 되었을 뿐이었다. ―곧 다시 누웠는데 더 이상 잠이 오지 않았다. 악몽이 아직 안개처럼 붙어서 떠나지 않는 것이었다. 캐링톤 박사로부터는 데프리스를 보살피도록 단단히 명령받고 있는 것이고 설령 환자와 의사로서 정상적인 관계의 한계를 넘는 것이라고 한다면, 환자를 위험에서 지킨다는 의무가 의사에게 부여되어있다는 점에서도 변함은 없었다. 환자가 무엇인지 외부로부터 위협받는다는 것은 의심할 수 없지만, 그러나 내부로부터도 위험이 추격해 오는 것은 아닐까? 비밀스럽고 음울한 이 집 속에서 도대체 뭔가가 비밀리에 연주되고 있는 것일까? 로버트를 괴롭히는 것은 그러한 의문이었다.

캄캄한 안에서 정적 그 자체가 메아리치고 있는 것처럼 생각되었다. 그러나 그런 음울한 침묵을 통해서 멀리에서 들리는 무슨 소리랑, 현관에서 뭔가 삐걱거리는 소리, 그리고 복도를 소리 내지 않으려고 애쓰며 걸어오는 소리가 들려 왔다. 로버트는 잠시 귀를 기울이고 있었는데 이미 계속 그러고 있을 수가 없어 모기장을 걷고 일어나서 살짝 문을 열었다.

긴 복도 저쪽 끝에 촛불이 한 개 희미하게 불타고 있었다. 그 약한 빛 아래를 검은 그림자가 천천히 왔다갔다 하고 있는 것이 보였다. 디어 루시아였다. 그녀는 곧 그를 의식했음에 틀림이 없었다. 그 이유는 마치 수녀들처럼 조용히 왔다갔다 하는 것을 그만두고 그를 향해서 엄숙한 표정을 짓고 염려하지 않아도 좋다는 시늉을 함과 동시에 방으로 돌아가시오, 하고 명령하듯 하는 행동을 했기 때문이었다.

새벽이 가까이 되어서야 그는 마침내 개개풀려 떨어지지 않던 잠에 떨어졌지만 일을 하고 싶은, 뭔가 하지 않으면 안되는 그런 절박한 마음으로 눈이 떠졌다. 그리고 오전 내내 계속 자신의 기분을 점점 무겁게 괴롭게 하는 문제에 대해 어떻게 하면 좋은 답을 발견 할 수 있을까 하고 고개를 갸우뚱거리고 있었다. 오후가 되자 그는 사람 눈에 띄지 않도록 조심해서 집을 빠져나올 수가 있었다. 그리고 런치를 빌려서 레누 마리로 달렸다.

마르디 굴라(역자주 : 카니발 행사의 최후의 날)의 준비를 하기 위하여 거리는 보통 때보다 혼잡했다. 치장을 요란스럽게 한 무용수들의 그룹이 가는 곳마다 마을을 활보하며 색색의 풍요한 기드림을 붙인 무늬 모양의 대를 갖고 이것을 흔들면서 드럼의 리듬에 맞춰 노래를 부르고 있었다. 화려한 의상

을 입은 사람들이 그들 뒤를 따랐고 그 한가운데 호두랑, 쇼
거빵이랑, 마른 고기랑, 캣사바빵 등의 함지를 머리에 얹은 상
인들도 있었다. 때때로 무늬 모양의 대가 세워졌는데, 그러면
선두의 한 사람이 나무상자 위에 뛰어 올라가서 열렬한 선동
연설을 하기 시작했다. 그것이 끝나면 노래는 더 한층 강렬하
게 되었는데—어쩐지 기분 나쁘고 신비적인 멜로디는 로버트
의 뼛속까지 파고들었다. 근처에는 뭔가 불온한 공기가 맴돌
고 있었다. 그것은 축제가 가까웠기 때문에 태연할 수 없다는
그런 것보다 더욱 커다란 것 같았다. 그것에 또 하나 그가 느
낀 것인데 무슨 의미가 있음직하다고 생각한 것은 그 한쪽에
있는 치안경찰관의 숫자였다.

회색과 은빛으로 만든 제복으로 몸을 감싸고 짧은 기관단
총을 어깨에 걸친 작고 민첩한 그 모습이 두 사람씩 한 조가
되어 마을 거리거리마다 서 있었다.

폰 세카의 카페는 그가 예상하고 있던 만큼 혼잡하지 않았
다. 상점에 들어가자 그는 하나밖에 없는 긴 테이블에 앉아 블
랙커피를 주문했다.

"찰스 카라한 씨는 여기에 오지 않습니까?" 하고 로버트
는 커피를 날라 온 급사에게 물었다. 사내는 로버트를 수상한
사람처럼 바라보고 있다가 놀랍다고 하는 투로 대답을 했다.

"지금은 만날 수 없습니다만."

교활한 미소를 떠올리면서 급사는 이를 드러내며 말했다.

"그러나 낙담하실 필요는 없습니다, 선생. 멀지 않아 나타
날 테니까요."

그대로였다. 로버트가 약 10분도 기다리지 않은 동안에 입

구에 몸집이 큰 사내가 모습을 나타내고 잠깐 동안 망설이듯이 그곳에 서 있었는데 상점 안을 주욱 둘러보고, 그리고서 테이블 쪽으로 흔들거리며 다가왔다. 사내는 의자를 끌어당겨 양발을 쭉 뻗고 요란하게 간파하려는 눈으로 잠자코 힐끗힐끗 로버트를 바라보았다. 그것은 웃음을 자아내게 하는 붉은 색을 띤 커다란 얼굴에 어딘지 모르게 균형 잃은 느낌의 눈 모습이었다. 그는 짧게 깎은 빨간 머리에, 짙은 눈썹, 그리고 턱에는 더부룩이 빨간 수염이 돋아나 있었다. 지금 벗어 놓은 가죽 잠바를 별도로 하면 변함없이 똑같은 형편없는 복장이었다. 넓은 가슴을 커다랗게 땀에 차게 한 내의, 헤어진 바지에 찢어진 운동화의 모습이었다.

"난 말레이라고 합니다." 하고 로버트가 입을 열었다.

"알고 있어요, 알고 있습니다." 하고 상대는 로버트의 말을 가로 막았다.

"그녀가 나한테 말해 주었으니까요."

두 사람은 침묵했다.

"무엇을 마시겠습니까?"

"이 섬의 토박이 술…… 클레랑이요." 하고 그는 아무래도 좋다는 식으로 대답하며 상점 주인에게 고개를 끄덕여 보이자 주인은 럼주를 찰랑찰랑 넘치도록 따른 글라스를 그의 자리로 날라왔다.

또 침묵.

곧이어 그가 말했다.

"그런데 이번 시즌의 그린 베 파카즈의 성적은 어떻습니까?"

로버트가 머리를 옆으로 흔들자 그는 낙담한 모양으로 대답했다.

"이 섬에는 2개월 늦은 신문 밖에 들어오지 않습니다요.-그러나 확실히 대단한 팀이지."

로버트는 이렇게 엉뚱하게 말을 꺼내는 방법에 호감을 갖고 이 화제를 계속 이었다.

"축구에 흥미가 있으시군요?"

약간 불퉁하면서도 카라한은 아주 놀란 표정으로 테이블 너머로 계속 로버트를 바라보았다.

"그렇다면 당신은 내 이름을 한번도 듣지 못했다는 말입니까, 카라한을…… 카타스토로프 시합에서 마지막 15초에 결승 득점을 올린 그것이 바로 나요. 그 해의 리그에서 최고의 골 슈터였다고 불려 지지만."

자기라는 인간을 알아주기를 바란다고 생각하는 것이 괴로웠던지 그는 이렇게 말 하고 이야기를 매듭지으며 덧붙였다.

"내가 대학을 졸업했을 때 파카즈는 나를 끌어들이려고 했지. 나는요, 이런 쓰레기더미 같은 곳에 빠지지 않았다면 서약서에 사인을 했을 거요."

"쓰레기더미 입니까, 이 섬이?"

"그렇지요. 나를 잘 봐 주십시오? 어떻습니까? 이가 들끓는 부랑자이지요. 일주일에 이틀은 사탕수수 밭에서 낫을 흔들지요. 기타 다른 날은 광산의 발파팀에서 일하고 있고. 그 이외의 때는 이 바에서 쉬고 있을 뿐이지요."

그 사실은 더욱 강조하기라도 하는 것처럼 럼주를 한 입에 털어 넣었다.

"그래요. 처음에는 만사가 잘되어 갔지. 우리들, 즉 나탈리와 내가 사랑의 도피를 해서 마이애미에서 결혼하고 나서 이 섬으로 찾아왔을 때에, 그 당시는 데프리스 노인도 나에게 농원에서 일을 할 수 있도록 해주었지요. 정말 더 이상 없는 생활이었지, 단 하나만 제외하면."

"무엇입니까, 그것이?" 하고 로버트가 반문했다.

"우리들은 저 커다란 저택에서 생활했습니다. —가족과 함께이지요. 그럴 때는 좋았는데 뭔가 부딪치고 깨어지게 된 원인은 확실히 그것이었지. 그것은 마담 데프리스지요 처음부터 마담은 우리들에게 손톱을 세웠지요. 나 역시 참을 수 있을 정도로 좋은 사람은 아니었지. 마담은 우리들의 부부생활을 엉망진창으로 해서 나를 쫓아내려고 기를 썼지요."

그의 시선이 무섭게 되었다.

"그러나 이쪽은 아직 항복하지 않아. 만사가 잘 수습될 기회를 잡으려고 계속 기다리고 있으니까."

얼핏 카라한은 허풍장이 같은 인상을 주었지만 이내 로버트도 그 배후에 많은, 아주 많은 것이 숨겨져 있는 걸 알아냈다. 그의 눈은 붉게 충혈 되었지만 그렇더라도 사람을 정면에서 바라보고 있고 다음에서 다음으로 강한 술을 먹었지만 그 알콜의 대부분은 사탕수수 낫이나 광산의 노동으로 땀과 함께 발산시키고 있는 것이었다. 어깨의 골격이라든가 더부룩한 수염이 난 턱의 각진 것 등으로 건강한 투지가 나타나 있었다. 그 허영심조차 어쩐지 매력이 있고 로버트에게 동정심을 일으키게 하는 것 같은 나이브한 것을 갖고 있었다. 로버트는 카라한에게 그랜드 람브의 사정에 대해서 마음속에 감추고 있는 것이 아니면 몇 가지 이야기를 듣고 싶다고 부탁해 보았다.

1분 정도 카라한은 로버트를 머리꼭대기에서 발끝까지 바라보고 있었다. 그리고서 그는 말했다.

　"당신이 바라고 계신 것은 나 자신이 알고 싶다고 생각하고 있는 실마리이지요. 뭔가 실마리가 있다고 하면 그것은 마담의 신변에서 찾을 수 있겠지요."

　"도대체 마담은 어떤 사람입니까?"

　"옛 부터 클레오르(역자주 : 백인과 흑인의 혼혈아)의 가계지요…… 낡은, 그것도 퇴락한 집이지요. 몇 년 전에 데프리스가 그 사람을 데려왔을 때, 그 사람은 옷 하나 제대로 걸칠 것이 없었습니다."

　"그러나 지금은 아무리 보아도 유복한 여성이 아닙니까?"

　"아, 그렇게 보입니까요."

　카라한은 이제야 깨달았다는 듯 로버트를 바라보았다.

　"그것은 데프리스가 그렇게 보이도록 해주었습니다. 그렇지요. 당신, 실제로는 데프리스가 그 사람도 잘라 버릴 테니까."

　"어째서요? 데프리스는 마음씨가 좋은 편이지요. 거기에다 마담을 사랑하고 있는 것도 확실하고."

　"그래. 마담을 아주 사랑합니다. 확실히 그것이 족쇄를 채워 두고 싶지 않은 이유일지 모르지요. 내가 이 섬에 오고 나서도 마담은 이미 두 번인가 세 번 정도 도망친 일이 있습니다. 한 번은 섬을 방문한 젊은 프랑스인과 대단한 스캔들을 일으키기도 하고. 데프리스라는 사람은 어떻게 생각하면 좋을지 전혀 알 수 없는 인간이지요. 마음을 모르는 인물입니다.

그 사람은 사랑하고 있는 것인지도 알 수 없지만 때로는 증오하고 있는지도 모른다고 생각합니다. 어느 쪽이든 그 사람을 자신이 이렇다고 생각하는 장소에 내버려 두고…… 즉, 감시하고 있는 것이지요."

몇 초 동안 로버트는 아무 말도 하지 않았다. 그리고 카라한에게 들은 것을 종합해서 뜻을 찾아보려고 노력했다.

곧이어 그가 물었다.

"그러면, 라몬은 어떻습니까?"

"아, 저 죽은 물고기요? 그 녀석은 스컹크처럼 구린 냄새가 나는 녀석이지요. 돈을 어디 엔가에 숨겨 놓고 있습니다……. 그러나 그 녀석은 살아가는 방법에 있어서 하루 종일 일하려고 한 적은 없었습니다. 마담 손안에 있는 꿀을 먹는 개미 같은 놈이지요."

두 사람은 침묵했다. 마지막 질문을 로버트는 입에 담을 기분이 나지 않았다. 그러나 상대는 그것이라고 느꼈음이 틀림없었다. 그 이유는 로버트에 대해 지금까지와는 다른 눈길을 던졌기 때문이었다.

"당신은 나탈리의 일은 잊고 계셨지요……. 나도 맨 먼저 당신에게 말해 두었어야 했는데 미처 못했지요. 그녀가 당신을 아주 좋게 말해 주었지요."

카라한이 미소 짓는 것을 보니 어쩌면 로버트의 얼굴이 무의식중에 붉어졌음에 틀림이 없었다.

"난 그녀를 좋아합니다." 하고 카라한은 격의 없는 어조로 말했다.

"그녀는 다른 사람들과는 다르지요. 좋은 인간입니다. 내가 이 섬에서 떠나갈 수 없는 이유는 이런 못된 가족 속에 있는 그녀를 위한 것이기도 하지요."

그녀의 이야기를 하고 있는 동안 카라한의 얼굴에서는 굳은 표정이 사라져 갔다. 그는 반복해서 똑같은 말을 했다.

"나는 그녀를 이 섬에서 데려 나갈 거야!"

"이것을 그만둔다면 그만큼이라도 도움이 되지 않겠습니까?" 하고 로버트는 글라스를 가리키는 제스추어를 했다.

이번에는 카라한이 붉어질 차례였다.

"내가 술을 마시는 것은 쉬는 거에 지나지 않습니다. 그냥 마시는 것이지요. 그러나 그만두려고 생각하면 그만둘 수 있습니다. 몸의 컨디션은 좋지요. 그럴 생각만 있다면 내일이라도 파커즈에 들어 시합도 할 수 있지요."

그리고 갑자기 이렇게 소리쳤다.

"제기랄, 나는 뭣 때문에 바보 같은 말만 지껄였지?"

그런 말과 그것을 입에 담는 모양에는 로버트의 마음을 깊이 두드리는 것이 있었다.

"카라한 군." 하고 그는 말했다.

"그렇다면 왜 빨리 나탈리를 데리고 이 섬에서 도망치지 않나요? 당신들 두 사람은 영원히 살 수 있는데요."

"할 수 있다면 그러고 싶은 마음이 굴뚝같지요. 그러나 가령 그녀가 온다고 해도 그분이 잘 보내주지 않지요……, 현재 입장에서는."

"어째서이지요?"

왼쪽 손으로 그는 샤그(역자주 : 하 등급으로 강한 담배)를 넣은 담배쌈지를 셔츠 주머니에서 꺼내자 직사각형의 라이

스페이퍼를 꺼내서 스스로 담배를 말았다.

"우리들의 공화국이 화를 낼 테니까요. 지독히 화를 내겠지요. 그것도 가까운 기일에. 카니발 축제까지 이제 4일밖에 없고, 그날이 오면 기가 올라가겠지요."

"기라면?"

"망치와 낫, 그 밖에 여러 가지."

그리고 아무 데도 관심이 없다는 어조로 이런 말을 던졌다.

"산 페리페라고 하면 이전에는 조용한 작은 섬이었고 사탕수수 밭이 많으니까 당밀이나 클레랑의 덕택으로 모두 평화스런 생활을 했지요. 보키사이트가 도지에서 발견되기까지는요. 보키사이트가 주체할 수 없이 많이 있다는 것과 그것을 필로 하고 있는 나라가 있다는 것, 우연히 그것이 미국이 아니라는 것이지요. 아니, 선생, 이렇게 말할 차례이군요. 요즘 몇 개월인가 빨강물이 광산으로 들어와서 실로 아주 멋지게 선동한다는 것이지요. 멀지 않아 불꽃이 타오르면 나는 기운이 날 것입니다."

"그래서 당신은 최후까지 그것에 관계를 가질 작정입니까?"

"정해진 것이지요. 크게 즐기게 되겠지요. ─한국 전쟁에서 그쪽을 나는 그다지 즐거운 눈으로 보고 있지 않았으니까요. 게다가 데프리스 노인에게는 다소라도 은의를 받았고요. 그분은 언제나 나에게는 호의적이었지요. 그리고 그분이라면 일의 성패를 잘 간파할 수 있을 테니까요."

"치안경찰은 어떻습니까?" 하고 로버트는 물었다.

"나도 경찰 모습은 많이 보았지요. 상당히 정신 차리고 있는 것 같지 않습니까?"

"말씀대로입니다. 그리고 총감인 리베라, 이 사람은 작은 남자지만 심지가 있는 녀석이지요. 그러나 그들이 저쪽 폭도들을 억제 할 수 있을지 어떨지는……."

그는 담배로 왕래하는 쪽을 가리켜 보였다.

"별점에게라도 물어 보는 것이겠지요."

로버트는 꽤 신중한 얼굴을 하고 있는 듯했다. 왜냐 하면 갑자기 찰리 카라한이 이를 드러내고 히죽이 웃었기 때문이었다.

"알았습니까? 지금 나는 당신에게 현상문제를 내고 있는 것입니다. 어쨌든, 당신은 아직 시간이 있는 동안에 빨리 섬을 빠져나가지 않겠습니까?"

"내 몸의 안전을 당신이 염려해 주시는 것은 잘 알고 있습니다만." 하고 로버트는 그 말에 따랐다.

"그러나 나로서도 데프리스 씨가 있는 곳에서 불 속에 밤을 굽고 있는 셈이니까."

"좋았어요!" 카라한의 웃는 입이 아주 크게 되었다.

그리고 못투성이의 커다란 손을 내밀었다.

"그렇다면 악수할까요?"

로버트는 펼쳐진 손을 꼭 잡았다. 그에게는 카라한이라는 인간이 자신을 한 멤버로 내세우고 있다는 것과, 그리고 현재 국민 전체를 연극으로 보려고 한다는 것을 잘 알았다. 그것이 로버트의 마음에 들지 않았다. 그러나 그도 이제 와서 뒤로 물러설 수는 없었다. 이 사내의 몸에 갖춰져 있는 뭔가가, 거북함이 없는 마음의 부드러운 면이, 아무리 해보아도 되지 않을 만큼 매력적이었다. 인생을 무대로 끌어올려 연극으로 보는 포즈를 취해서 연기하는 것이 카라한이 갖고 살아온 성질인 것이다, 라고 로버트는 추측했다.

"이제 슬슬 돌아가지 않으면 안되겠네요." 하고 로버트가 말했다.

"그러나 할 수 있다면 당신과 연락을 취하고 싶습니다만."

"그러지요." 하고 카라한은 끄덕여 보였다.

"대체로 언제나 이 상점에 와있습니다. 당신이 마을에 나오실 수 없을 때는 전화를 해주십시오. 때로는 전화도 도움이 될 테니까요."

로버트가 일어서자 그는 도어까지 따라왔다. 밖은 아직 흥청거리는 시끄러움이 계속되고 있었다. 두 사람이 그곳에 서 있을 때 갑자기 오가는 길의 반대쪽에 있던 더 스자의 모습이 눈에 들어왔다. 자세를 바르게 하고 너무나도 당당히, 그것만으로도 놀라운 모습이었는데 자기 집 쪽으로 발걸음을 옮기고 있었다. 군중은 둘로 갈라져 그가 지나가는 길을 만들었는데 그에게 인사를 하는 사람도 많았다.

카라한은 차갑게 그를 바라보고 나서 말했다.

"저 사람이 당신의 퀴즈를 가진 사람 중 한 사람이지요. 게다가 저 남자는 상당한 의문부호를 갖고 있으니까요."

"저 사람은 민중의 기분을 잘 이해하고 있겠지요?" 하고 로버트가 말했다.

"그거야 그렇겠지요. 저 사람은 민중에서 나왔으니까. 중요한 무기는 폴투칼인의 이름으로 통하는 것이지요. 실제로는 골수까지 카리브인 입니다만."

두 사람은 더 스자가 자택의 계단을 올라서 현관 도어를 열기까지 잠자코 바라보고 있었다. 그러나 더 스자는 집으로 들어가기 전에 잠깐 방향을 바꿔서 위엄 있게 양팔을 올려 사람들의 인사에 대한 감사의 표시를 나타냈다.

"그것은 그렇고, 나탈리에게 내가 잘 있다고 전해 주십시오, 돌아가시면."

"당신이 굉장히 그녀를 사랑하고 있다는 것을 잘 전하겠습니다."

"그렇게 해주시기를 바랍니다."

다시 한번 그는 손을 내밀었다. 로버트는 그 손을 잡았다. 이번에는 그가 그 손을 힘껏 잡아 흔들 차례였다.

12

로버트는 런치를 천천히 조종해서 귀가길에 올랐다. 그리고 현재의 입장을 곰곰이 생각했지만 전혀 아무런 결론에도 도달할 수 없었다. 곧이어 본래의 해안으로 왔는데 배를 대고 해안으로 오르자 모래사장에서 나탈 리가 그를 기다리고 있었다.

"당신은 나를 친구라고 생각하는 줄 알았는데."

"친구할 생각입니다." 하고 그는 무뚝뚝하게 대답을 했다. 그녀의 변덕스러움에 부딪힐 기분이 아니었기 때문이었다.

"그렇다면 어째서 나를 마을로 데려가 주지 않았지요?"

"당신의 주인과 약간 이야기할 일이 있어서입니다." 하고 로버트는 설명했다.

"당신에게 아무쪼록 잘 있다고 말해 달라고 했습니다."

의심을 하면서도 어느 정도 기분이 풀린 듯이 그녀는 계속 그를 바라보았다. 두 사람이 집 쪽으로 걸어갈 때 그녀는 로버트의 팔을 잡았다.

"난 오늘 오후 내내 줄곧 이 모래사장에서 기다렸어요. 어딘가로 사라져 버린 것 같아서. 북해안의 레오마르에서 또 새로운 소동이 일어났다는 보고가 있었어요. 모조리 총파업이라는 이야기예요."

이런 뉴스가 그녀를 불안하게 만들고 있는 것처럼 보이지는 않았다. 그것보다도 그녀는 자신의 감정을 처리하는 것만으로 가득 차 있었다.

"저, 로버트 씨, 가르쳐 줘요. 찰리가 나에 대한 것을 정말로 잘 말해 주었는지."

"아까도 그렇게 말하지 않았습니까?"

"정말 잘 말했어요?"

"아주 좋게 말했습니다."

그녀는 빙긋 웃었다. 그리고 근심스런 표정은 사라져 버렸다. 두 사람이 테라스로 올라갔을 때 그녀는 로버트에게 딱 붙어서서 머리를 그의 어깨에 기댔다.

"커다란 마법사 같네요. 그 사람 말을 해줘서 고마워요. ─ 마음을 써 주지 않으면 난 선생님에게 빠져 버릴 테니까요."

"그럴 필요는 없습니다. 뭐라 해도 당신은 찰리의 것이니까요."

현관의 홀까지 오자 그는 나탈리의 손을 흔들어 풀고 벤칠레 간호사를 찾으러 2층으로 달려 올라갔다. 여느 때처럼 그녀는 자기의 방에 있었는데 오늘은 독서를 하지 않고 창 옆에 서서 밖을 바라보고 있었다. 로버트가 들어가자 그녀는 아주 슬픈 눈을 하고 돌아다보았기 때문에 그는 본능적으로 선뜻 말을 걸 수가 없었다.

"어땠어?"

그녀는 말을 억제하려고 했지만 잘되지 않았다. 그리고 낮은 목소리로 로버트 쪽을 보지도 않은 채 말했다.

"연애놀이도 좋지만 어두워질 때까지 기다리게는 하지 말아야 되지 않습니까? 선생님은 의사이시지요? 저 길을 이쪽으로 돌아오실 때의 모습, 그것은 무엇이지요……"

그녀는 말을 멈췄다. 몸을 떨고 있는 것이 그에게도 느껴졌다. 어째서 그녀는 저런 일로 남을 헐뜯는 것일까, 하고 그는 의아하게 여겼다. 그리고 가슴속이 답답한 것을 느꼈다.

"그것은 잘못 이야기하는 것이 아닐까." 하고 그는 예리한 어투로 반박했다.

"나탈리 씨는 정신에 혼란을 일으키는 불행한 인간이야…… 그녀는 이곳에서 여러 가지 일로부터 격리되어서 생활하고 있지. 마담은 분명히 그녀를 증오하고 있고, 그녀의 결혼생활은 파괴되어 버렸고, 그것뿐인가, 고통을 받는 것이 어느 정도인지 아무도 모르지. 그녀에게는 위로가 필요한 거야."

"그래서 그런 위로를 선생님은 오히려 즐거워하고 있는 것이겠지요?"

"아 그래." 하고 그는 예리하게 바꿔 말했다.

짧은 몇 초 사이였지만 그는 자신이 나탈리의 결혼생활을 원래대로 깨끗하게 돌려 놓으려고 애쓰고 있다는 것을 그녀에게 이야기해 주고 싶은 기분에 사로잡혀 있었다. 그러나 뭔가가 그를 저지시켰다. 그래서 불쾌하게 그녀가 어떻게든 자제하려고 열심히 애쓰고 있는 것을 바라보았다. 그녀는 작고 하얀 이빨로 아랫입술을 꼭 깨물고 있었다. 그리고 뺨을 붉게 물들이고 눈을 반짝반짝 빛내고 있었는데 도대체 어떤 기분이 된 것일까? 문득 그녀의 어깨를 잡아서 흔들어 이성을 찾게 해주고 싶다고 생각했다.

"아, 역시 어느 쪽이라도 좋아요!" 하고 그녀는 여전히 흥분하고 있는 것 같았지만 그래도 겨우 입을 열었다.

"그것보다 좀 더 중요한 이야기가 있습니다."

"나한테도 있어." 하고 로버트는 그녀의 말을 가로막았다. —자신을 이만큼 잘못 보고 있는 것에 화가 났고, 자신의 노력이 이런 식으로 곡해되고, 뭔가 모르게 모두 오해받는다면 이미 화 조차 내기 어려운 기분이라고 생각했다. 그녀에 대한 입장을 더욱 나쁘게 한다는 의식, 자신을 힘없는 것으로 해버리는, 그녀를 꽉 움켜잡고 그녀의 머리를 뒤로 젖혀 그녀의 눈 속에서 뭔가의 답을 찾아내고 싶다는 혼란한 감정…… 그런 것이 여러 가지로 겹치자 마침내 갑자기 이런 것을 괴로운 목소리로 말하게 해버렸다.

"나를 자네가 시종 비난하거나 매도하거나 하는 것을 나는 자네에게 감사하지 않으면 안된다고 생각하고 있어요. 그렇더라도 어쩌면 자네는 우리들 상호간의 입장을 잊고 있는 것은 아닐까? 지금의 사실이 나에게 그것을 나타내고 있는 것이 아닐까? 어쨌든 이곳에서 책임을 지고 있는 것은 나일 텐데. 자, 하바나항 배는 아직 충분히 시간이 있으니까, 어때, 자네는 그 배로 출발하는 것이."

"그럼, 선생님은 나를 쓸모없는 빈 상자 정도로 생각하신다는 거군요."

"그것이 이유라는 것은 아냐. 그러나 자네가 그런 태도로 있다면 떠나는 쪽이 좋을 것 같은데."

그녀는 대답을 하지 않았다. 다만 지독히 괴로운 것처럼 잠자코 계속 그를 바라보고 있었다. 그의 얼굴에서 뭔가를 읽어내려고 하는 것 같았다. 곧이어 그녀는 너무나도 피곤하다는 제스추어로 창 옆의 소파에 앉더니 창틀에 한쪽 팔굽을 붙이고 그 손으로 받쳤다.

"난 떠날 수 없습니다."

그녀는 혼탁한 음성으로 말했다.

"특히 오늘 오후 이후에는, 난 선생님을 기다리고 있었습니다……. 선생님에게 이야기하고 싶은 게 있어서."

"무슨 일이 있었는데?"

그녀는 완전히 파랗게 질려 있었는데, 피곤에 지친 빛이 그녀 얼굴의 섬세하고 맑은 윤곽을 더욱 두드러지게 했다. 그녀는 깊은 한숨을 쉬더니 슬쩍 그에게 시선을 던졌다.

"선생님이 레누 마리로 출발하고 나서." 하고 그녀는 이야기하기 시작했다.

"데프리스 씨가 차로 레오마르도 나가게 되었습니다. 그쪽에서도 공장이 불에 타버린 것입니다. 그분이 나가시는 것을 난 좋지 않다고 생각했지만 고집대로 가시는 것을 막을 수는 없었습니다……. 그 전에 리베라와 다른 농장 주인들과 뭔가 상담하고 계셨습니다. 그분은 차 있는 곳까지 전송하고 오려니까 마담이 계단 위에서 나를 불러 산책이라도 나가지 않겠는가고 물었습니다. 난 그렇게 하겠다고 대답을 했습니다. 그래서 정말로 산책이라도 갈 작정 이었지요. 그런데 내 방으로 돌아와 보니 너무나 피곤하다는 느낌이 들었기 때문에 산책 대신에 발코니로 나가 등의자에서 자려고 했습니다. 그러는 중에 잠이 들어 버렸습니다. 얼마쯤 자고 있었는지 기억할 수는 없지만…… 왁자지껄하고 사람 소리가 나서 깨었습니다. 마담과 라몬이 발코니 바로 아래의 베란다에 앉아 있었습니다. '말레이 선생은 어디에 있지요?' 하고 라몬이 물었습니다. ― '마을에 갔지' 하고 마담이 대답했습니다. ― '그럼, 간호사는?' ― '산책하러 나갔어.'"

벤칠레는 정면으로 로버트의 눈을 들여다보았다.

"난 여느 때는 몰래 엿듣는 짓은 절대로 하지 않습니다." 하고 그녀는 말했다.

"그러나 방에 들어가 창을 닫으려고 하자 라몬이 '그럼, 드디어 일에 착수하지 않으면 안되잖아요' 하는 말이 들렸습니다. ― '그래요.' 하고 마담이 대답했습니다. '시간이 촉박하니까.' ― 잠깐 사이를 두고 이번에는 라몬이 '염려하지 말아요. 이렇게 곧 차례차례…… 괴상하다고 생각하는 모양이야.' ― '그런 바보 같은.' 하고 마담이 바꿔 말했습니다. '멋지지 않아. 더 이상 좋은 생각은 우리들이 생각해 낼 수 없잖아…… 독창적인 생각이지. 이만큼 자연스런 일이 있다고 생각할 수 없으니까.' ― '말레이 녀석이 증명해 준다면 더욱 좋은데.' 하고 라몬이 맞장구를 쳤지요. ― '그런 건 별로 어렵지 않아. 그 선생이라면……'"

벤칠레 간호사는 입술을 깨물었다.

"'무엇이든 곧 고지듣는 청년이야.' ― '나도 몫을 바라고 있다는 것 잊지 말아요.' 하고 라몬이 말참견을 했습니다. '그 녀석이 전부 빼돌리지 않을까?' ― '안돼요. 그런 말을 입에 담아서는. 그분은 훌륭한 사람이야. 큰 인물이란 말이야.' ― '정말, 너무 지나치게 훌륭한 사람이야.' 하고 라몬이 중일중얼 말했지요. '자기를 어떤 사람이라고 생각하고 있을까?' 그리고 호소하는 어조로 즉시 계속 이었지요. '당신은 그 사람과 보조가 맞지 않는 거래를 했습니다. 좀 더 신중해야 했었는데…… 때가 때였지만요. 사실을 말한다면 나는 그 사람을 절대로 좋아하지 않아요. 그 사람은 당신을 이용할 뿐이라고 생각하지요.' — '그런 말 두 번 다시 하지 말아요, 앙리.' 하고 격렬한 어조로 마담이 다시 말했습니다. '그 사람은 나를 아주 사랑하고 있으니까. 거기에 나도…… 그 사람을 위하는 것이라면 생명도 아깝지 않아요.' —라몬은 강압적인 목소리로 무슨 말을 바꿔 말했지만 나에게는 들리지 않았습니다. 그리고서 다시 라몬이 '하여튼 좋아. 어떻게 운반하면 좋을지 이야기해 주십시오…… 만사불여 튼튼이니까.' —난 긴장하면서 귀를 기울였습니다." 하고 벤칠레 간호사는 계속했다.

"그렇지만 이번에는 두 사람 모두 신중한 목소리로 이야기하고 있었기 때문에 나로서는 모두 이해할 수 없었습니다. 그러나 내가들은 것만으로 충분합니다. 멈춰 서서 엿들은 것이 두 사람에게 알려졌다 하고 생각하면, 난 두려워서 몸을 움직일 수조차 없었습니다……. 그런데 선생님은 아무리 기다려도 돌아오시지는 않고……."

거의 알아듣기 어려울 정도의 목소리로 그곳에서 멈춰 버렸다. 그리고서 그녀도 자기가 엿들은 대화의 내용을 생각해 내려고 애쓰는 기분이었지만 이제 더 계속할 수 없었는지, 저항할 힘을 잃고 갑자기 사그라져 버렸다. 로버트는 가슴이 미어지는 것 같았다. 그리고 이제 더 이상은 그녀를 상처받게 해서는 안된다고 생각하며 힘없이 무릎에 올려놓은 그녀의 손을 잡고 힘차게 양손에 힘을 가해 이제부터는 괜찮다고 안심시키고 싶었다. 그러나 지금은 그녀에게 있어서 그것은 아주 중대한 일로 존재하고 있는 것이고, 이해나 우정을 여기서 보일 때는 아니라고 그는 자제했다. 런치로 돌아오는 도중에 예감했던, 화가 났던 기분이 구체적인 형태로 나타난 것이었다. 그것도 예측한 것 이상으로 나쁜 것 이상으로 나쁜 것이었다.

오랫동안 두 사람이 모두 침묵했다.

"그럼, 자네가 지금 추측하고 있는 것은?" 하고 로버트는 이윽고 물었다.

"뭔가 아주 두려운 일이에요."

그녀는 완전히 무서워하는 것 같았다. 양쪽 눈에 눈물이 고여 있었다.

"이 섬에 도착한 날부터 느끼고 있었지요. 지금 그것이 확실해진 것입니다. 데프리스 씨는 외부로부터도 위협을 받고 있지만 진정한 위협은 이곳에 숨어 있습니다. 이 집안에…… 이곳 사람이 데프리스 씨를 살해하려고 하고 있는 것입니다. 게다가 모두들 우리들을 골탕 먹이려고 노리고 있지요."

43

    알렉산도르 데프리스가 돌아온 것은 6시 반이었다. 경시청 감과 함께 돌아왔다. 섬에 도착하던 날 로버트는 거의 리베라에게 주의도 기울이지 않았지만 서로 두세 마디 말을 통해 보니 어쨌든, 상당히 강한 인상을 주는 인물이었다. 작지만 각진 얼굴은 군인다운 근엄함이 넘치고, 또 그의 야무지고 완전히 햇빛에 그을린 용모는 지적인 표정을 보이고 있었다. 리베라는 솔직한 인간인 것처럼 생각되었다.

    데프리스와 그는 둘 다 모두 아주 신중한 얼굴빛으로 집에 돌아오자마자 2층으로 올라가서 알렉산도르의 사무실로 모습을 감추었다.

    그 두 사람이 2층에 있는 동안 로버트는 베란다를 왔다 갔다 했다. 이제부터 어떻게 하면 좋을까 하고 그는 수백 번 자문했다. 벤칠레 간호사는 과연 마담이 말한 대로의 말을 확실히 들었을까? 그녀는 마담을 의심하고 있는데 그 의혹이 맞을까? 마담의 정신상태가 최근에 갑자기 더욱 감정적인 것은 그도 잘 알고 있지만, 그렇더라도 그녀는 뿌리가 이성적으로 조화를 갖춘 여성이다. 필경 그녀의 불안에는 한 조각의 진실이 있음에 틀림없다.

    그렇지만, 도대체 어떻게 하면 좋다고 말할 것인가? 남몰래 엿들은 증거를 갖고 데프리스에게 가서 당신의 부인과 사촌이 당신을 죽이려고 노리고 있다고 노골적으로 말하면 어떻게 될까? -그런 짓을 할 수 있을까! 우선 먼저 자기는 그런 일을 호소할 처지가 아니다. 그뿐인가. '소귀에 염불'이라는 말도 있다. 지금까지도 이미 몇 번이나 그는 데프리스에 대해서 특별히 주의를 기울일 필요가 있다는 것을 적극적으로 납득시키려고 했지만 그때마다 데프리스는 예의 야유 섞인 애교 있는 얼굴을 하면서 이쪽 말에 귀는 기울였지만 이야기를 듣지 않으려고 저 독특한 농담식의 대답을 할 뿐이었다.

"아니, 선생, 말씀하시는 것은 잘 알겠지만…… 그러나 내 정도의 나이가 되면 이제 와서 준비해도 소용없어요……."

안된다. 앞으로 더욱 눈빛을 계속 빛내서 주의를 기울여 시기를 잡는 것 이외에는 아무 것도 할 수 없는 것이다. 로버트는 가까운 동안에 무슨 일이 일어날 것이 틀림없다고 자신에게 들려주었다. 위험이 박두하고 있다는 이 참기 어려운 감정, 화산의 분화구가 금방 터질 듯한 긴장된 기분을 이 이상 계속할 수는 없다.

다음날도, 또 다음날도 지나갔다. ……긴장은 점점 더해 갔다……. 마담은 흥분을 가슴속에 감추고 있는 듯한 상태였다. 라몬은 마담만큼 자제력이 없어 어쩐지 불안을 이겨 내려고 더욱 애쓰고 있는 것처럼 보였다. 나탈리는 신경질이 되어 울적하게 지내고 있었다.

디어 루시아는 자꾸만 혼잣말을 하면서 그의 쪽을 서성거리고 있었다. 보통 때와 다름이 없는 것은 데프리스뿐이었다.

그러나 3일 째 아침이 되자 이러한 공중누각은 맥없이 무너져 버렸다.

처음에는 모든 일이 여느 때나 똑같이 진행되고 있는 것 같았다.

로버트는 계단 아래로 내려가 베란다로 나왔다. 또다시 하늘은 구름으로 덮여 공기는 질식할 것처럼 뜨겁고 뇌우라고 찾아올 듯한 염려가 있었다. 재차 악천후가 될 징조가 확실하게 보였다. 벌레들은 침묵을 깨고 소리를 내었고 먼 숲지에서는 개구리 우는 소리가 들려왔다. 부지내는 생기를 잃고 있었다. ─남자들은 몇 사람인가 아직 일을 하고 있었지만 다른 사람들은 모두 스트라이크에 가담해 버렸다. ─아이들조차 여느 때와 달리 조용하게 있었다.

데프리스는 아침 일찍 차로 나갈 작정을 하고 있었다. 현관 앞에는 노란 색 롤즈 로이스가 이미 기다리고 있었다. 데프리스는 눈에 띄지 않는 농원용의 차가 아니라 이 차가 좋다고 말하며 듣지 않았다. ─아무래도 그다운 강인한 성품이었다.

갑자기 그는 사슴색을 띤 가죽옷을 입고 씩씩하게도 거림낌없는 모습으로 나타났다.

"나도 함께 데려가 주시지 않겠습니까?" 하고 로버트가 물었다.

"아니 선생…… 오늘은 당신이 여기에서 하지 않으면 안 될 일이 있어서."

"몇 시에 돌아오십니까?"

"오후 늦게 되지 않을까 하는데."

"어떻든 준비해 둘 일을 말씀해 주십시오."

데프리스의 눈에서 사람을 깔보는 듯한 시선이 보였다.

"선생, 스코틀랜드 사람인 당신은 어릴 때부터 신앙심 깊이 길러졌겠지만, 그래, 성경 속에도 '타인의 묘를 파는 자는 자기들이 그 속으로 떨어진다' 고 써 있지 않습니까? 요컨대 나는 아직 희망을 버리지 않고 있지요."

그는 붙임성 있게 고개를 끄덕이며 차에 올랐다.

로버트는 그 차가 돌아서 찻길을 빠져가는 곳까지 전송을 했다. 그리고서 집으로 돌아오자 아침 식사를 했다. 잠깐 두 잔째의 커피를 마시고 있자 잠옷을 입은 채 나탈리가—이런 시간에는 거의 이상한 모습이지만—계단을 내려와서 느닷없이 말을 걸었다.

"마담이 오늘 아침 상태가 좋지 않은 것 같아요. 급사인 로저가 말했습니다. 마담이 병이 들어서 일어날 수 없다고."

적어도 이것은 새로운 사건이다, 하고 로버트는 생각했다. 또 신경이 날카로워졌는가, 그래서 특별히 강한 주사를 맞았기 때문에 숙취의 증상인지도 모른다. 혹은 뭔가 다른 이유가 있는 것일까?

"더위에 진 것 아냐?" 하고 그는 대수롭지 않게 물었다.

"그런 것 아니예요."

그녀는 망설였다.

"로저가 심하게 염려하고 있어요."

연상의 고용인들을 상대도 하려고 하지 않는 혼혈 아가씨인 로저를 로버트는 그다지 신용하지 않았지만 그래도 나탈리는 염려스런 얼굴이었다.

"어째서 당신은 그분의 병문안을 가지 않지요?" 하고 로버트는 말을 걸어 보았다.

"가려고 했는데…… 옷을 갈아입으면."

"내가 필요하다면 연락하시오. 계속 내 방에 있을 테니까."

그녀가 일어나 가자 그는 1주일분의 보고를 캐링톤편에 써서 보낼 예정으로 2층으로 올라갔다. 데프리스의 방 앞을 지나려 하자 벤칠레 간호사가 안에서 청소를 하고 있었다. 그녀는 울분을 쏟을 곳이 곤란했던지 일부러 열심으로 계속적으로 방을 치우고 있었다. 디어루시아는 작은 목소리로 중얼중얼 혼잣소리를 계속하면서 여느 때처럼 아무 것도 모르는 느낌으로 그렇게 하고 있는 벤칠레를 거들어 주고 있었다.

자기 방으로 돌아온 로버트는 편지지를 두세 장 꺼내고 밤색 목재의 책상 앞으로 의자를 가져갔다. 그러나 좀처럼 정신은 집중할 수가 없었다. 그의 생각은 마담의 상태가 나쁘다는 이야기에 걸핏하면 돌아가 버리는 것이었다. 마담이 편두통이 났다거나 약의 부작용으로 숙취상태가 되거나 해도 보통은 집안의 다른 사정에 의하여 교묘하게 감춰져 버리는데 더 한층 이것은 묘한 일에 틀림없었다. 로버트가 펜을 달리려고 골몰하고 있을 때 문득 도어가 열리며 나탈 리가 들어왔다.

"지금 나, 마담 있는 곳에 갔다 왔어요. 정말로 기분이 나쁜 것 같아요."

그녀의 목소리에 담겨진 확신은 부정할 수가 없었다.

"한번 내가 마담을 진찰해 보는 편이 좋지 않을까?"

"아까 그렇게 말해 봤어요. 하지만 마담은 더 스자 선생님이 와 주었으면 하고 있어요. 그것도 지금 곧."

"그렇다면 그 사람을 와 달라고 하는 편이 좋겠네요."

"예…… 내가 전화를 해봤죠. 그러나 레누 마리는 어떻게 된 일인지 통화할 수가 없어요."

140

믿을 수 없는 모양으로 그녀는 입을 다물었다.

"난 마테오에게 부탁해서 런치로 모셔 오도록 했지요."

"그것이 제일 좋을 것 같군요."

그녀가 가버리자 그는 줄곧 자기 침대로 눈길을 주었다. 그리고 사건의 새로운 전환을 평가하려고 궁리했다. 여기에는 어떤 의미가 있을까? 잘 조립된 음모를 숨기려는 술책일까? 분명히 마담은 몰핀 중독자이지만, 그러나 그녀의 체질 그 자체를 아무리 보아도 강하고 활기에 넘쳐 있다. 그녀가 이렇게 갑자기 병이 들었다는 것은 아무래도 그는 납득할 수가 없었다. 그런데 계모를 염려한다고 말한 일이 거의 없는 나탈리가 자기에게 말할 때 진심으로 염려하는 모양을 하고 있었던 것이다. 어쨌든 더 스자가 오면 약간은 사정이 명확해지리라.

그러나 섬에 의사가 모습을 보였을 때는 이미 낮이 기울어 가고 있었다. 그 이유는 마테오가 레누 마리에 도착해 보니 의사가 집에 없었기 때문이었다. 더 스자는 재빨리 마담 방으로 들어갔는데 그대로 꽤 오랫동안 나오지 않았다. 시실, 더 스자의 왕진이 너무나 오래 걸렸기 때문에 로버트의 의혹이 다시 새롭게 불타오르는 것을 막을 수 없었다. 그런데 겨우 더 스자가 방을 나와 검은 수제가방을 든 채 천천히 계단을 내려와 나탈리와 로버트가 기다리고 있는 응접실로 들어왔다. 한편 라몬은 점심 식사를 마치고 농원에서 돌아와 있었지만 안쪽에서 점잖지 못하게 계속 뭔가 소리를 내었다.

둥근 천정의 묵직한 대들보랑, 더위를 피하게 만들어진 해막이를 가진 응접실은 그다지 밝은 편은 아니었지만 오늘은 여느 때보다 더욱 어두웠다. 모두가 있는 쪽으로 다가오는 더 스자의 얼굴은 그늘에 가려서 잘 보이지 않았다. 그렇더라도 그의 얼굴은 지독히 창백한 빛을 띠고 굳어 있었고, 어쩐지 마음을 터놓지 않는 모양으로 그의 눈에도 전에 없이 일종의 망연한 빛이 있었고, 때문에 느닷없이 로버트는 앗 하고 뛰어 일어날 정도였다. 그것은 몽유병에라도 걸려 있는 것이 아닌가 생각할 만큼 한없이 깊은 생각에 잠긴 인간의 얼굴이었다. 꿈꾸는 상태에서도 그곳에 모두가 있다는 것을 느끼자 더 스자는 무쇠 같은 의지를 일으켜 어쩌면 현실로 돌아오는 것 같았다.

"저, 무슨 일이 있었습니까?" 하고 로버트가 물었다. 더 스자는 한쪽 손에 검은 가방을 갖고 또 한쪽 손을―몸을 지탱하려고 하듯이―새까만 오크제의 테이블 위를 짚었다. 이미 체력도 한계에 닿아 있었는지 그대로 그는 굳은 몸을 세워 놓은 채 곧바로 대답하지 않았다. 그래도 갑자기 지금의 질문에 정신을 차렸는지 미소를 떠올렸다.

"실례했습니다, 잠깐 현기증이 일어났기 때문에. 하루 종일 선 채로 왔다 갔다 했더니…… 거기에다 실제로 어젯밤은 한잠도 자지 못했어요. 레오마르에서 저 무서운 소동이 일어나서 아주 많은 사람들이 부상을 당했습니다."

순간이었지만 목구멍이 메마른 듯했으나 곧 가볍게 기침을 하고 숨을 되찾았다.

"마담은 가벼운 말라리아성 열대 열인데…… 대단한 일은 아닙니다."

더 스자는 아주 지쳐 있음에 틀림이 없었다. ―여느 때의 붙임성을 어떻게 하든 되찾으려고 노력했지만 그의 미소는 굳어버렸고, 가면 없는 가면을 쓴 얼굴이 되어 그런 얼굴로 바뀌는 것도 어쩔 수 없는 것 같았다.

　"뭔가 더 조치를 할 필요가 있습니까? 있다면 벤칠레 간호사에게 그렇게 말해 두도록 하지요."

　"물론 조치를 계속할 필요는 있습니다." 하고 그는 건성으로, 역시 애교있게, 그러나 로버트의 의연한 태도에 기분을 상한 것 같은 어조가 되어서 말했다.

　"그렇지만, 마담은 수녀 한 분에게 간호를 부탁해 달라고 했습니다. 레누 마리로 돌아가면 내가 수녀원에 가서 계획을 모두 짜려고 합니다."

　그것은 지극히 당연한 말처럼 생각되었다. 그 이유는 여기에 도착한 첫날부터 마담이 벤칠레 간호사에게 반감을 갖고 있는 것이 명확했기 때문이었다. 그렇더라도 로버트는 막연한 불만이 일어났다.

　"내가 때때로 가서 그분의 상태를 살피면 어떻겠습니까?" 하고 그가 물었다.

　더 스자는 딱 잘라 거절하였다. 이미 그도 원기를 회복한 것 같았다. 그의 표정은 냉정하고 목소리에는 감정의 그늘이 없어져 갔다.

　"당신이 관심을 갖고 있는 것은 잘 알고 있지만 마담의 기분을 거스리는 짓은 절대로 그만둬 주시기 바랍니다. 그분은, 사실을 말하면, 극도로 신경과민 상태이기 때문에 혼자만으로 돌보는 것이 좋겠다고 말했던 것입니다." 그는 거기에 덧붙여 "간호사에게는 내가 모든 것을 지시하도록 해두겠습니다. 그리고 나도 오늘 밤 다시 한번 이쪽으로 들르겠습니다. 다만, 상당히 늦을지도 모릅니다만…… 하여튼 여전히 너무나 바쁘기 때문이지요."

그는 인사를 하고 라몬이 재빠르게 겸손함으로 열어 놓은 도어 쪽으로 발길을 옮겼다. 그리고 둘이서 밖으로 나가 차 있는 곳으로 갔다.

본능적으로 로버트는 나탈리쪽을 바라보고 더 스자가 제멋대로 지시한 것에 대한 반응을 알아내려고 생각했다. 그러나 분명히 그것은 그녀에게 있어서 진기한 일은 아닌 것 같았다. 어쨌든, 그녀는 간호사를 위하여 방 준비를 하러 가지 않으면 안된다고 하는 말 밖에 하지 않았기 때문에 로버트도 2층으로 올라갔다. 하지만, 어찌할 바를 모르는 기분으로 계단의 춤추는 곳에 있는 창 앞에 서서 여러 가지 생각을 겹쳐 보았는데 아무런 만족할 만한 결론은 얻은 수 없었다.

아래에서는 현관의 차 옆에 더 스자와 라몬이 함께 선 채뭔가 비밀히 이야기하고 있었다. 이 시점에서 보면 그렇지 않아도 커다란 몸체인 더 스자의 꼼짝 않고 움직이지 않는 모습이 로버트의 눈에 처음으로 뭔가 의아하고 더욱 두려운 것으로 비쳤다. 이것은 아무래도 그가 쓸데없이 생각하는 것일까, 그렇더라도 앙리가 실제로 더 스자 앞에서는 굽실굽실하고 있는 것처럼 보였다. 문자 그대로 앙리는 더 스자의 말을 듣고 움츠러들고 있는 것일까? 그런 인상도 아주 짧은 순간이었다. 더 스자가 마지막으로 뭔가 명령하는 것 같은 제스추어을 하고 차에 오르자 그대로 달려가 버렸기 때문이었다. 로버트는 메스로라도 싹뚝 잘라내는 것 같은 아픔을 떠올렸다. 그 감각을 더욱 강하게 하듯이 바로 그때 하늘도 어둡게 되어 갑자기 항구쪽 멀리에서 천둥 번개가 울려 왔다. 과연 그것은 번개 소리였을까―그 굉음은 두세 번 반복되었는데 그 가운데 오히려 짧게 이어지는 총성 같은 소리도 섞여 있었다.

견딜 수 없어서 그는 창으로부터 얼굴을 돌렸다. 자신이 어설프게 만들어 낸 공사 등은 실제로 아무런 도움도 되지 않았다. 그는 기분을 정리하려고 애쓰면서 자기 방으로 돌아와 내팽개쳐 둔 보고서를 이번에야말로 써 보내려고 생각했다. 그러나 1페이지가 지났을까말까 하는 동안 계단 아래 홀에서 전화 벨소리가 시끄럽게 울렸다. 전화는 꽤 오랫동안 통하지 않은 뒤라서 그 소리가 아주 예리하고 의외로 요란스러웠기 때문에 그는 스스로도 화가 날 만큼 몸이 움츠러 버렸다. 바쁘게 내려가서는 안된다고 그는 자제해야만 했다. 잠시 지나자 벤칠레 간호사가 그의 방 도어를 두드렸다.

"데프리스 씨로부터 걸려왔습니다, 레오마르에서 전화로. 아직 많은 일들이 있기 때문에 오늘 밤은 그곳에서 머물 예정이라고 선생님께 말씀드려 달라는 내용이었습니다."

로버트는 근심스럽게 그녀를 바라보았다.

"전화는 불통이라고만 생각하고 있었는데."

"레누 마리로 거는 전화는 아직 고장중입니다. 그러나 북해안쪽은 깨끗이 통화할 수 있습니다."

"데프리스 씨의 상태는 좋다고 하던가?"

"예, 선생님께 안심해도 좋다는 말씀을 남기셨습니다."

그녀는 잠깐 입을 다물었다.

"난 마담의 일을 보고 드렸지요. 물론, 그분이 놀라지 않을 정도로."

또 그녀는 침묵해 버렸다. 검은 눈썹 아래에서 그녀는 '우리들이 이것으로 사이가 벌어져서는 안되니까' 하고 말하는 듯한 겸허하다고 해도 좋을 만큼의 눈길로 그를 바라보았다. 확실히 그들은 지금 이전으로 돌아가서 서로가 서로를 필요로 하고 있는 것이다.

"이 야단스러운 병을 자네는 어떻게 생각하고 있나?" 하고 그는 물었다.

"잘 모르겠습니다⋯⋯." 하고 그녀는 대답했다.

"뭔가 약간 이상하고⋯⋯ 어째서 이렇게 소곤소곤 감추려고 하는 것일까요?"

상당히 망설이고 있는 듯 그녀는 급히 말을 끊었지만 그래도 아직 도어 있는 곳에 선 채였다. 그 모양에는, 보통 때라면 가지 않으면 안되었지만 그의 결심을 원하고 있다고 말하는 점이 있었다. 그러한 그녀의 원기 왕성함과 그 보들보들한 몸이 얼마쯤 상반신을 앞으로 구부린 포즈는 그의 가슴을 깊이 흔들었다. 또다시 그는 좀 더 그녀에게 가까이 다가가 자기의 팔로 포옹하고 머리를 힘껏 당겨 아무 말 없이 그녀의 눈을 계속 볼 수 있다면 하고 갑자기 그런 어이없는 욕망을 느꼈지만, 안된다, 그런 일을 해서는 안된다고 자제해야만 했다.

"우리들은 둘 다 지나치게 신경이 예민해진 것 같다." 고 곧이어 그는 말했다.

"잠깐 밖으로 나가지 않을래?"

창백하고 피로에 지친 그녀의 얼굴이 갑자기 밝게 되었다.

"난 아까부터 산책하러 나가고 싶었습니다. 다만 혼자 가고 싶지 않았기 때문에."

죽은 듯이 조용한 객실을 빠져나가 두 사람은 계단 아래에 있는 정원으로 나갔다. 그리고서 어슬렁어슬렁 걸어서 농원에 속해 있는 도로 끝까지 갔다. 그는 너무나 멀리까지 그녀를 데려가는 것은 그다지 안전하지 않을 것 같은 느낌이 들었다. 계속 주위를 둘러보았으나 사람 그림자는 전혀 없고 맨발로 시장에서 돌아오는 여자농부가 한 사람 있을 뿐이었다. 여자는 머리에 구두를 얹고 손에 석유램프를 들고 있었다. 이렇게 거의 끝도 없이 적막한 풍경 속에 몇 개인지 모를, 눈에 보이지 않는 위험이 숨어 있는 것처럼 생각되었다.

뜨거운 열기와 무겁고 괴로운 분위기에 가슴이 막히는 것 같았다. 그는 벤칠레 간호사의 윗입술에 땀방울이 몇 개인가 빛나고 있는 것이 느껴졌다. 그래도 산책은 그녀에게 기분이 좋은 듯했다. 도중에 두 사람은 거의 말도 나누지 않았지만 돌아오는 길에서 그녀는-요즘 수일 동안 처음으로-뭔가 미소 같은 것을 잠재운 시선을 그에게 던지고 있었다.

"정말로 기분이 상쾌해졌어요. 정말 감사합니다."

그는 대답을 하지 않았지만 그녀와 마찬가지로 자기에게도 그 산책이 기분 회복에 도움이 되었다는 것을 느끼고 있었다. 그녀가 잠자코 있어도 오직 자기 옆에 있는 것만으로 그는 여태까지 한번도 느낀 일이 없는 것 같은 감정-즉 연대감이라든가, 안도감, 혹은 상호이해라는 감정을 가질 수가 있었다. 그런 감정이 그의 기분을 북돋우고 또 지탱하게 되어 긴장을 풀고 여느 때보다 인간다운 격의 없는 기분으로 되어 주었다.

그럭저럭 이미 여섯시였다. 두 사람이 외출하고 있는 동안에 간호사가 배로 도착했다. 계단이 춤추는 곳에서 로버트는 간호사와 우연히 마주쳤다. 아주 조용하고 소극적인, 일에도 열심인 듯한 작은 수녀로 하얀 베일과 그녀가 속한 집단의 담청색 옷을 입고 있었다. 지나칠 때에 그가 한마디 인사하자 수녀는 머리를 숙여 눈을 감으면서 얌전하고 조금도 두려움이 없는 몸체로 그에게 길은 양보했다. 수녀의 존재는 이 집에 신뢰와 사람의 마음을 안심시키게 하는 성실함을 가져 온 듯이 지금까지 집안을 위협하고 있던 어둡고 혼란한 것도 완전히 쫓아내고 청소해 버린 것처럼 생각되었다.

그는 크게 기분이 좋아져서 목욕탕에 들어갔다. 그에게서 보면 지금까지 12시간에 걸친 염려나 의혹도 쫓아낸 기분이었으리라. 마담 데프리스는 결국 자기 환자는 아니고, 따라서 그녀의 건강상태 등은 자신이 알아야 할 일은 아닌 것이다. 다른 의사가 담당해야 할 일을 자신이 보살필 필요가 있는 것일까? 더 스자는 오늘 밤 늦게 다시 한번 진찰하러 온다고 말하지 않았던가? 로버트는 자기가 진찰을 할 수 없었다는 것이 의사로서 체면이 손상된 것 같은 느낌이 들었지만 이렇게 된 이상 더 스자의 왕진을 기다리면 된다고 화를 가라앉혔다. 저 사내가 올바르게 생각하는 방법으로 환자를 돌보는 것이 좋다. 저 사내에게도 그만큼의 능력을 갖추고 있는 것을 로버트는 알고 있다.

그렇게 해서 기분을 정돈하려고 아무리 애를 써도 전혀 되지 않았다. 그는 잠자기 전에 약간의 공기를 마시려고 자기 방의 열어 놓은 창 앞에 앉아 있자, 카리브인 의사 모습이 눈앞에 점점 크게 떠올라 와서 다른 것이 생각되지 않을 만큼 머리 가득히 차 버렸다. 밤의 어둠의 짙은 감청색 속에서 반딧불이 빛을 내고 있는 것을 보면서 더 스자의 모습이 여러 번 겹쳐지고 겹쳐지고 하는 듯한 느낌이 들었다. —편안하고 애교만점으로 차를 마시면서 쓸데없는 이야기를 하고 있는 모습. 그런가 하고 생각하면 진찰실의 훌륭함을 자랑할 때의 저 빈틈 없는 신중한 모습. 혹은 또 자만으로 당당히, 자기는 태어날 때부터 나폴레옹과 같다는 태도로 군중들이 보내는 성원과 갈채를 받으면서 그 사이를 걸어갈 때의 모습. 그리고 마지막에는 찾을 수 있는 한도 이상으로 신경을 쓰면서, 그것도 냉정하고 가혹하고 결연하게 오늘 오후 라몬과 함께 차 옆에 서 있을 때의 모습. 로버트가 어떤 빛을 통해서 더 스자를 보더라도 하나의 특징만은 그 모든 모습에 반드시 붙어 있었다. 그것은 비밀스럽게도 아무 것에도 구속받지 않는 힘이었다.

로버트도 당분간은 이만큼만 알지 않으면 안되게 되었다. 내일이 되면 그런 비밀이 더욱 밝혀질지도 모른다. 내일은 마르데이 구라의 첫날이었다.

14

다음날 아침이 왔다. 역시 불타는 듯이 더운 낮이 될 것 같았다. 로버트가 창의 셔터를 열자 태양은 젖빛을 띤 하늘에 적동빛을 빛내며 걸려 있었고, 모래사장 아래에는 바닷물이 용해된 황금처럼 펼쳐져 있었다. 옷을 갈아입고 있을 때 가까운 쟈카란다 나무의 가지 위에서 흉내내기 새가 까칫까칫할 만큼 단조로운 목소리로 노래를 부르기 시작했다.

로버트는 계단 아래로 내려갔다. 나탈리도 이미 일어나 식탁에 앉아서 그를 기다리고 있었다.

"당신이 마담을 진찰했으면 하는데요."

곧 그는 멈춰 섰다.

"지금 곧?" 하고 그가 물었다.

"먼저 커피를 마시고 나서. 그리고서 곧 2층으로 갑시다."

자리에 앉으면서 그는 나탈리가 정말로 마담을 걱정하고 있는 것을 알아차렸다.

"당신은 오늘 아침 이미 마담에게 갔다 왔군요?"

"예."

"그럼, 더 스자는?"

"그 사람은 어젯밤 늦게 왔다가, 오늘 아침 6시에 또 왔었지요. 하지만 그 사람은 무엇 하나 확실한 말을 해주지 않았습니다. 다만 오늘 낮에 또 온다고. 그러나 아빠가 여전히 집에 계시지 않고 있지요. 그래서 난 더 이상 기다리고 있을 수가 없어요. -나를 도와 줘요. 무슨 이유인지 모르지만, 나에게는 마담을 사랑할 이유는 없지만, 그렇더라도 역시-경우가 경우이니까…."

잠깐 동안 침묵이 흘렀다.

"마담의 상태가 악화되고 있다고 말하는 것입니까?"

그녀는 얼굴을 굳히고 묘하게 괴로운 듯한 목소리로 말했다.

"지금이라도 죽지 않을까 하는 느낌이에요."

그는 듣기는 했지만 믿을 수 없다는 투로 그녀를 바라보았다. 그러나 그녀의 표정에 보이는 뭔가가 입까지 나왔던 질문을 공중에 내놓지 않고 덮게 만들었다. 커피를 마시는 게 끝나자 그는 일어섰다.

"여기서 기다리시오." 하고 그는 말했다.

"벤칠레 간호사를 만나 둘이서 2층으로 갈 테니까."

3분쯤 지나서 그는 마담 방의 도어를 노크하고 벤칠레 간호사와 함께 방으로 들어갔다. 밖의 밝은 곳에서 갑자기 들어왔기 때문인지 실내는 캄캄한 느낌이었지만, 그러나 로버트는 눈이 어둠에 익숙해지자 프랑스풍의 색을 칠한 조명이랑 거울을 많이 갖춘 방안에 있다는 것을 알았다. 정말로 취미가 좋고 우아한 부인 방이었다. 금색으로 칠한 침대 끝에 묵주를 손에 든 작은 수녀가 끓어앉아 입술을 움직여 조용히 기도를 하고 있었다. 두 사람이 들어가자 수녀는 조심스럽게 몸을 일으켰는데 로버트가 마담에게 가까이 다가갔을 때 그 얼굴에서 얼마쯤 항변의 표정을 읽을 수 있었다.

그는 곧-거의 직감적으로 마담이 중태인 것을 알아차렸

다. 마담은 확인할 수 없는 헛소리를 중얼거리며 침착성 없이 몸을 움직여서는 시트를 마구 긁어대고 있었다. 체온을 재자―40.5도였다. ―이번에는 면밀한 진찰을 했다. 그리고 벤칠레 간호사에게 통역을 부탁해서 수녀에게 여러 가지를 물었다. 수녀는 마음이 내키지 않는 모양이었지만 그래도 명확히 있는 그대로를 대답해 주었다. 교양이 있는 여성으로 아주 약간이긴 했지만 영어도 할 수 있어 자기는 더 스자 의사의 지시밖에 따를 수 없다는 말만은 영어로 그에게 알렸다. 결국 로버트는 이유를 밝혀내고 좋은 세면용구가 있는 곳으로 가서 손을 씻었다. 수녀는 그에게 깨끗한 타월을 건네주었는데 그때 그는 치료방법에 대해서 그녀에게 물었다.

"난 의사 선생님의 지시대로 해두었어요."

"그래."

"그런데 그 지시가 어떤 점에서 보아도 바른 것은 나도 보증할 수 있어요."

"그렇고말고." 하고 로버트는 인정 없이 쌀쌀하게 말했다.

"당신도 알겠지요……. 병자는 많은 약을 먹지 않으면 안 됩니다."

"그것은 알고 있습니다만, 그러나 어려운 일입니다. 부인에게 컵을 건네면 곧 물리쳐 버리기 때문에."

"저분은 무의식 상태입니다."

그는 자르듯이 말했다.

"억지로라도 마시게 하지 않으면 안됩니다."

그는 벤칠레 간호사에게 눈짓을 하여 둘이서 방을 나왔다. 그런데 방 밖에 나와서 아직 계단을 내려가지도 않았을 때 두

사람의 뒤쪽에서 도어가 닫히고 열쇠를 돌리는 희미한 소리가
들려 왔다.

"좋아." 하고 로버트가 말을 꺼냈다.

"모두 우리들을 경계하고 있구나. 저 여자는 착한 사람
이 틀림없는데 더 스자를 성자처럼 떠받드는 일 밖에 하지 않
지."

벤칠레 간호사가 신중하게 그의 얼굴을 바라보았다.

"어떤 의미지요?"

"난 외과 의사이니까." 하고 로버트가 대답했다.

"열대성 병에 관해서 상세히 알고 있지는 않지. 그러나 마
담이 콜레라라는 것은 단언할 수 있을 것 같애. 그것도 급성이
야."

그녀는 불안한 기분과 뭔가 들뜬 것 같은 표정을 짓고 말
을 이었다.

"그런데 어째서 더 스자는 단지 열대열이라고 말했을까
요?"

"그렇게 묻더라도 난 대답을 할 수 없지. 하여튼 마담이
위독상태에 있는 것을 사실이야."

"무엇이든 하지 않으면 안되겠네요……. 지금 곧! 이런
곳에 서서 그저 기다리고 있을 수만은 없지 않아요."

"그렇지." 하고 그는 천천히 말했다.

"그러나 우리들은 더 스자가 오지 않으면 무엇 하나 손에
댈 수가 없잖아."

그는 자기 시계에 눈을 주었다.

"아직 9시인가……. 더 스자는 점심 식사 전에는 오지 않

지. 그러면 손을 댈 수 없게 너무 늦을지도 몰라. 지금 곧 저 사내와 연락을 취해야 해."

"전화가 고장이라서 레누 마리로는 걸리지 않아요. 나탈리 양이 오늘 아침에 걸려고 했었지만."

행동으로 옮길 수단은 그들에게 단 하나 밖에 없는 듯이 생각되었다. 급히 그는 결심했다.

"이제부터 내가 차를 빌려서 더 스자를 곧바로 이곳으로 데려올게."

그녀는 충동적으로 몸을 움직였다.

"나도 함께 데려가 주십시오. 부탁이에요. 지금 여기 있어도 아무런 쓸모가 없으니까."

더듬더듬 그녀는 말을 계속했다.

"거기에다 사실은…… 난…… 여기에 혼자 남고 싶지는 않습니다. ─이 집안에."

그는 망설였다. 그러나 그녀를 가까이에 두고 싶은 희망쪽이 강했기 때문에 "좋아." 하고 양보했다.

"둘이서 가자."

계단 아래로 내려가자 그는 두 사람의 계획을 나탈리에게 이야기 했고, 5분 후 그들은 이미 레누 마리로 가는 길 위에 있었다. 처음에 대농원을 빠져나가는 나무들이 나란히 서 있는 길을 지나고 있을때는 아주 위세 좋게 차를 몰았지만 큰 거리로 굽어졌을 때 깨끗한 옷을 입은 모습의 원주민들을 태운 대형차인 화물차량, 커다란 오픈카들이 꾸물꾸물 계속 길게 늘어서 가는 길을 막아 버렸다. 마담의 중태를 알고 놀란 탓에 로버트는 카니발 축제가 있는 것을 까맣게 잊고 있었다.

그런데 이렇게 확실히 차가 가는 길을 방해받고 보니 축제라는 것이 못된 것이라고 생각할 수밖에 없었다.

두 사람이 추월한 사람들의 대부분은 오직 축제 기분에 들뜬 기분으로 손을 흔들거나, 노래를 부르거나, 이미 클레랑 술을 몹시 심하게 마신 무리들 뿐이었다. 그러나 그들과는 다른 무리도 있었다. 트럭에 탄 젊은 사람들 그룹으로 그들은 두 사람에게 험악한 눈빛을 던지고 있었다. 그 중에 어떤 자는 묘한 모양을 한 마크를 붙이고 있었기 때문에 특히 우리 눈에 띄었다. 붉은 빛이 도는 갈색의 야채즙으로 반달 모양의 마크를 왼쪽 뺨에 그린 것이었다. 분명히 그들은 축제를 즐기기 위해 나가는 것은 아닌 듯했다. 그 트럭 주위에는 숨이 막힐 것 같은 먼지 구름이 일었고 그들의 머리 위에서는 햇빛이 번쩍번쩍하고 눈을 쏘는 것 같았다. ―로버트는 런치를 이용하지 않은 자신을 저주하고 싶을 만큼의 기분이 되어 있었다.

이와는 반대로 메리 벤칠레는 그의 옆에 조용히 앉은 채 한마디 말도 없이 비난 같은 말은 입에 담지 않았다. 이 모습은 벤칠레는 역시 대단한 여자이구나 하고 그가 느끼게끔 만들었다. 그녀가 자기 자신을 민망스럽게 만든 적을 그는 여태까지 한번도 본 일이 없었다. 어쨌든, 그녀는 자기 자신의 일에는 조금도 주위를 기울이지 않는 것 같았다. 그가 그런 것을 생각하고 있을 때 울퉁불퉁한 노면에 입을 벌린 상당히 깊은 구멍에 빠져서 갑자기 기우뚱하고 기울자 서로가 덮치듯이 부딪쳤다. 그녀의 몸이 자기의 몸에 부딪치는 것을 느꼈지만, 그렇게 겹쳐진 순간, 로버트는 두려울 정도로 확실하게 메리 벤칠레를 사랑하고 있다는 느낌이 들었다. 그리고 깊은 숨을 토했다. 자신은 어떻게 하고 있는가 하고 그는 생각했다. 너무 흥분해서 이성을 잃고 있는 것인가? ㅡ그런 일은 어떤 당연한 것이 아니지 않을까? ㅡ그러나 어떻게 생각해도 좋지만 쓸데없는 일이었다. 어쨌든 자신은 아주 즐거우니까! 그리고 강한 행복감이 그의 전신을 흘렀다. 로버트는 살짝 옆으로 그녀를 바라보았다. 잔주름을 띠운 그녀의 이마와 무엇인지 생각에 잠겨 있는 얼굴 표정은 그녀의 머리가 오로지 마담 문제로 빠져 있다는 것을 가리키고 있었다. 뒤집혀 있는 사탕수수 운반차의 옆을 지나칠 때 그녀는 다시 이런 말을 입에 떠올렸다.

"저런 급환은ㅡ정말로 생각조차 할 수 없어요."

"그래."

로버트는 그 이상 아무 것도 말하지 않았다. 그의 관자놀이에서는 피가 세차게 맥박치고 목구멍이 막히는 것 같은 느낌이 들었다.

"콜레라이지요." 하고 벤칠레 간호사는 생각하면서 큰소리로 계속했다.

"설명할 여지도 없어요. 하느님의 의지이니까. 이것은 겸손하게 받아 들여야 하지요. 그러나 어째서 그것을 감추려고 당신에게 애쓰고 있는 것일까요? 어떨까요, 더 스자가 진단을 잘못했을까요?"

"콜레라라는 것을 알았음에 틀림없지." 하고 로버트는 간신히 사고력으로 정신을 고쳐 잡았다.

"물론 무심코 넘겨 버렸다고 하는 것도 있을 수 있지만."

"그런 것은 절대로 생각할 수 없어요."

156

그녀는 머리를 흔들어 보였다.

"어쩌면, 지금까지 우리들이 줄곧 생각해 온 것이 틀림이 없을지도 모르지요."

그의 생각도 지금까지와는 달리 혼란에 빠져 버렸다. 어제까지는 자기도 마담이나 라몬을 의심해 왔다. —히스테리 증세의 여성과 아무 쓸모도 없는 무일품의 사촌. 로버트가 지금까지 마음을 써 온 것은 데프리스였고, 그의 생명, 그의 안전이었다. —그리고 그것에는 훌륭한 이유가 있었다. 그러나 지금 요주의의 초점은 전혀 다른 곳으로 옮겨져 위험을 알리는 징후는 역전해 버렸다. 데프리스가 아니라 마담이 희생물의 표적이 되고 있는 것이다. 지금까지 실을 헝클어 놓았던 것은 단순한 우연에 지나지 않았던 것인가? 그렇더라도 더욱 뿌리 깊고 한없는 힘이 움직이고 있는 것인가? 차가 혼잡한 사람들을 뚫고 달리고 있는 동안 그는 몇 번이고 답을 찾아내려 했지만 모두 쓸모없이 끝났다.

마침내 차가 마을에 도착했다. 마을을 지배하고 있는 시끄러움은 필설로 표현할 수 없을 정도의 것이었다. 축제행사는 이미 시작되어 있었고 거리는 춤추며 걷는 사람들 무리로 가득 찼고—색색으로 장식한 커다란 마차가 여기저기에 멈춰 있었다. 그로테스크하게 머리를 기우뚱기우뚱거리는 인형이 여러 개 그 위에 얹혀져 있었다. 드럼을 두드리는 소리, 트럼펫 소리, 마라카스 소리 등이 뒤섞여서 믿을 수 없을 정도의 소음을 만들어 내었고, 그것들이 큰소리로 떠들어대는 환성이랑 기타의 기분 나쁘게 정열적인 음향 때문에 더욱 더 강해졌다. 그러나 이 시끄러운 축제 기분, 순수하게 보이고 있다고 생각되는 축제 기분의 배후에 불길한 사람들의 무기가 때를 기다리고 있다는 걱정을 로버트는 느꼈다. 그들은 약속이 된 것처럼 마을 요소요소에 모여 있었다. 여기저기에 리베라 휘하의 은색과 회색의 제복을 입은 경관들이 보였지만, 그러나 그 숫자는 아주 희미한 것 같았고, 수를 셀 수 없을 만큼 혼잡한 사람 속에 섞여서 거의 눈에 띄지 않는 것은 당연했다.

로버트는 주차하기 위하여 대광장까지 가지 않으면 안되었다. 그곳에서 그는 벤칠레 간호사와 함께 더 스자의 집으로 갈 작정이었다. 그러나 여기서는 자기가 그녀를 보호하지 않으면 안된다고 생각하자 이렇게 혼잡하고 들끓는 듯한 거리를 걸을 기분이 되지 않았다. 칼리에 데 마요르(역자주 : 시장 거리)의 모퉁이에서 그는 차를 세웠다. 그러자 그 순간에 뒤쪽에서 따라오던 차가 일제히 클랙션을 울리기 시작했다.

"자네는 여기서 내리지. 더 스자의 집은 이 길을 따라서 바로 몇 미터 앞에 있지. 저기 보이지? 현관의 하얀 계단과 지붕이 붙은 둥근 기둥이 있는 집이."

"예." 하고 그녀가 고개를 끄덕였다.

"보이네요."

"저기서 기다려 줄래…… 포취 있는 곳에서. 나는 이 차를 어디엔가에 두지 않으면 안되니까."

그는 손을 잡아 그녀를 차에서 내리게 했는데, 그때 필요 이상으로 길게 그녀의 손을 꼭 잡고, 그리고 그녀의 눈을 지그시 바라보았다. 자기의 기분이 그녀에게 통했을까? 그는 알 수 없었다. 잠깐 동안 그는 계속 그 자리를 떠나지 않고 그녀가 계단을 올라가는 것을 보고-그리고서 차를 달렸다. 뒤쪽에서 더욱 요란한 클랙션 소리가 그를 달리게 했다. 주차할 장소를 발견하는 것이 거의 불가능에 가까웠다. 그래서 겨우 항구와는 반대쪽의 조용한 장소에 있는 사탕공장의 잡초로 덮인 정원에 차를 둘 수가 있었다. 그리고 나서 사람들을 헤치며 돌아왔는데 대광장으로 가는 것을 피하려고 돌아서 그럭저럭 20분 정도 뒤에 아까의 카리에 데 마요르까지 닿을 수 있었다. 그런데 찾아갈 집쪽으로 가기 위하여 모퉁이를 돌자 우연히 한 사람의 키 큰 사람과 맞닥뜨리게 되었다. 상대도 같은 방향으로 가려고 급히 서두르는 것 같았다. 그 사람은 더 스자였다.

"웬일입니까!" 하고 로버트는 놀라서 소리쳤다.

"금방 찾아가려던 중이었지요."

더 스자는 신중한 표정을 짓고 로버트를 바라보았다. 그의 검은 눈이 누런빛이 도는 얼굴 가운데서 음산하게 빛났다.

"그렇습니까?" 하고 더 스자는 말했다.

"용무는 무엇인지 알고 있습니다. 나는 방금 그랜드 람브에서 돌아오는 중입니다—강을 배로 건너서. 아! 최악의 상태를 맞아버린 것이지요."

"그럼 당신은……."

"물론입니다. 지금 와서 아무리 애를 써도 진단이 잘못되었을 리는 없지요."

로버트는 더 스자의 말을 듣고 얼굴이 붉어지는 것을 느꼈지만 상대는 이런 반응에 관심이 없다는 투로 상관없이 계속했다.

"어젯밤은 나도 아직 확실히 확신이 가지 않았지만. 오히려 믿을 수 없었고…… 그리고 당연히 말할 수 없는 저 저택을 소란스럽게 하고 싶지 않았기 때문이지요. 그러나 지금에 와서는……."

"그분은 위독상태입니다."

"그것을 내가 알지 못했다고 생각하십니까?"

더 스자는 비감한 어조로 그렇게 말했다. 로버트는 상대에 대해서 반감을 갖고 있었다. 그렇다고는 하나 그 어조에는 감동을 받았다.

이윽고 더 스자는 목소리를 훨씬 떨어뜨렸다.

"저 선생, 저것이 어떤 종류의 콜레라인지 나도 알고 있습니다. ―급성인데다 치명적이라는 것을. 마담으로서도 저것을 벗어난다는 것은 아무래도 생각할 수 없습니다."

"그러나 우리들로서는 할 수 있는 한 손을 써야 되지 않겠습니까."

"그것은 당연합니다. 할 수 있는 만큼 손을 썼습니다." 하고 더 스자는 확신을 강조하듯 손을 움직여 보였다.

"지금까지의 경과로 보면 구할 수 있는 방법이 전혀 없습니다. 그러나 나도 지금부터 3시간 이내에 다시 한번 왕진할 예정입니다. 어떻습니까, 함께 집에 가셔서 잠깐 쉬시지요. 아마 이미 카스트로는 마르데이 굴러에 갔다고 생각하지만 내가 뭔가 마실 것을 가져 오지요."

태연자약하고 개방적인 그의 자세에는 무리한 점이 거의 없고, 거기에 위엄이 있어서 로버트가 지녔던 지금까지의 의혹은 갑자기 우습게 보이기 시작했다. 그는 상대를 몹시 비난해서 그 정체를 밝혀 그를 궁지에 몰아넣으려고 이곳까지 나왔던 것이었다. 그런데 어떻게 된 일인지 이런 일을 생각해 본 일도 없다는, 거북함도 아무 것도 아니라는, 완전히 개방적인 응대에 접해서-로버트는 완전히 무장을 해제해 버렸다.

"들어오시지 않겠습니까?" 하고 더 스자는 다시 한번 물었다.

"같이 가지요." 하고 로버트는 따랐다. 거리의 인파를 헤치고 걸으면서 로버트는 덧붙였다.

"벤칠레 간호사가 여기서 나를 기다리고 있습니다……"

그는 눈을 들자, 앗 하고 발을 멈췄다. 포취나 기둥에는 사람이라고는 한 사람도 없지 않은가-벤칠레의 모습은 그림자도 찾아볼수 없었다.

"벤칠레 간호사는?"

더 스자는 독특한 표정을 지으면서 노골적으로 이상하다는 빛을 떠올리며 그의 얼굴을 말똥말똥 쳐다보았다.

"여기서?"

"예." 하고 로버트는 대답하고 더 스자를 거들떠보지도 않은 채 통로의 좌우를 두리번두리번 둘러보았다.

"내가 차를 두고 오는 동안 여기서 기다리고 있으라고 말했는데."

"그러나-오늘 같은 날에…… 그것은 약간 경솔한 짓이 아니었습니까?"

더 스자의 목소리에는 얼마간 비난이 깃든 어조가 있었다. 그는 주머니에서 열쇠를 꺼내 열쇠구멍에 꽂아 도어를 열었다.

"이런 곳에서 꼼짝 않고 있을 순 없습니다."

현관의 객실을 지나면서 더 스자는 목소리를 높여서 외쳤다.

"카스트로! 카스트로!"

그리고서 로버트에게 납득시키려고 다시 몇 번인가 카스트로의 이름을 불렀다. 텅 빈 집안에서는 그 소리의 반향 이외에 아무 대답도 돌아오지 않자 더 스자는 로버트 쪽으로 향하였다.

"보신 대로―아무도 없습니다. 이것으로 오해의 여지가 없는 것을 아시겠지요? 그럼, 당신은 벤칠레 간호사에게 어디에 차를 주차시킨다고 말씀하셨습니까?"

"대광장이라고 이야기했습니다만."

"그럼, 당신은 얼마 동안 갔다 왔습니까?"

"30분 정도 될까……."

"꽤 긴 시간이군요. 이쪽에서 오늘 같은…… 대소동이 한창인 때에."

그는 어깨를 으쓱해 보였다.

"그러나, 그렇게 걱정하실 일은 아니겠지요. 집에 자물쇠가 걸린 것을 보고 대광장까지 갔는지도 모르니까요."

"그래요." 하고 로버트는 중얼거렸다.

"그럴지도 모릅니다."

"어느 쪽이라 해도 그저 잠시 여기서 기다리고 있으면." 하고 상대는 권했다.

"아니." 하고 로버트는 걱정스럽게 대답했다.

"그것보다 나가서 그 사람을 찾아보는 쪽이 좋을 것 같습니다." 그가 나가려고 하자 더 스자가 뒤쪽에서 불렀다.

"벤칠레 간호사를 찾으시면, 어쨌든 나에게도 알려 주십시오."

자신의 바보스러움에 화가 난 데다 지독히 불안한 기분에 빠져 로버트는 거리를 가로질러 인파를 헤치면서 대광장으로 가서 열심히 여기저기를 둘러보았다. 광장을 한 바퀴 돌고 마리에 누에바(역자주 : 새로운 큰 거리)로 나와 항구까지 갔다가 다시 대광장으로 돌아왔지만 메리 벤칠레 얼굴은 아무 데도 보이지 않았다. 근처는 마치 정신병원의 소동이 일어날 때와 같은 모습이었다. 마을 전체가 미쳐 버렸다고밖에 생각되지 않았다. 땀을 뻘뻘 흘리면서 로버트는 이제 분별력도 아무 것도 없이 이미 자기도 정신이 돌아버린 게 아닌가 하고 생각할 정도였는데—바로 그때 폰세카의 상점 앞에 양손을 주머니에 찌른 채 기둥에 기대고 서 있는 카라한의 모습이 눈에 띄었다. 로버트는 사람들 사이를 뚫고 그가 있는 쪽으로 다가갔다.

"아니, 바보 같은 소동을 보러 오셨습니까?" 하고 카라한은 따뜻한 말투로 물었다.

"조금 전부터 당신의 모습은 보고 있었습니다."

"웃을 일이 아닙니다." 하고 로버트는 상대의 말을 제지하고 지금 일어난 일을 차례차례 들려주었다.

"어떻게 도와주실 수 없겠습니까? 난 원주민 말을 거의 한마디도 들을 수 없고—경찰에라도 가지 않으면 안될 텐데."

"경찰에게?"

카라한은 한쪽 눈썹을 치켜 올렸다.

"설마 그런 말을 제정신으로 말하는 것은 아니겠지요. 오늘 같은 날은 너무 바빠서 경찰은 당신의 말을 들어주지 않을 겁니다."

"그렇다면 총감에게 직접 가서 누군가 높은 분 들게 이야기해 보면 안 되겠습니까?"

"그런 높으신 어른은 안 계십니다, 지금 같은 때는. 이 소동 뒤에 어디의 누가 높으신 어른이 되는지 빠르면 3일째 되면 우리들에게 나타날 테니까요."

"그러나 누군가 담당하는 사람은 있겠지요." 하고 로버트는 말했다.

"아, 진정하십시오." 하고 카라한은 위로하는 듯한 어조로 말했다.

"나는 제멋대로 말하는 것이 아닙니다. 아 마을, 언제 어느 때 질서가 어긋나 버릴지 알 수 없습니다. 당신이 말하는 말에 귀를 기울여 줄 사람은 한 사람도 없습니다. 그리고 제일 먼저 당신을 별일도 아닌 것에 대소동을 벌이고 있는지도 모르고. 요즘 누가 당신의 여자 친구에게 구애하거나 한 일이 있습니까? 그 산호사는 불안하게 되었다거나 그렇지 않으면 그 이상 기다릴 마음이 없어져 집으로 돌아갔겠지요. 누군가가 차에 태워 주었는지도 모르고. 그러고 보니까 생각납니다. ─데프리스 노인이 30분쯤 전에 그 노란색 상자 모양의 차를 타고 지나갔는데 하인들이 그녀를 데려간 것은 아니겠습니까?"

로버트는 긴장한 얼굴을 하고 카라한을 바라보았다. 메리 벤칠레가 자기를 남겨 두고 돌아가 버렸다는 것은 의심스러운 일이지만 그다지 도움이 될 이야기도 없고 그렇게 생각하기에는 미미하면서도 희망의 빛이 없는 것은 아니었다.

"전화를 해서 확인해 볼 수 없겠습니까?"

"좋아요. 걸어 봅시다. 그러나 통할 때까지 상당히 시간이 걸릴지도 모릅니다."

카라한 호텔까지 가 주었지만 그 사이에도 로버트는 초조한 마음이 더욱 심해지면서 그가 돌아오기를 기다렸다. 오래 기다리지 않은 동안 카라한이 돌아왔다.

"안돼, 안돼요." 하고 그가 말했다.

"전화는 아직 고장중입니다. 왜 당신은 돌아가서 스스로 확인하지 않습니까?"

로버트는 자기만 무사히 그랜드 람브로 돌아가더라도 혹시나 그녀가 레누 마리를 방황하면서 계속 자기를 찾는 것은 아닐까 하고 생각하자 머리를 돌릴 수가 없었다.

"아냐, 안돼, 찰리 나는 좀더 찾겠습니다."

"오케이." 하고 카라한은 말하고 기둥에서 떠났다.

"나도 함께 갑시다."

두 사람은 나란히 그곳을 떠났다.

15

저녁 7시, 한 가지 일에만 홀린 채 죽도록 피곤하고 완전히 낙담해서 로버트는 그랜드 람브로 돌아왔다. 열심히 찾으려고 돌아다녔지만 모든 것은 허사로 끝났고─메리 벤칠레는 끝내 찾아낼 수 없었기 때문이었다.

석양이 빨리도 소리 없이 다가오고 있었다. 그가 최고속력으로 차를 기로수가 나란히 늘어서 있는 길을 달리고 있자 데 프리스 집이 뭔가 이상하게 무거운 정적에 싸여 있는 것처럼 보였다. 마르데이굴러의 소동은 아직 계속되고 있는 듯 아득히 그쪽에서 희미하게 소리가 들려 왔다. 바로 그때 기세 좋게 비가 내렸고, 그것에 곁들여 천둥소리가 바다의 근처에서 들려 왔다. 강렬하게 내려 쪼이는 뜨거운 열기의 하루가 끝나면 반드시 뇌우가 내리고, 이것이 열대의 전형적인 밤의 시작이었다.

그는 집으로 돌아왔다. 나탈 리가 홀에서 의자에 걸터앉아 있었다. 겨우 도착했다고 생각하자 로버트는 한숨이 나왔다. 그는 아무래도 질문할 수가 없었다. 그만큼 대답을 듣는 것이 두려운 기분이었고 말을 입에 올리는 것조차 새롭게 정신을 차릴 필요가 있었다.

"벤칠레 간호사는 돌아왔습니까?"

"아뇨." 하고 그녀가 대답했다.

"당신과 함께 나가지 않았어요?" 하고 잠깐 사이를 두었다.

"당신이 벤칠레 양의 일을 물으시다니 뭔가 이상하네요. 더 스자 선생이 바로 조금 전에 여기에 오셔서 당신과 똑같은 질문을 했었는데."

로버트는 심장이 멈추는 것 같다고 생각했다. 그는 오후 내내 카라한과 둘이서 못된 거리를 찾아 돌아다니고 있는 동안 그녀가 벌써 돌아와 있는지도 모른다는 희망으로 가까스로 자신을 지탱해 왔던 것이다. 그러나 지금은 모든 것이 공수표가 되었다. ─그녀는 돌아오지 않았던 것이다.

"아버님은 어디에 계십니까?"

"2층 마담 방에. 그분의 용태가 어떤지 아시겠지요?"

"예, 예." 하고 로버트는 고개를 끄덕여 보였다.

"알고 있습니다."

나탈리는 다시 가라앉아 의자에 파묻혀 버렸다. 그녀로서는 지금까지 언제나 계모와 사이가 좋지 않다고 말해 왔는데, 그렇지만 이번에 마담을 방문한 비극에는 상당히 쇼크를 받은 것 같았다. 로버트가 염려하는 일에는 그다지 관심을 보이지 않았지만 그도 그것을 책망할 수는 없었다.

로버트는 계단을 천천히 올라갔다. 벤칠레 간호사가 없다고 생각하자 이 집도 믿을 수 없을 정도로 공허하게 느껴졌다. 그는 마담 방 앞에 멈춰서 가볍게 노크를 하고 안으로 들어섰다. 방은 천정에서 늘어져 있는 램프 한 개가 빛을 비추었고 코를 콕 찌르는 페놀 냄새로 가득 찼는데 곧 그의 시선은 힘없이 침대에 누워 있는 부인에게 향했다. 급성 콜레라가 몇 시간 안에 사람의 생명을 빼앗을 만큼 두려운 병이라는 것은 전에 책에서 읽은 적이 있었다. 그리고 또한 놀라울 정도로 환자의 용모가 바뀌어 버리는 것도 각오하고 있었다. ─그리고 사실, 마담도 지금까지의 마담이라고는 전혀 생각할 수 없을 정도의 모습으로 바뀌어 있었다. 이래서는 오늘 밤 하루도 넘기기가 힘들 것 같았다.

지금은 두 사람의 수녀가 간병을 하고 있었는데 두 사람 모두 뒤쪽에 물러나 있었다. 침대 끝에 데프리스가 걸터앉아서 아내의 손을 꼭 잡고 있었다. 풀이 죽어 머리를 양어깨 사이에 파묻은 데프리스의 모습과 유달리 깊은 슬픔이 두 눈에 맺혀 있는 표정이 그의 깊은 슬픔을 나타내고 있었다. 그렇더라도 그의 얼굴에는 또 하나의 다른 감정의 움직임이 보였다. 그것은 동정과 공포가 교차하는 감정이었고 여느 때처럼 그의 서먹서먹하고 야유에 가득 찬 면모가 완전히 없어져 있었다.

로버트가 침대의 반대쪽으로 걸어가서 마담의 손목을 잡자 데프리스는 눈을 들었다. 그녀는 거의 맥박이 없었고, 창백한 빛을 띠고, 뺨은 여위어 보조개가 생기고 완전히 쇠약해져 가고 있었다. 잠시 동안 로버트는 그곳에 선 채 있다가 곧이어 물러나서 도어 쪽으로 걸음을 옮겼다. ─그러자 데프리스도 딱딱하게 일어나서 그와 함께 나왔다. 그리고 잠자코 제스추어로 로버트에게 같이 가자고 재촉했다. 두 사람은 복도 속의 작은 방으로 들어갔는데 그곳은 데프리스가 사무실로 사용하고 있는 방이었다. 그는 자물쇠가 걸린 찬장문을 열고 글라스를 두 개 꺼내자 주의 깊게 속을 들여다보거나 닦아내거나 하고 나서 양쪽 글라스에 럼주를 따랐다. 그리고 벨은 누르자 곧이어 루시아가 들어왔다. 그는 루시아와 섬의 방언으로 뭔가 이야기를 했는데 잠시 후 그녀는 신선한 파파이어 주스가 가득 든 병을 갖고 돌아왔다. 데프리스는 잠자코 그것을 받아들고 람주에 따르더니 로버트에게도 권했다.

"입에 대어서는 안된다는 것은 알고 있습니다만." 하고 그는 가볍게 웃어 보였다.

"그러나 현재는 이 녀석이 필요한 것처럼 보이는구려."

그리고서 그는 자신의 글라스에도 붓더니 자리에 앉았다. 그리고 멍청한 눈길로 마담의 침실 쪽으로 눈을 둔 채 오랫동안 잠자코 있다가 곧이어 입을 열었다.

"이 세상에서 이별한다는 것은—어지간히 쉬운 일은 아니구먼."

"아름다운 여성에게 있어서는 특히 그렇습니다. ……마담 같은 분에게는."

"누구라도 똑같은 일이지요." 하고 아주 건조한 어조로 말했다. 그리고서 말투를 바꾸어서,

"당신은 사람이 죽어가는 것을 보고서—아마, 자주 보셨겠지요—. 어떻습니까. 때로는 자신도 이런 식으로 되지 않을까 하고 생각한 적도 있으십니까?"

로버트는 머리를 흔들었다. —죽음은 지금까지의 그에게 있어서 감동을 주는 것은 아니다. 다만 객관적인 사실에 지나지 않았고 연구의 대상은 되었어도 마음을 흔드는 것 같은 것은 전혀 없었다.

"없겠지요." 하고 데프리스는 천천히 말했다.

"나는 아까부터 그런 것만 생각하고 있었지요."

그 말 뒤에는 침묵이 이어졌다. 데프리스 씨도 그 이상으로

아무 말도 하지 않았기 때문에 로버트는 벤칠레 간호사의 일을 보고했다. 상대는 잠자코 귀를 기울이고 있었지만 데프리스가 점점 화를 내고 있다는 것을 로버트도 알아차렸다.

"선생." 하고 그는 마침내 입을 열었다.

"우선 신중히 이야기를 해봅시다. 이 섬에서 우리들에게 지금 어떤 일이 압박해 오고 있는가는 당신도 알고 계실 것이고, 집안이 몹시 어지러운 중에, 여주인이 지금 막 죽으려 하고 있고…… 이런 저런 일로 얽혀 있는데 당신은 미리 나한테 의논 한마디 하지 않고 지체 없이 레누 마리로 갔다니! 그것도 저 기특한 벤칠레 간호사와 헤어진 채 어디로 갔는지 알지도 못한다고 말하다니! 어쨌든, 이번 일은 도무지 당신이 한 일이라고는 믿을 수 없을 만큼 분별력을 잃은 행동이 아닙니까? 이런 경솔한 짓을 저지르다니 전혀 당신답지 않은 행동이 아닌가?"

"면목이 없습니다."

곧 로버트는 사죄하였다.

"다만 최선을 다한다는 것이…… 그러나 설혹 어떤 책망을 받더라도, 어쨌든, 뭔가 손을 쓰지 않으면 안되기 때문에……"

"물론 뭔가 손을 쓰지 않으면 안되고말고! 그러나 그것은―무엇인가 행동을 일으켜야 할 사람은 당신 자신이야."

"할 만한 일은 이미 해보았습니다. 그 주변을 모두 찾아보았다고 말씀드렸습니다만."

"그 주변을 모두 찾아보았다고? 가장 중요한 곳을 찾아보았는가?"

170

"중요한 곳? 그곳이 어디입니까?"

데프리스의 얼굴에서 딱딱한 것이 사라지고 본래대로 동정심이 있는 표정을 희미하게 떠올리면서 로버트를 바라보았다.

"자, 선생, 당신은 내가 전에 말한 주의를 기억하고 계시겠지요. —그런데 당신은 자신의 분별력을 어디로 보내 버렸는가? 과학자라면 당신은 일정한 인식에서 그것에 어울리는 결론을 유도해내야 하는 것인데—그렇더라도 당신은 저 훌륭한 벤칠레 간호사의 기분을 조금이라도 이해해 주고, 그녀의 가치를 인정해 주었어야 하는데, 알았습니까, 그녀는 당신을 위한 것이라면 불 속이라도 뛰어들 정도로 침착하고, 당신의 지시 없이 움직인다는 것은 꿈에도 생각할 수 없다는 것을. 당신은 그녀에게 더 스자의 집 앞에서 기다리고 있으라고 말했어. 그렇다면 틀림없이 기다리고 있었음에 틀림없지요. 그것은 당신은 단 한순간이라도 왜 의심했는가? 아니, 로버트 군, 이제 됐어. 오늘 밤은 이것으로 이제 됐어. 그렇지 않아도 난 자신의 고통으로 가득하니까. 이 일에 대해서는 내일 좀 더 이야기하도록 합시다. 그때까지는 아무 일도 일어나지 않을 것이고, 폭동도 카니발 3일째 이전에는 일어나지 않을 것으로 보이지—내가 입수한 정보에 틀림이 없다면. 그러니까 당신도 정신을 차리도록 하게. 벤칠레 간호사라면 그녀가 갖고 있는 가치만큼의 일은 반드시 하리라고 나는 믿고 있으니까."

그는 로버트에게 제발 물러가라고 하듯이 손으로 알려 주고 일종의 우울하고 슬픔에 가득 찬 얼굴을 하면서 자기 앞 책상에 놓여 있던 책을 들추기 시작했다. 그것은 옛날 스냅 사진을 붙인 앨범이었는데 그것이 마담 사진인 것을 로버트는 얼핏 보고 알았다. ─그녀가 남편과 팔짱을 끼고 베란다에 있는 것을 찍은, 눈이 번쩍 뜨이는 것 같이 아름답고 친근감이 있는 사진이었다.

로버트가 방을 나오려고 하자 데프리스는 그의 쪽으로 고쳐 앉았다.

"로버트 군─그저 아름답다는 것만의 이유로 여자를 사랑해서는 안 돼요……. 환멸에는 여러 가지가 있지만 그것이 인생 최대의 환멸이니까."

그는 그 이상 아무 것도 말하지 않았다. 그러나 말을 하지 않은 쪽이 말을 하는 것보다 많은 의미를 갖고 있었다.

로버트는 계단 아래로 내려갔다. 나탈리는 이미 객실에는 없었는데 그 이유는 명확했다. 소파 위에서 라몬이 마치 짐승처럼 깔끔치 못한 몸을 펼친 채 자고 있었다. 이틀 동안 도가 지나칠 정도로 술을 마시고 있었고 그 때문에 이미 완전히 떨어져 버린 것을 로버트는 알아차렸다. 이런 상태에서는 라몬과 상대한다는 것이 쓸모없는 짓이라고 생각하며 로버트는 그가 잠자고 있는 대로 놔두고 객실을 나왔다.

거실에서는 누구 하나 일하는 모습이 없었다. ─고용인들은 뿔뿔이 흩어져 부엌의 여기저기에서 탄식하거나 슬퍼하고 있는것을 로버트는 보았다.

─그렇더라도, 어쨌든, 부페로는 차가운 식사가 준비되어 있었다. 그는 식욕이 전혀 없었지만 아침부터 계속 아무 것도 먹지 않았기 때문에 햄을 한 조각 잘라서 작은 빵을 한 개 들고 샌드위치로 해서 먹었다. 2, 3개의 바나나가 디저트였다. 몸을 추스릴 정도의 식사를 너무나 바삐 빈 위 속에 집어 넣

었는데 식후는 점점 비참한 기분이 되었다. 지독한 두통이 났고 데프리스로부터 받은 수수께끼 같은 말을 다시 고쳐 생각해 보았지만 머리는 정상적으로 움직여 주지 않았다. 내일까지 기다리십시오, 하고 말하는 것은 데프리스로서 보면 지극히 간단한 말에 틀림이 없다. 그러나 그로서는 기다릴 만한 이유가 없었다. 무엇인가 하지 않고서는 안되는 기분이었다. 그것도 지금 곧. 그렇더라도 어쨌든, 약간은 휴식시간도 필요했다. 쉬면 머리도 다소는 확실해지리라.

2층의 자기 방에서 그는 옷을 입은 채로 침대에 몸을 던졌다. 밖에서는 비가 한층 더 세차게 내리고 있었다. ─그러나 로버트는 유리창을 두드리는 비도 보이지 않고, 그 소리도 들리지 않았다. 하여튼 한 시간 정도 시간이 지난 것 같다고 생각했다. 벤칠레의 일을 생각하면서 그는 눈을 감았다. 아무리 해도 되지 않는 허탈감이 무거운 무게로 눌러 왔다.

얼마만큼 잠을 잤는지 알 수 없었지만, 그러나 꿈이─꿈이었다고 한다면─그의 마음의 눈앞에 그럴 듯한 의미를 갖고 확실히 나타나, 그것이 또 형태를 취해 왔다. 카리에 데 마요르와 더 스자의 집이 눈부시게 내리쬐는 태양빛을 받아 선명하게 떠올라 보였다. 그리고서 더 스자가 붐비는 사람들 틈을 헤치고 별로 급한 것도 없는 듯했지만 그렇더라도 상당한 속도로 이쪽으로 다가오는 것이 뚜렷이 보였다. 로버트는 그것이 오늘 경험한 장면의 반복이라고 의식되었는데 거기서 이제까지 생긴 일을 요점만 추려서 더 스자에게 이야기했다. 더 스자는 모자를 쓰고 있지 않았다. 모자가 없는 그는 로버트에게 인사를 하고 로버트의 이야기를 주의 깊게 귀를 기울였다.

그가 주머니에서 열쇠를 꺼내어 도어를 연 동작은 완전했다. 아니, 지나치게 완전했는지도 모른다. 그러니까—약간 실패했다—그는 열쇠를 돌리지 않았던 것이다. 그리고 도어의 손잡이를 돌렸다. 이렇게 보면 열쇠를 사용할 필요는 전혀 없었던 것이다. 도어는 처음부터 열려 있었던 것이다.

그렇더라도 이러한 사소한 일에 별로 의심을 가질 이유는 없었다. 더스자는 도어에 열쇠가 걸려 있다고 생각했는지도 모른다. 큰 사내가 열어놓고 있다는 것도 있을 수 있는 이야기이다. 그는 현관의 객실로 들어가자 곧 멈춰서 하인을 불렀는데—"카스트로! 카스트로!"라는 소리다. —그때 더 스자가 아무래도 태연자약한 태도로, "보십시오, 여기에는 아무도 없습니다." 하고 로버트에게 말하면서 보인 저 미소를 보라. —어쨌든, 모든 것을 종합해 보아, 더 스자의 선의는 의문의 여지가 없었다. 뭔가 다르게 의심해 보는 것은 어리석음에 틀림이 없으리라.

그런데 그때 로버트의 머리에 번개처럼 번적이는 것이 있었다. 어째서 자기는 이 일에 좀더 일찍 주의를 기울이지 않았을까? 더 스자는 집안에 아무도 없다는 것을 그에게 믿게 하려고 했을 때 도저히 믿을 수 없는 실수를 했던 것이다. 더 스자는 자기가 전에 로버트에게 이야기했던 것을 완전히 잊고 있었다. 즉 소리를 내서 카리브 사람 하인을 불렀지만, 그 사내는 태어나면서부터 농아자였던 것이다.

이 발견으로 흥분했기 때문에 로버트는 놀라서 눈을 떴다. 그리고 침대 위에 일어나서 이미 날이 밝기 시작하여 회색빛이 뿌옇게 방에 비추고 있는 것을 알고 후회의 마음을 가졌다.

그는 시계를 재빠르게 바라보았다. 이미 6시가 되어 있었다. 멍청히 잠자 버린 것을 분하게 생각하면서 침대에서 일어났다.

그리고 카리에 데 마요르에 있는 둥근 기둥현관의 저 멋쟁이 집을 다시 한번 결단코 조사해 보리라고 결심했다.

46

　로버트는 옷을 갈아입는 것을 마쳤다. 빨리 이 집을 나가고 싶다는 기분에 쫓겨 가고 있었다. 이제 더 이상 1초도 지체할 수 없었다. 복도를 소리 내지 않고 가만히 걸어가다 보니 하얀 천이 마담 방의 도어에 걸려 있는 것이 눈에 띄었다. 두꺼운 옷감으로 만든 검은 상장(喪章)이 천정에서 빗겨 걸려 있었다. 그러면 이것이 죽음의 표시일까? 이것도 하늘의 은혜라는 것이리라. 기도를 올리고 있는 수녀들의 억제하는 듯한 목소리가 계단을 내려가는 그의 귀에 부딪쳐 왔다.

　살그머니 그는 집을 나왔다. 불타는 아침 해가 황금빛과 오렌지 빛의 베일을 쓰고 나타나자 이슬로 촉촉한 대지에서 어둠의 막을 제거해 버렸다. 이슬로 젖은 땅은 떠오른 태양빛을 받자 재빨리 기지개를 켜기 시작했다. 그는 똑바로 런치 창고로 달렸다. 이번에는 모터조작도 손에 익어 단 몇 분 만에 시동을 걸 수가 있었다. 런치를 후진시켜 선착장에서 떼어내자 할 수 있는 만큼 소리를 작게 해서 항구쪽으로 나왔다. 바다는 잔잔했다. ─가볍고 유리 같은 파도의 물결이 진행하는 데 따라서 런치가 희미하게 흔들렸다. 바람은 그다지 불지 않았지만, 다만 때때로 한 무리의 날치들이 여기저기서 팔딱팔딱 소리를 내면서 날아오르며 바닷면에 움직임을 보였다. 날치 무리는 버스 테일 곶까지 배를 따라왔다. 그는 전속력을 내었기 때문에 7시를 조금 지나자 레누 마리가 이미 시야에 들어왔다. 아침 이슬의 베일에 감싸여 성당의 쌍탑이 희미하게 보여 왔다. 그리고서 10분 후, 그는 런치를 해안에 대고 나무 다리를 건너 마을로 향했다.

마을은 중심부로 들어감에 따라 지독한 숙취로 더럽혀질 대로 더럽혀져 버려 멍청히 허탈상태에 빠져 있는 것처럼 보였다. 오늘은 축제 행사도 낮까지는 시작되지 않는지, 이 시간의 거리는 종이조각이랑, 깨진 술병과 조각조각난 종이 테이프 등이 그 근방에 널려져 있었다. 상점도 아직 열려 있지 않았다. 좁은 옆길이나 골목에는 취해서 쓰러져 있는 무리의 모습이 보였다. 어젯밤의 숙취를 잠으로 깨우려는 밤의 부랑자들이었다.

그래도 대광장까지 오자 이미 바쁘게 일하고 있는 몇 사람의 모습이 보였다. 바지깃을 걷어 올린 맨발의 사내들이 폰세카 호텔 앞의 대리석 보도를 물로 닦아내고 있었다. 로버트가 지나치려 하자 누군가가 불러 세우는 것이었다. 그는 발을 멈췄다. 그 사람은 찰리 카라한이었는데, 카페의 테라스에서 아침 식사를 들고 있었다.

로버트는 그쪽으로 다가갔다.

"무슨 뉴스가 있습니까?" 하고 카라한은 솔직하게 물었다.

"아무 것도 없습니다."

"그녀는 돌아왔습니까?"

"아뇨"

그는 로버트를 바라보다가 이내 눈을 돌려 버렸다. 두 사람은 침묵했다.

"당신은 일찍 일어나셨군요." 하고 곧이어 로버트가 입을 열었다.

"뭘요. 어젯밤은 잠을 자지 않았습니다."

그는 다른 의자를 작은 테이블로 끌어당겼다.

"함께 커피라도 마시지 않겠습니까?"

로버트는 침착성 없는 기분을 억지로 누르고 자리에 앉아 급사가 날라온 뜨겁고 새까맣고 쓴 커피를 입으로 가져 갔다.

"우와!" 하고 카라한이 커다란 소리를 냈다.

"어차피 나는 이번 전쟁에서 리 장군(역자주 : 남북전쟁에서 남군의 총지휘를 담당한 장군)의 역할을 맡지 않으면 안될 것 같습니다. 어젯밤은 밤새도록 계속 일을 했지요. 화물선이 입항했어요. 상자에 가득 든 기관총을 북해안까지 운반하는 것입니다. 덕택에 발에 못이 박혀 버렸습니다."

그리고는 그는 어조를 바꿔서 이번에는 비교적 로버트쪽을 보지 않는 듯하며 덧붙였다.

"그런데 당신은 이것을 어떻게 생각하시지요?"

로버트는 데프리스가 이야기해 준 것이랑, 자기 자신의 추측, 그리고 이제부터 자기가 하려고 하는 일 등을 분명하게 이야기했다. 잠시 카라한은 생각을 하고 나서 손가락으로 테이블 위를 콕콕 찔렀다. 곧이어 그는 그 동작을 그만두고 좋은 기회라고 생각한 듯이 이야기하기 시작했다.

"그래요. 선생, 당신의 사고도 틀렸다고는 할 수 없지요. 이 진흙탕 속으로 코를 박고 보면 볼수록 점점 더 스자라는 인간이 나에게는 이상하게 생각되지요. 물론 당신을 당신 나름대로 추리해 보는 게 좋겠지만요. 저 사내는 카리브 사람들 사이에서 크게 숭앙을 받고 있고, 저 사내의 일이라면 사람들은 무슨 일이든 하지요. 녀석은 광산에 있는 공산주의자들과도 결탁하고 있고요. 공산주의자들은 녀석이 자기들의 피리소리에 맞춰서 춤추는 자라고 생각하지만 실은 그 반대도 일어날 수 있을 것이고, 그래서 그렇지요. 어쨌든 저 사람은 권력욕에 불타 있을 테니까. 자기의 눈에는 아무도 보이지 않는다고 녀석이 생각하고 있을 때의 저 사내를 몇 번인가 관찰한 적이 있었지요. 그럴 때 저 사내는 이 자그맣고 보잘것없는 녹색 섬의 '위대한 이방인'이고, 동시에 '미래의 독재자'가 되기 위해서는 어떤 일이라도 가리지 않는다는 인상을 나는 받았지요."

카라한은 로버트를 바라보았다.

"어떻습니까? 아무래도 그럴 듯한 이야기라고 생각하지 않습니까?"

"그래요, 그대로이네요." 하고 로버트는 천천히 수긍해 보였다.

"아니, 난 좀더 앞까지 바라볼 수 있는 기분이네요. 더 스자라는 눈부시게 빛나는 사람 눈에 맞춘 간판 뒤쪽에 누군가 굉장한 망상에 사로잡혀 있는 인간이 숨어 있다고도 볼 수 있는—그런 것을 우리들은 과대망상증 환자라고 부릅니다만."

"뭐라고 부르든 그거야 당신 마음대로지요, 선생. 그러나 나더러 말하라고 한다면 그 녀석은 비열한 짐승이라고 할 수 있지요."

로버트는 커피를 쭈욱 앙금까지 모두 마시고 커피잔을 내려놓았다.

"이제 가야만 합니다."

하고 그는 말하고 일어섰다.

"뭐가 그리 급합니까? 당신이 어떤 기분으로 있느냐는 나도 알고 있습니다. 당신은 무턱대고 부딪쳐서 일을 파헤쳐 내려고 하고 있겠지요. 그러나 조그만 냉정해지십시오. 그래서 이런 것은 우리들이 서로 조금씩 머리를 쓰지 않으면 안되지요. 직접 부딪치느냐, 어떤 조작이 있느냐, 그 녀석을 탐색하는 것이 선결 문제이지요. 자, 알았습니다. 지금 곧 갑시다."

그는 담배를 한모금 빨고 던져 버리더니 게으름뱅이처럼 일어나서 쭈욱 몸을 폈다. 그리고서 두 사람은 함께 대광장을 가로질렀다. 카리에 데 마요르 가까이 왔을 때 카라한은 로버트의 팔을 잡고 좁을 통로로 들어갔다. 그 통로 위에 '리온 고급 크리닝점' 이라는 간판이 걸려 있었다. 그는 입구의 도어를 노크했다.

"언제나 이 상점에서 와이셔츠 세탁을 하고 있습니다. 그것도 와이셔츠 같은 것을 가져 왔을 때의 이야기이고, 리온은 상당히 좋은 녀석입니다. 축제의 소동을 염려해서 상점을 닫아 버렸지만, 뭐, 우리들이라면 안으로 들어가게 하겠지요."

그가 지껄이고 있는 동안에 입구의 도어는 크리닝 집의 주인에 의해서 아주 조금 열렸다. 히끗히끗 센 머리에 엷은 수염을 기른 초로의 중국인이었다. 파자마를 입은 채 슬리퍼를 신고 있었다. 눈매에는 겁이 붙어 있었고 방문객이 카라한이라고 알았기 때문인지 그다지 즐거운 얼굴은 하지 않는 것 같았다. 그렇더라도 몇 번이나 설득한 끝에 주인은 두 사람을 가구도 조명시설도 아무 것도 없는 방으로 안내했다. 그 방의 벽

에는 아이롱을 거는데 사용하는 판자가 여러 개 세워져 있었
다. 리온이 두 사람을 그곳에 남겨 놓고 가자 카라한은 아이
롱 판자 한 장을 등에 대고 편안한 자세를 취했다. 두 사람은
파수꾼의 역할을 할 수 있도록 만들고 나자 카라한이 입을 열
었다.

"아마, 더 스자는 아침 일찍부터 움직이기 시작하겠지요.
그만큼 기다리는 시간이 적어서 좋을 듯합니다."

그렇게 말하더니 아주 만족하다는 어조로,

"그것은 그렇고─마담은 죽은 것 같은데요."

"누구한테서 들었습니까?"

"전부터 벌레가 알려 주고 있습니다. 아니, 정말이에요."
하고 그는 생각을 깊이하는 듯한 목소리를 냈다.

"이미 죽어 버렸으니까 나도 저 사람을 편안히 잠자라고
말하지 않으면 안되겠지요. 그러나 살아 있는 동안은, 그녀는
벌을 받을만한 매춘부였으니까요."

지독한 말일망정 그것에 상응하는 애도의 소리였다. 그러
나 시간은 점점 지나고 로버트의 초조함은 이미 견디기 어려
울 정도로 되어 갔다. 저쪽 집의 무표정한 정경이 마치 그를
조롱하고 있는 것 같았다. 이대로 있으면 아무 일도 일어나지
않는 것이 아닐까? 카라한이 한쪽 눈을 감고 한쪽은 반쯤 뜬
채 태연자약하게 손으로 만 담재를 차례차례로 계속 피우는
것을 보고 있자─그것이 지독히 그의 신경을 건드렸다.

로버트는 이미 더 이상 기다리는 것이 견디기 어렵다고 생
각했는데, 그때 갑자기 앞집의 현관 도어가 열리고 하인인 카
리브인 카스트로가 편물세공을 한 쇼핑 바구니를 손에 들고

나타났다. 사내는 도로의 좌우를 살피고 나서 광장과는 반대쪽으로 발걸음을 옮겼다. 그 사내의 모습이 사라지고 나서 얼마 안되는 사이에 땅딸막한 작은 사람을 한 사람 데리고 더 스자가 모습을 나타냈다. 로버트는 숨이 멎는 것 같은 느낌이 들었다. —함께 있는 사내는 리베라의 지프차에 폭탄을 장치한 두 사람 중 한 사람이었다. 사내는 더 스자가 도어에 주의 깊게 자물쇠를 걸고 있는 동안에 그 옆에 서서 기다리고 있었다. 그리고서 몇 분인가 지나자 그들은 더 스자의 검은 소형차를 타고 바삐 사라져 갔다.

"어떻습니까, 말한 대로가 아닙니까?" 하고 카라한이 목소리를 크게 했다.

"녀석과 함께 타고 간 사내는 광산의 신임 기술자 가운데 한 사람 이지요. 자, 갑시다!"

그런데 로버트는 이미 카라한보다 먼저 계단을 내려가고 있었다. 두 사람은 달려서 거리를 돌진하여 더 스자의 집 뒤쪽으로 돌았다. 안마당은 높은 담으로 둘러싸여 있었다. 두 사람은 즉시 그 담을 기어올랐지만 집의 뒷문은 역시 굳게 잠겨 있었다. 창이라는 창에는 모조리 쇠창살이 붙어 있었다.

"아무래도 현관 도어로 들어가지 않으면 안되겠는걸." 하고 로버트는 주위를 한번 둘러보고 나서 말했다.

"그렇군요." 하고 카라한은 말하며 양손으로 침을 찌익 갈겼다.

"이럴 때 어떻게 할 것인지 한번 봐 두십시오."

약간 탄력을 더하여 그는 도어에 몸을 부딪쳐 갔다. 한 번, 두 번, 세 번.

"정말 안되네! 이 녀석 아주 단단한걸." 하고 말하며 후우후우 숨을 몰아쉬었다.

"아무래도 컨디션이 나쁜 것 같은데."

"함께 해봅시다."

카라한의 체력이 돌아오는 것을 기다려 두 사람은 힘을 합쳐서 도어로 돌진했다. 두 번째의 격돌로 자물쇠가 벗겨지고 두 사람은 통로로 되어 있는 타일 바닥 위에 나뒹굴어 버렸다. 하지만 바로 일어나서 숨을 죽이고 귀를 기울였다. 묘지처럼 조용한 적막만이 감돌고 있었다.

"먼저 2층으로 가 봅시다." 하고 로버트가 말했다.

"어쩐지 제일 괴상한 듯하니까."

두 사람은 집안을 위에서 아래까지 구석구석 둘러보았다. 증거가 될 만한 것은 아무 것도 없었다. —미스 벤칠레의 그림자나 형체도 보이지 않았다. 어느 방이나 흠잡을 데 없을 만큼 정돈되어 있었다.

가구류는 윤기가 나며, 은그릇들은 번쩍번쩍 빛이 나며, 부엌은 청소가 잘되어 아침에 먹은 접시까지 이미 씻겨져 조리대 위에서 말라 있었다. 무엇 하나 어지러져 있지 않은 듯했는데—이 정돈이야말로 의혹의 씨앗이었다. 마지막으로 두 사람은 흰 타일로 붙여진 진찰실로 들어갔는데 이곳도 무엇 하나 찾아낼 수 없었기 때문에 멍청히 서서 얼굴을 마주 바라보았다.

"어쩌면 우리들은 꽝을 뽑아버린 것 같습니다." 하고 카라한이 말했다.

로버트는 말하지 않았다. 그 이유는 그 순간 그의 시선이 구급용 약품을 넣은 책장의 유리문으로 향해져 있었기 때문이었다. 이 책장에 대해서는 처음 방문했을 때 더 스자가 그에게 붙임성이 담뿍 담긴 인사말을 하면서 이야기를 들려 준 기억이 있었다. 그는 갑자기 호기심을 느끼고 성큼성큼 다가가서 그 책장을 열어 보았다. 그리고 눈을 집중해서 잘 조사하고 있자 그의 어깨 너머로 그 동작을 보고 있던 카라한이 이와 이 사이로 휘익 하고 숨을 내보냈다. 벽에 붙어 있는 얼핏 아무런 이상이 없어 보이는 책장에는 응급수단으로 사용하는 의료기구들은 하나 없고 세균 배양에 필요한 실험장치가 완비되어 있었던 것이다. 로버트는 세균 배양기에서 원심 분리기, 탕전장치, 그리고 시험관과 플라스코를 늘어놓은 책장이나 짜이스의 현미경등을 물끄러미 바라보았다. 그러나 여기서 시선을 붙들어 매놓게 되었던 것은 한 타스 한 조로 되어 있는 패토리 씨 접시였다.

그것들은 한 장의 유리판 위에 늘어져 있었고, 그 어느 것이나 지극히 전형적인 희석의 배양물을 분명히 담고 있었다. 그는 곧 그 정체를 간파했다. 자신의 눈에 잘못은 없었지만 그러나 그는 신중에 신중을 기하려고 생각해서 플라티나 침을 손에 잡자 재빨리 플레파라느에 액체를 섞어서 이것을 현미경 밑에 두었다. 곧이어 고리 모양을 한 세균 형태가 분명히 나타났는데 두려워해야 할 비밀의 의미가 그에게도 확 풍겨 오는 것 같았다. 그리고 더 스자의 정체가 이것으로 확실해졌다고 생각하니 아연실색할 기분이 되었다. 더 스자는 더 이상 없는 무기를 손안에 놓고서 카르테를 써서는 사람을 죽이기도 살리기도, 바라는 대로 하는 사람이었던 것이다. 외관만은 문명인답게 행동을 하고 있었지만 한 꺼풀만 벗기면 야만인으로 양심도 아무것도 없이 카리브인 선조로부터 받아 온 원시본능 그 자체만을 몸에 지닌, 소위 분열증적인 인격의 소유자였던 것이다.

카라한은 로버트의 모습은 보고 있는 동안 점점 불안하게 되어서, "이게 도대체 어떤 것입니까, 선생?" 하고 묻지 않을 수가 없었다.

"확실히 죽이고 있다—여기서는 완전 살인의 준비가 이루어지고 있습니다. 이런 살인 물건을 두 번 다시 보려고 생각해도 쉽게 볼 수 있는 게 아닙니다."

"그렇다면?"

"더 스자는 콜레라균을 대량으로 배양하고 있습니다. 이 유탁액 한 방울을 한 컵의 물에 타 넣으면."

로버트는 잠깐 말을 끊었다.

"아니, 그렇지 않지. 한 자의 파파이어 주스에 타 넣으면…… 그것만으로 끝이 나버린다. 영원히. 환자는 자연히 죽고 의사는 최선을 다했다는 것이 되는 셈이지요."

"정말이군요." 카라한은 천천히 말했다.

"겨우 나도 알았습니다."

그는 콜레라의 배양균에서 눈을 뗄 수가 없었다.

"그러나 왜 마담이 그것으로 죽지 않으면 안되었을까요?"

"그것은 모르겠어요. 나도 확실히 이해할 수 없는 문제이지요. 나중이라면…… 아니, 그렇지 않을지도 모르지. 데프리스 씨를 먼서 없애려 했다면 이야기는 다르지만…… 그런데, 그것이 반대가 되어서."

만일 데프리스 씨가 죽는다면 이 섬의 법률에 따라 마담이

유산을 이어받게 되는 것이다. 마담은 더 스자에게 전심전력을 다해 그의 애정을 얻으려고 열심으로 바라고 있었으니까 주인이 죽은 뒤 더 스자와 결혼하리라는 것은 의심할 수 없는 사실이었다. 또 권력욕에서 사악한 목적에 몸을 판 더 스자 같은 파렴치한이 이만큼의 부를 얻으려면 어떤 일이든 할 수 있음에 틀림없었다. 물론 리오라든가, 파리라든가, 뉴욕이라면 이야기는 다르리라—아니, 마담이 예전에 자주 꿈에 보았다는 땅이라도 그렇겠지만—그러나 이 섬이라면 큰손을 움직여 그 것을 할 수 있는 것이다. 그런데 죽은 것은 데프리스가 아니라 분명히 마담 자신이었다. 여기까지 생각했을 때 갑자기 로버트의 머리에 번뜩이는 것이 있었다. 해답은 이상할 만큼 단순해서 그 때문에 오히려 거기까지 생각이 미치지 못했던 것이었다.

"독이 든 주스를 데프리스 씨의 방으로 갖고 갔던 것입니다. 그런데 누가 그것을 다른 것과 바꿔치기 했음에 틀림이 없습니다. 그래, 디어 루시아다! 아마 그녀가 이것을 괴상하다고 보고 데프리스 씨의 병을 마담의 것과 바꿔치기 했을 겁니다."

카라한은 잠시 생각하고 있다가 곧이어 고개를 끄덕여 보였다.

"말씀을 들어 보면 아무래도 그런 것 같습니다. 그러나 지금 말씀하신 것과 미스 벤칠레가 모습을 감춘 것과 어떤 관계가 있습니까?"

"모르겠습니다……. 벤칠레 간호사는 나보다 먼저 와서 이 집에 들어왔습니다. 혹은 혼잡을 피하기 위해서였는지도 모르지요. 어찌 되었건 우리들은 더 스자를 방문할 예정이었으니까 하인이 현관 도어를 열고 그녀를 안으로 맞아들였죠.

더 스자도 기다리고 있는 것처럼 말했고. 그래서 철저하게 조사하려는 생각이 그녀의 머리에 떠올랐죠. 벤칠레 양은 처음부터 더 스자의 일을 믿고 있지 않았지요. 그녀는 그 실험장치를 발견해서 장치 천체를 자세히 보려고 했죠. 그러자 바로 그때 급히 더 스자가 나타났다, 더 스자는 이렇게 되면 잠자코 그녀를 돌려보낼 수는 없다, 이제 절대로 돌아가지 않게 한다, 그런 거지요.”

“정말.” 하고 카라한은 천천히 말했다.

“그렇게 되면 이미 늦은 감이 없지 않은데. 저, 선생, 빨리 돌아가서 데프리스 씨에게 사정을 알리는 쪽이 좋지 않습니까?”

급히 그는 말을 마치고 창으로 계속 밖을 내다보았다.

“이거 안되겠군. 어쩌면 대표단 일행이 우리들을 방문해 올 작정인 것 같은데……”

여섯 명의 남자들이 현관 계단을 바쁘게 올라오는 것이 보였다.

그것도 아무래도 기분 나쁘게 보이는 결연한 모습은 하고.

“이미 우리들, 이곳에서 도망칠 시간이 지난 듯한데.” 하고 카라한이 말했다.

두 사람은 복도를 달려서 뒷문으로 나오자 안마당을 재빨리 가로 질렀다. 그리고 담을 타고 넘을 때 로버트는 등 뒤에서 총성과 아주 빨리 다가오는 발소리를 들었다.

“따로따로 헤어져서 가만히 도망치는 편이 좋을 것 같은데.” 하고 로버트는 말했다.

“그편이 쫓아오는 자들을 속일 수가 있겠지요.”

“그렇게 합시다. 그럼, 나중에 농원에서 만나기로 하고. 오늘 오후에는 꼭 탈출할 테니까.”

두 사람은 뿔뿔이 흩어져 로버트는 말라 버린 곡물밭을 돌진하여 잡초로 우거진 모래땅의 들길까지 달리고 또 달렸다. 그 길을 한참 뛰어와 돌아보니 결국 그곳은 높은 울타리로 쳐져 있었다. 로버트는 그 장애물을 타고 넘어 꼬꼬꼬 하고 닭들이 울어대는 정원으로 들어갔다. 그러자 한 마리의 수탉이 갑자기 크고 날카로운 소리로 울어댔다. 그러니까 닭우리에서 나이가 든 여자가 빈 먹이통을 들고 나타났다.

"미안합니다." 하고 로버트는 정원 문 있는 쪽으로 급한 걸음으로 노파의 옆까지 가면서 큰소리를 질렀다. 대답 대신에 노파는 먹이통을 그에게 던졌다. 로버트는 재빨리 몸을 돌려 진흙탕 길로 뛰어갔다. 양쪽에 오물이 가득 찬 구덩이가 있는 어두운 소롯길을 몇 개인가 빠져서 쓰러질듯 하면서 걸어가는 동안에 느닷없이 다시 대광장으로 나와 버렸다. 이곳에서는 오늘도 이미 많은 사람들이 몰려나와 무리를 지어 그 근처를 흐느적흐느적 걸어다니고 있었다. 이 혼잡한 틈에 섞이는 것보다 더 좋은 방법이 없었다. 추적해 오는 몇 사람인가의 눈을 속였다고 느끼자 로버트는 곧 광장을 비껴 돌파하여 항구로 통하는 좁은 길로 인파를 헤치기 시작하였다.

메리 벤칠레의 일을 생각하니 그는 이제 미칠 지경이었다. 카라한은 우선 먼저 그랜드 람브로 돌아가서 아까의 저 무서운 발견을 데프리스에게 보고해야 한다고 로버트를 설득할 수밖에 없었을 것이다. 하지만 로버트는 데프리스가 카리브인 의사의 음흉한 흉계를 이미 지나칠 만큼 너무나 잘 알고 있을 것이라고 믿고 있었다. 더구나 데프리스는 그렇지 않아도 임박하고 있는 폭동의 위협에 모든 정력을 쏟고 있는데 벤칠레의 수색에 일부러 시간을 내줄 수는 없는 일이라고 생각했다. 그렇다, 더 이상 귀중한 시간을 낭비하는 것은 바보 같은 짓이다. 곧 행동을 개시하지 않으면…… 그것도 지금 바로다. 무엇을 해야 할 것인가. 그것도 그에게는 분명했다. 잠재의식의 저 밑바닥에서 예의 전에 보았던 건물 모습이 나타났다. 저 낡은 토르 리베르데(역자주 : 자유의 요새), 저것은—나탈 리가 그에게 이야기한 것처럼—더 스자가 소유주이든, 혹은 예전에 소유주였으리라. 그것이, 이제 확신이기보다 오히려 필사적인 몸부림의 희망으로 그의 마음의 눈앞에 실물처럼 선명하게 그 모습을 나타냈던 것이다.

벤칠레가 정말로 더 스자의 손아귀에 있다면—그곳 이외에 어디에 감출 것인가? 그런데 만일 그곳에서 그녀를 발견할 수 없다면 도대체 어디를 어떻게 찾는 게 좋단 말인가? 자신에게는 모터보트라는 이기(利器)가 있으니까 그것을 이용하면 한 시간도 안 걸려 버스 테일에 도착할 수 있으리라.

그때에는 이미 로버트도 배를 놓아두었던 다리나무 바로 옆까지 와 있었다. 이 근처에는 누구 한 사람 그림자 같은 것도 보이지 않고 창고나 모터보트 보관소는 모두 돌보지 않는 것처럼 조용했다. 그러나 그는 납작한 돌을 깐 골목길의 어둠침침한 곳에서 눈이 잠길 듯한 항구의 햇빛 속으로 걸어 나왔을 때 앗! 하고 발을 멈췄다. 선착장에는 한 척의 배도 보이지 않는 것이 아닌가…… 해초랑 쓰레기들만이 기름을 흘린 것처럼 수면 위에 떠돌고 있었는데 모터보트는 그림자도 형체도 없었다.

그대로 망연히 서서 눈부신 빛을 받으며 눈만 깜박거리고

서 있었다. 문득 그의 눈앞에 하얀 돌이 깔린 나무다리 위에
하나의 그림자가 나타났다. 로버트는 자기의 뒤에 누군가가
창고에서 나온 것은 느꼈다. 그런데 획 돌아보려고 하는 순간
세찬 일격을 받고 그대로 의식을 잃어버렸다.

17

로버트가 정신이 돌아왔을 때에는 오후도 꽤 늦어 있었다. 회복되었다는 의식을 처음으로 느낀 것은 함석지붕을 두드리는 빗소리를 듣고서였다. 그는 몽롱함 속에서 주위를 둘러보고 수수께끼 사내가 갑자기 모습을 나타낸 저 인적 없는 창고에 자신이 끌려 들어와 있었다는 것, 그리고 산처럼 쌓아 놓은 빈 푸대 위에서 자고 있었다는 것을 알았다. 자신을 가만히 두려고 누군가가 친절하게 마음을 써준 것을 산더미 같은 푸대 위에서 추측하였다. 주의 깊게 머리를 만져보니 노정골(역자 주 : 두개골 중심에 있는 좌우 한 쌍의 평평하고 네모진 뼈) 근처에 계란만한 크기의 혹이 생겨 있었다. 문제될 것 없는 혈종이었다. 자신을 구타한 사람이 누구인지도 알 수 없었지만 크게 해를 주지 않고 자신의 전투력을 빼앗은 수법은 그 방면에 달인의 작업임에 틀림없었다. 이윽고 반쯤 몸을 일으켰을 때 로버트는 자기 몸에 광고 전단 같은 것이 붙어 있는 것을 알았다. 종이조각이 한 장 밴드로 묶여 있었다. 그는 그 종이조각을 펼쳐서, 이미 어두워졌지만 다음과 같은 짧고, 그리고 정중한 전문을 읽을 수가 있었다.

'귀하와 아무런 상관없는 사건에서 즉각 손을 떼 주시오. 마지막으로 권고합니다. 그렇지 않을 때에는 심히 불유쾌한 결과가 찾아올 것을 고려하시오.'

로버트는 종이를 꾸깃꾸깃하게 움켜쥐고 잠시 동안 그곳에 그대로 앉아 있었다. 그 사이에도 자신이 얼마나 멍청한 짓을 했는가 하는 깨달음은 그의 마음을 견딜 수 없게 만들고 있었다. 모터보트를 빼앗긴데다가 녹아웃까지 당했다는 것은 얼마나 바보 같은 짓인가!

자신이 몇 시간을 허비했지만 역시 무엇 하나 목적을 달성할 수 없었던 것이다. 그는 곰곰이 생각할수록 자신이나 세상에 대해 정나미가 떨어져 비틀거리면서 창고를 뒤로 했다. 하늘은 구름에 덮여 버리고 세찬 바람이 불기 시작하여, 그것이 스콜이 되어 활기를 되찾아 주었다. 두 번째 심호흡을 하자 그 뒤는 기분도 아주 좋게 되었다. 그는 버스 테일 곶쪽으로 눈을 들어 그곳까지 가는 제일 좋은 방법은 무엇일까 하고 생각했다. 항구 남쪽의, 지금 자신이 있는 곳에서 계속 앞으로 걸어가다 보면 곶으로 가게 될 것 같았다. 다만 해변을 따라가기만 하면 되는 것이다. 해변은 좁은 곳이 가로막고 있었지만 로버트에게는 그것을 뚫고 갈 자신이 있었다. 대충 보는 것만으로는 강행군이 될 것 같았지만, 어쨌든 한번 해보리라고 결심했다. 그는 더 이상 머뭇거리지 않고 바람을 향해 몸을 지탱하면서 걸을 수 있는 한 빠르게 걸었다. 처음에는 길이 비교적 좋았다. 항구를 떠나서 지금 마을에 넘치고 있을 지옥 같은 소동을 뒤로 하자 로버트는 모래에 나 있는 자동차 타이어 자국을 따라서 계속 나아갔다. 그쪽으로 드문드문 나 있는 종려 나뭇잎으로 엮은 작은 집과 육지에 붙잡아 맨 두세 척의 어선 옆을 지나쳤다. 방금 먼 바다에서 만쪽으로 밀려 들어와 모래사장에 세차게 쏟아 놓는 파도를 한번 보는 것만으로, 설혹

배가 있다 할지라도 이것을 타고 갈 수 없다는 것을 로버트는 알아차렸다. 더구나 곶을 돌아서 배를 타고 나아간다는 것은 어림도 없는 일이었다. 점점 폭풍으로 바뀌어 갔다. 이런 한대에서는 바람이 맹렬한 만큼 낮은 덤불을 날려 버리기 때문에 기분 나쁜 돌풍에 쓰러져 버리지 않도록 기를 썼다.

2마일 정도 가자 모래에 파묻힌 작은 하천의 하구에서 길은 사라져 버렸다. 비에 젖은 모래는 딱딱해지고 생기 넘친 해초가 여기저기에 솟아나 있었다. 그러나 하천의 돌출부는 모래가 있어야 할 곳이 깔죽깔죽한 산호초로 되어 있고, 그곳에는 깊은 틈이 많이 생겨있어 끈적끈적한 해초가 그 가운데 휩싸여 있었다. 로버트는 그 어려운 곳을 통과하는데 상당한 시간이 걸려 버렸는데, 그렇지 않아도 이미 기울어 가고 있던 태양빛이 더욱 어두워지기 시작했기 때문에 이제 눈 깜짝할 순간에 밤이 찾아오는 것이 아닌가 하고 걱정될 정도였다. 그렇더라도 곶까지는 이미 와 있으니까 이번에는 시간을 절약하기 위하여 육지쪽으로 굽어서 가까운 길을 찾으려고 또 걷기 시작했다.

그러나 약 100미터도 가지 않은 지점에서 그는 이미 그런 결심을 후회하지 않으면 안되었다. 나무들로 가득 찬 곳은 여기저기 사람이 지나갈 수 없을 정도로 빽빽이 나무들이 서 있었고 가시가 달린 키 작은 나무숲이랑 울창하게 자라난 가시나무들로 덮여 있었다. 한 발짝 나갈 적마다 가시가 바늘처럼 예리하게 얼굴을 찔려 왔던 것이었다. 그러나 이제 와서 되돌아갈 수도 없었는데 이윽고 그는 그 원수 같은 키 작은 나무숲을 뒤로 했다. 그리고 한 면이 풀로 덮여진 평평한 분지로 나왔을 때 무의식중에 안도의 한숨이 나왔다. 그곳까지는 미친 듯이 불어대던 바람도 불지 않았다. 부드러운 풀이 자란 땅의 감촉이 로버트에게는 기분이 좋았다. 그리고 분발하여 속도를 빨리해 거의 달리다시피 걸었다. 나탈리가 언젠가 검은 강 이야기를 해준 일이 있었지만 그것을 완전히 잊고 있었다. 다음 순간, 발아래의 땅이 주저앉는다고 생각하자 깊은 진흙 속으로 허리까지 빠져 들어가는 느낌이 들었다.

그곳은 개울이라기보다는 오히려 늪지에 가깝고 기름처럼 물렁물렁한 진흙뿐인 넓은 습지대로 가로 세로로 수로 같은 것이 있고 그 완만한 흐름은 방울 같은 물이 바다로 향하여 쏟아지고 있었다. 어쨌든 노력하면 굳은 땅 위로 올라올 수 있었겠지만 자기 자신의 건망증이 너무나도 어처구니가 없게 생각되자 화가 치밀어 억지로라도 앞으로 나가지 않고는 견딜 수 없었다. 그래서 그는 계속 늪지를 건너갔다. ─한번은 아주 미미한 거리였지만 수영으로 가지 않으면 안되었고 그 뒤로 다시 계속 걸어갔다. 늪 속에 발이 빠져서 아무리해도 몸을 움직일 수 없었던 적도 두세 번 있었고, 조심해서 발이 빠지지 않게 해가면서 그래도 어찌어찌하여 궁지를 벗어나 몸의 자유를 회복하였다. 마지막으로 겨우 굳은 땅을 발아래에서 느꼈을 때에는 이미 지쳐 있었다. 물가, 그 자체가 험했기 때문에 마치 손도 발도 나갈 수가 없었다. 썩은 버섯이 여러 겹으로 있어 조금이라도 손을 대면 모두 부슬부슬 무너져 내렸다. 두 번째는 머리 위에 걸려 있는 나뭇가지를 붙잡고 위로 올라가려 했지만 그때마다 약한 가지는 끊어져 버려서 밀가루 같은 노란색 먼지를 머리로부터 덮어 씌었다. 나무들도 역시 늪지와 마찬가지로 썩어 있었는데—그 주변은 지의류(地衣類)와 스페인 이끼로 둘러싸여 있었다. 로버트는 이런 상태로는 이제 이곳에서 벗어날 수 없지 않을까 하는 초조감이 점점 더해 갔다. 그러자 그때 강하고 굵기도 충분한 것 같은 덩굴이 눈에 띄었는데 어떻게 해서 그것을 양손으로 잡자 정성을 다하여 천천히 늪에서 자신의 몸을 끌어올렸다.

살갗까지 흠뻑 젖고 온몸이 흙투성이가 된 채 숨을 헐떡거리며 그 자리에 벌렁 누워 버렸는데 그와 동시에 자기 자신에게 필설로도 옮길 수 없을 만큼, 스코틀랜드 방언으로 있는 대로 욕을 퍼부었다. 도대체 자신은 이런 나라에서—하느님도 돌보지 않을 것 같은 보잘것없는 이런 섬에서 무엇을 하고 있는 것인가? 열대 변두리까지 찾아와서 영웅 역할을 연기하려고 태어난 것은 아니지 않은가? 그런 것을 생각하자 미끈한 백의를 입고 캐링톤 박사와 함께 메소지스트 병원의 수술실로 들어가는 자기 모습이 눈앞에 어려 와서 무척이나 가슴이 아팠다. 이 썩어버린 늪지 속에 몸을 눕히면서 현기증과 비슷한 혼수상태에 빠져 그는 소리를 질러 자기가 있을 장소는 병원이었지 이런 곳은 아니라고 계속 외쳤다.

그때 갑자기 메리 벤칠레의 일이 머리에 떠올랐는데 그러자 자기연민의 기분 등이 모두 어느 틈엔가 사라져 버렸다. 그는 벌떡 일어나 옆에 있던 종려나무에서 잎을 몇 장 따서 그 딱딱한 잎을 사용하여 지독히 더럽혀진 옷에서 흙을 털어냈다. 자기가 지금 어디에 있는지 결코 분간이 되지 않았지만 그렇게 하는 동안에 근처가 캄캄한 어둠이 되었기 때문에 방향 감각을 잃어버렸다. 그러나 왼쪽으로 밀려와서 파도가 부서지는 소리가 들려 왔기 때문에 그쪽을 향해서 급히 가자 양쪽에 키가 작은 소나무 숲이 있을 뿐, 관목의 우거짐이 없는 좁은 길이 나왔다.

그 길은 끝없이 굽고 휘어서 묘하게 이지러진 나무들 사이로 구불구불 계속 이어져 있었는데 그 나무들에서 떨어진 비늘 같은 잎이 주단처럼 길을 덮어 걷는데 발아래에서 삐걱삐걱 소리를 냈다. 어쨌든 이 길은 끝이 있을 것이라고 생각하자 눈앞에 갑자기 리베르테의 성채가 모습을 나타냈다. 그 오래된 석조 성채는 송림 사이에 음울한 그림자를 잠재우고 우두커니 서 있었다. 분명히 사람이 살고 있는 흔적은 없고 마치 묘지처럼 썰렁했다. 그러나 그때 창문 틈에서 엷은 빛이 새어 나오는 것이 느껴졌다.

그것을 본 순간 로버트는 발이 움츠러져 버렸지만 그렇더라도 이내 주의를 기울이면서 뒤쪽으로 다가갔다. 빛은 지하에서 새어나왔기 때문에 그는 바깥벽에 붙어서 그 창의 바로 밑까지 내려갔다. 창틀의 찢어진 틈으로 속을 들여다보다 느닷없이 숨을 멈췄다. 방에는 여윈 카리브인 한 사람뿐이었지만 로버트는 본능적으로 나무다리에서 자신을 습격한 사내라고 추측했다. 그곳은 부엌 같았다. 그 이유는 콩인 것 같은 것이 들어 있는 냄비를 숟가락으로 휘젓고 있었기 때문이었다. 로버트는 사내가 익은 콩을 접시에 담아—빵을 두세 개 자른 후—식탁에 앉아서 저녁 식사를 시작할 때까지 줄곧 바라보았다.

그리고서 로버트는 가만히 건물 앞쪽으로 돌아 어떻게 하든 문을 열어보려고 시도했다. 문에는 굳게 빗장이 걸려 있었고—더욱 곤란한 것은 두꺼운 벽에 끼워 넣은 창이라는 창은 모두 쇠창살로 방비되어 있었던 것이다. 그런데 약간 앞에 있는 건물 앞으로 돌아가 보니, 돌로 여러 겹으로 쌓아올린 낡은 성벽의 오목한 곳에 옛날에는 비상구로 사용했음직한 떨어진 문이 있었다. 그 문은—열어 보려고 살짝 밀자 기다리고 있었다는 듯이 열렸다. 너무나 어이없어 순간이지만 오히려 그는 불안스럽게 되었는데—그러나 이미 여기까지 와서 뒤로 물러선다는 것은 절대로 용납할 수 없었다. 그가 숨어들듯이 안으로 들어서니 그곳은 터무니없이 커다란 지하실로, 건물 폭 전체를 만든 것 같았다. 한 치 앞도 안 보이는 어둠이었지만 뭔가 모를 형용할 수 없을 만큼 달콤하고 가슴을 메슥거리게 하는 냄새가 향기로운 냄새와 섞여 있어 마치 누군가가 일부러 향기를 피운 것 같은 생각이 들었다. 놀랐지만 그는 벽에 손을 짚으면서 앞으로 나아갔다. 그러자 급경사로 오르도록 되어 있는 계단과 부딪쳤는데 신경을 쓰지 않고 올라와 보니 커다란 객실이 나왔다. 부엌에서 새어 들어오는 희미한 빛으로 그는 더욱 위로 통하는 나선형 돌계단이 있는 것을 발견했다. 부엌에 있는 사내는 식사에 빠져서 다른 일은 상관도 하지 않고 있다는 것을 알고 있었지만. 소리가 나면 큰일이다, 하고 굉장히 조심했으리라. 계단 오르는 곳도 역시 마찬가지로 어두웠다. 공교롭게도 성냥을 갖고 있지 않았기 때문에 마치 장님처럼 그곳 안을 손으로 더듬을 수밖에 없었다. 이곳은 그가 알아볼 수 있는 한은 방이 세 개였는데—어쨌든, 손으로 더듬어 보니 문도 세 개 있는 것을 알아냈다. 두세 개 중 두 개의 문이 열리는데 속이 텅 빈 암흑이었고, 세 번째 문에는 자물쇠가 걸려 있었다.

그에게 있어서는 마치 영원처럼 생각되는 몇 초간—그것은 견디기 어렵고 긴장된 영원의 시간이었지만—로버트는 이 자물쇠가 걸린 문 앞에서 어찌할 바를 모르고 서 있었는데 암흑 속에서 거의 숨소리도 내지 않고 서 있을 수는 없었다. 곧이어 그는 손을 들어 똑똑 노크한 후,

"메리." 하고 속삭였다.

"거기 있나?"

완전한 고요. 그러자, 그때 누군가가 안에서 움직이는 기척을 느꼈고, 계속해서 가만히 훌쩍거리며 우는 소리를 들었다.

"로버트…… 당신인가요?"

커다란 파도 같은 감정이 왁 하고 덮쳐 왔다. 그것은 전신을 흔들 만큼 강해서 자기라는 것이 녹아 버릴 것 같은 느낌이 들었다. 그녀가 여기에 있는 것이다. 그것도 처음으로 자기를—이것이 무엇보다도 그에게는 제일 커다란 사건이라고 말할 수 있다.—크리스찬 네임으로 불러 준 것이다. 그 사실이 이제까지 참아 온 불안한 마음을 완전히 잊게 해주었다.

"괜찮은가?"

그는 숨을 헐떡이면서 말했다. 심장이 미친 듯이 뛰고 있었다. 그는 귀를 문에다 바짝 붙였다.

"예, 예." 하고 그녀가 말했다.

"정말 고마워요. 당신이 와 주어서."

"이제 염려하지 말아요. 자네를 여기에서 데려 나갈 테니까."

"그렇지만, 어떻게?" 하고 자신이 없어 보이는 그녀의 목소리가 되돌아 왔다.

"난 갇혀 있는 걸요."

"열쇠는 누가 갖고 있지?"

"어제는 카스트로가 갖고 있었어요. 오늘은 다른 남자에요."

그는 문의 손잡이를 딸가닥딸가닥 돌려 보았지만 자물쇠를 파괴하지 않고는 열 수가 없었다. 이번에는 어깨로 문의 뒤쪽을 쿵 하고 밀었다. 문은 꿈쩍도 하지 않았다. 다시 한번 이번에는 더욱 힘을 주어서 해보았다. 그러자 갑자기 끈적끈적한 진흙이 붙어 있던 구두가 거침없이 바닥 위로 벗겨져 미끌어져 버렸다. 그는 양말을 들어 올려 신을 신으려 하자 계단을 내려가는 입구의 널빤지가 삐걱거렸다. 눈 깜짝할 사이에 일어난 일이었다. 그때 아래 부엌에서 의자를 뒤로 밀어내는 소리가 들려 왔다고 생각되자, 잠시 사이를 두고 맨발로 부엌의 돌 위를 저벅저벅 달리는 소리가 들려 왔다. 그리고서 카리브인이 계단을 올라오는 소리가 났다. 로버트는 웅크리고 숨어서 기다리고 있었다. 눈이 이미 어둠에 익숙해져 있었기 때문에 계단 위까지 올라온 사내의 모습을 확실히 볼 수 있었다. 냉정하게 그는 턱 바로 아래의 한 곳을 노려서 있는 힘껏 일격을 가했다. 사내가 흐느적흐느적 쓰러져 버렸을 때 로버트는 생각했다.

"네 녀석이 나무다리에서 나에게 불시에 일격을 먹인 것을 되돌려준 것이다."

로버트는 카리브인이 손에 가지고 있던 열쇠를 집어 들자 곧 문을 열고 메리를 구출했다.

"저, 로버트…… 로버트……." 하면서 그녀는 흑흑 흐느꼈다. 그는 그녀의 팔을 잡고,

"자, 빨리." 하고 말했다.

"이런 지긋지긋한 감옥에서 빨리 나가자."

그는 팔을 풀지 않은 채, 그대로 아주 빨리 계단 아래로 그녀를 데리고 내려갔다. 두 사람은 뒤에서 카리브인이 일어나서 쫓아오는 소리를 들었다. 두 사람은 현관의 객실까지 와 있었다. 1층의 이곳은 위쪽보다도 더욱 어두운 것 같았지만 무아지경이 되어서 바쁘게 뛰는 동안에 로버트는 완전히 방향 감각을 잃어버렸다. 지하실로 내려가는 계단을 전혀 발견할 수가 없었다. 이미 아래쪽에서는 열심히 외치는 소리와 가까이 다가오는 발자국 소리가 들려 왔다. 그는 미친 듯이 주위를 둘러보고 정면의 문쪽으로 급히 다가가 손으로 더듬어 빗장이 있는 곳을 찾으려고 애를 썼다. 아래쪽이 벗겨졌다. ─그러나, 또 하나 위쪽에도 빗장이 있었다. 바로 그 순간 계단 위에서 카리브인이 크게 외치는 소리가 들렸는데 그 소리에 따라 지하실에서 또 외치는 소리가 들려 왔다. 사내들은 이미 지하실의 계단을 거꾸로 올라오고 있었다. 젠장, 빗장이라는 놈을 아무리 해도 찾을 수 없으니 어쩐담? 그래도 마침내 빗장이 있는 곳을 찾아내 급히 벗기자 간신히 문이 열려 캄캄한 어둠 속으로 나갔다. 그러자 순간 누군가가 뒤쪽에서 덮쳐 왔다.

"뛰어, 메리 달아나!" 하고 로버트는 외치며 그녀를 앞으로 밀어냈다. 어떻게든 몸을 흔들어 풀어내려고 하면서 그는 한쪽 발을 벌려 메리를 뒤쫓는 자들에게 통로에서 방해를 해서 메리가 숲 속의 어둠으로 잘 도망칠 수 있는 시간을 벌기로 결심했다. 그리고 그녀와는 거리가 조금이라도 멀게 되도록 카리브인들을 자기 주변에 모아 두려고 바보 같은 짓을 했다. 그런데 아까 숲지에서 몹시 지쳐 있었기 때문에 그다지 길게 저항할 수가 없었다. 자신은 보잘것없는 타격을 맞으면서 사내들에게는 통렬한 펀치를 날리려고 했지만 그럴 것 같지 않았다. ―마치 고무를 두드리고 있는 것 같은 느낌이었다. 그리고 어디에서 날아오는지 모르는 몇 개의 손과 팔이 나와서 그를 붙잡더니 이윽고 쇠 같은 강한 힘으로 목구멍을 누르자 몸을 움직일래야 움직일 수 없게 되어 버렸다. 뜨거운 숨이 그의 얼굴에 흐르고 있다고 생각하자―고통에 신음하면서―그는 자신의 팔이 맥없이 풀리는 것을 그래도 아직은 느끼고 있었다. 그러다가 이윽고 기분 좋은 실신의 상태로 빠져들어갔다.

18

로버트가 정신이 돌아왔을 때는 이미 캄캄한 어둠이 되어 있었다. 마치 감자푸대 같은 것에 담겨 어딘가 방 한쪽에 아무렇게나 던져진 채 방치되어 있었던 것이다. 반쯤은 죽어 있는 것 같은 느낌이었다.

목구멍을 지독하게 눌렸는지 침도 넘길 수 없었고, 급성 갑상선종이 라도 걸린 느낌이었다. 어떻게 된 일인지 금방은 알 수 없었지만 어깨쪽에 두려울 정도의 고통을 떠올렸다. 갑자기 지금까지의 일이 생각났다. 조심해서 오른팔을 올리려고 하자 뜻밖에 뼈가 삐걱거리는 소리를 냈기 때문에 확실히 상박골이나 관절부에서 뼈가 부러진 것이라고 생각되었는데 그러자 또다시 그는 실신에 가까운 몽롱한 느낌이 들었다. 그때 바로 옆에서 누군가가 낮은 목소리로 울고 있는 것을 들었다. ―메리 벤칠레였다.

"어떻게 된 거지?" 하고 로버트는 목구멍에서 그르렁그르렁하는 목소리를 내며 물었다.

"자네는 도망치지 않았는가?"

"예, 예…… 그렇습니다."

"어째서 도망치려고 하지 않았지…… 숲 속으로 가면 좋았을 것을."

그녀는 곧 대답을 하지 않았는데 그러자 잠시 뒤,

"선생님을 두고 도망칠 수가 없었습니다." 하고 코를 훌쩍거리며 울면서 더듬더듬 말했다.

"그런 짓, 난 절대로 할 수 없었습니다."

침묵이 흘렀다. 그는 뭔가 그녀에게 말하고 싶었지만 다시 의식이 흐려져서 말을 끄집어 낼 수가 없었다. 그러는 동안 머리가 약간 명확해 옴에 따라 그의 내부에 자기 자신에 대한 분노의 기분이 세차게 일어나서 말이 막혀 버렸다. 멋지게 집안까지 들어올 수가 있었는데―그런데 이렇게 두 사람 다 덫에 걸려 버렸다니! 에잇 바보 같은…… 어쨌든 자신은 병신 같은 녀석이리라! 모든 것이 그렇다.

모든 짓을 자신은 얼뜨기처럼 해버린 것이다. 필사적으로 그가 몸을 일으키려고 하자 벤칠레는 울음을 그치고 체념을 섞어서 말했다.

"저, 로버트, 부탁이에요. 정신을 차리지 않으면…… 기분은 어떻습니까?"

"그렇게 말하는 것은 의리도 아무 것도 아니야. 하지만 더 이상 나빠지지는 않을 테니까. 나는 얼마 동안이나 정신을 잃고 있었지?"

"한 시간 정도일까요? 저, 선생님은 지독히 매를 맞았어요."

"자네는 어디에 있지?" 하고 그가 물었다. 근처는 캄캄했다.

"여기요, 당신 바로 옆이에요."

그녀는 손을 뻗쳐서 살짝 그의 이마를 짚었다. 그때 그는 자기의 머리가 그녀의 무릎에 놓여져 있다고 생각했다. ―편안한 느낌이 들어 할 수 있다면 이렇게 있고 싶다고 생각했다. 언제까지나, 언제까지나.

"자네는 묶여 있었는가?" 하고 그는 잠깐 뜸을 들이고 나서 물었다.

"아뇨…… 그렇지 않아요. 그럴 필요가 없었겠지요. 이 집에서는 아무리 애를 써도 도망칠 수가 없으니까요."

"앞으로 2, 3분 걸릴 것 같은데, 내 의식이 확실히 들어오기까지는." 하고 그는 말했다.

"그러면 의논도 할 수 있을 것 같애."

그는 어떻게 하든 분명하게 생각해 내려고 애쓰다가 그녀 쪽으로 얼굴을 돌렸다. 그리고 처음부터 일어난 일을 그녀에게 완전히 이야기해 주는 것이 상책이라고 생각했다.

"저, 이야기해 주기 전에, 어째서 이곳에 끌려 왔지?"

그녀는 로버트에게 몸을 딱 붙이자 속삭이는 듯한 목소리로 지금까지 일어난 일을 이야기하기 시작했다. 그가 상상하고 있던 대로는 아니었지만 그래도 대체로 미리 생각하고 있던 것과 일치했다. 그날 벤칠레가 더 스자 집의 포취에서 로버트를 기다리고 있자 하인이 현관 도어를 열고 안으로 들어오도록 권했다. 그녀는 별로 거절할 것도 없다고 생각했는데 자기 뒤에서 도어에 자물쇠를 잠그는 소리를 듣고서야 큰일났구나, 하는 것을 곧 알아차렸다. 객실에는 더 스자가 서 있다가 그녀쪽으로 눈을 돌렸다.

"당신이었구먼." 하고 더 스자가 말했다.

"데프리스의 병을 바꿔치기한 것이."

"처음에는 난 그 사람이 무슨 말을 하는지 분간할 수 없었습니다." 하고 그녀는 계속 하였다.

"그리고서 또 이렇게도 말했습니다. '당신만으로는 할

수 없었을거야! 당신이 데프리스의 방에서 병을 갖고 와서 마담의 침실에 놓았지.' 그래서 그때 비로소 나도 그 사람이 말하는 뜻을 알아차렸습니다. '아뇨, 내가 한 짓이 아닙니다!' 하고 나는 소리쳤습니다. '그런 짓을 난 하지 못해요.' — '거짓말하지 마라!' 하고 그 사람은 말했습니다. '당신이 한 짓이라는 것을 알고 있다. 그렇게 시치미를 떼도 우리들은 다 알 수 있어.' "

그녀는 갑자기 말을 끊었다. 침묵이 흘렀다.

"그리고서 자네는 여기까지 끌려 온 것인가?" 하고 로버트가 물었다.

"예, 예. 그러나 그것은 오후가 지나고 나서였습니다. 선생님이 도어 있는 곳까지 들어오신 것도 듣고 있었지만, 하지만 그녀석이…… 그 사내가 내 입에 재갈을 물려놔서……."

로버트는 신음하는 듯한 소리를 내었다.

"놀라워." 하고 그는 말했다.

"어쨌든, 자네는 내 일만 생각하고 있었구나! 난 자네를 찾으려고 했지. 어떻게든 자네를 구출하려고 했지. 그런데 내가 한 짓이라곤 사태를 더욱 악화시키는 짓만 했어!"

잠시 동안 두 사람은 잠자코 있었는데, 그러자 그녀는 거의 들리지 않을 정도의 목소리로 속삭였다.

"나도 기뻐요…… 선생님이 저를 찾아와 주신 것이……."

본능적으로 어둠 속에서 두 사람의 손이 합쳐졌는데 오랫동안 잠자코 손과 손을 잡은 채로 앉아 있었다. 몸은 아팠지만 그는 지금까지 이전엔 느낀 일이 전혀 없을 정도의 깊은 행복감을 떠올렸다.

그때 갑자기 두런두런하는 사람 목소리가 아래에서 들려왔다고 생각되자 무거운 발소리와 문을 꽈당 하고 닫는 소리가 계속 이어졌기 때문에 두 사람은 놀라서 다시 현실로 돌아왔다. 로버트는 급히 일어서서 귀를 기울였다.

"저 사람들 아직도 있네요." 하고 벤칠레가 말했다.

"누구?"

"저 사내들…… 어젯밤에도 여기에 왔었어요. —모두들 이곳에서 집회 같은 것을 여는 것 같았어요. 난 저런 것을 보고 싶지는 않지만."

"자네도 뭔가 보았나?" 하고 그는 놀라서 물었다.

"예." 하고 그녀는 나직하게 말했다.

"저기에…… 저기 벽 있는 곳에 구멍이 통풍구하고 통하고 있어서…… 그러나…… 난 도저히 차마 볼 수가 없었습니다."

그녀가 그렇게 이야기하고 있는 사이에 캄캄한 방이 희미한 빛으로 뿌옇게 밝아졌다. 안쪽 벽 있는 곳에서 어떤 식으로 빛이 비치는지는 확실히 알 수 없었지만, 어쨌든, 여기까지 빛이 비치는 것만은 확실했다. 그와 동시에 계단 아래에 모인 사내들의 소동은 더욱 확실하게 들려오고 있었다. 그 시끄러움이 갑자기 멎고 쥐죽은 듯이 조용해졌다고 생각하자 빛을 받아서 파란 연기들이 올라가는 것을 보았을 때 로버트는 반대쪽 벽에 있는 구멍 있는 곳까지 기어오르려고 생각했다.

구멍이라는 것은 대략 4센티미터 폭의 찢어진 틈으로, 비스듬히 찢어져 아래로 갈수록 넓어졌다. 로버트는 어깨의 관절을 가급적 움직이지 않도록 해서 마침내 계단 아래의 난잡한 모임을 훔쳐 볼 수가 있었다. 처음에는 석탄화로에서 나오는 작렬하는 붉은 불 밖에 보이지 않았다. 그 화로 앞에 낮은 돌로 만든 테이블이 있고 그곳에는 즈름투성이의 하얀 천이 덮여 있었다. 로버트가 더욱 눈을 고정해서 보고 있자 방에도 거기에 있는 것과 똑같은 모양을 한 것이 있었다. 로버트가 테이블이라고 생각한 것은 실제로는 어떤 이교도들이 사용하는 제단 같은 것으로 그곳에는 그 계단 정도 단이 붙어 있고, 그 뒤쪽에 진홍색의 천 커튼이 있었다. 제일 깊은 중앙에 뿔이 달린 채인 산양머리가 한 장의 판자에 달려 있는 것까지 보였다. 돌로 만든 긴 의자가 두 개, 돌판이 깔린 좁고 긴 방 양쪽에 있었다. 대부분 젊은 남자만의 20인 정도가 전부 그곳에 앉아 있었는데 모두가 카리브인 특유의 얼굴을 갖고 있었다. 아무래도 잡다한 모임인 듯이 규율이 없이 위험성을 띄고─그들 얼굴에 새겨진 야만적인 채색과 불타고 있는 석탄의 빛을 받아서 적갈색으로 어렴풋이 빛나 보였다. 두 개의 의자 양 끝에 있는 네 사람의 사내는 금속제의 몽둥이를 갖고 있었는데 바로 지금 그것으로 소리 높게 바닥을 두드리고 있었다. 그것이 신호인지 키가 크고 여윈 한 사람의 카리브인이 기다리고 있었다는 듯이 자랑스러운 벌걸음으로 방에 들어왔다 벌거벗은 몸에 혁대만 차고 높이 쳐든 오른손에 검을 빼어들고 있었다. 그 사내가 제일 아랫단에 오르자 모두들 중얼거리는 듯한 인사말로 영접했다.

그러자 다시 쇠몽둥이로 꽈당 하고 바닥을 두드렸는데 그것이 사라지고 조용하게 되고 나서 더 스자의 모습을 나타냈다. 그의 모습을 슬쩍 보는 것만으로도 로버트는 가슴이 메숙거렸다. 더 스자가 붉은 주단 망토를 걸치고 있었는데 거기에는 의식을 위한 특별한 자수가 새겨 있고 등에는 테를 여러 개 조립한 카바라교(역자주 : 유태교의 강신술을 바치는 일파)의 도장이 찍혀 있었다. 이미 더 스자는 제단에 다가가 그 앞에 몸을 굽혔는데 그동안 사내들은 존경하는 빛을 띄고 줄곧 침묵을 지키고 있었다. 더 스자의 얼굴에는 절대의 권위라고 할까, 타협은 절대로 용서하지 않는다는 굳은 표정이 보였다. 조용한 목소리로 이야기한다고 생각되더니 곧이어 열로 들뜬것 같은 커다란 목소리가 되어갔다. 모두들 선동하고 있구나, 하고 로버트는 생각했다. 자신을 '해방자' 라거나 '구세주' 로 설파하고 있으리라. 그리고 여기에 있는 사람은 모두 선택된 백성이리라.

잠시 뒤 그들은 더 스자를 따라서 이구동성으로 일종의 기도를 올리는 것이었다. 그것이 의식의 일부인 듯싶었다. 사내들이 점차로 흥분해 오자 그것이 더 스자를 감염시켜서 그의 눈은 이미 파나틱한 빛남을 보이기 시작하여 정신착란에 가까운 상태를 생각하게 했다.

그러자 문득 더 스자가 이야기를 멈춰 버렸다. 그리고 짝짝 하고 손뼉을 쳤다. 그러자 요대를 찬 카리브인이 검은 제단 위에 놓을 두 개의 그릇을 준비했다. 한쪽에는 재가, 또 다른 쪽에는 밀가루와 비슷한 하얀 가루가 들어 있었다. 그것이 침침한 속에서 타올라 연기를 내기 시작했을 때 농아자인 카스트로가 앞에 나와서 한편의 토기를 제단에서 취하자 바닥에 물을 흩뿌렸는데, 그동안 다른 사람들은 모두 카스트로의 동작에 맞춰서 노래를 부르고 점점 세차게 철몽둥이로 바닥을 두드렸다. 곧이어 다시 정적으로 돌아가 이번에는 더 스자가 검을 집었다. 그리고 그 검을 가진 채 방을 빙글빙글 돌고서는 여봐란 듯이 검을 높게 치켜들었다. 마지막으로 제단 앞에 멈춰서자 망토를 벗었는데 그 안에는 새빨간 띠를 두른 하얀 와이셔츠를 입고 있었다. 그 순간 로버트는 젊은 카리브인이 작은 산양을 데려오고 있는 것을 느꼈다. ―눈처럼 하얗고 어린 동물이었는데―그동안에 사내들 무리 속에서 다른 남자가 또 한 사람 여기에 가담해서 뚜껑이 열린 나무냄비 같은 쟁반을 공손히 갖고 앞으로 나왔다. 더 스자는 머리 위에서 검을 흔들면서 노래와 이야기가 혼합된 야만적인 문자를 지껄이기 시작했다. 다른 남자들은 으르렁거리는 것 같은 목소리로 화답을 외웠다. 더 스자는 온몸을 부들부들 떨고 눈을 뒤룩뒤룩거렸다. 두렵기도 하고 음란하다고 생각되는 일종의 황홀경에 빠진 듯했다. 또다시 불타고 있는 석탄 위에 송진이 던져졌는데 그 악취로 로버트는 가슴이 메슥거릴 정도였다. 이제부터 계단 아래에서 무슨 일이 이루어질 것인지 그도 느끼고 있었기 때문에 더 이상 그것을 볼 기분이 나지 않았다. 심한 통증을 느끼면서 로버트는 어떻든 웃옷을 벗을 수가 있었다. 그리고 시끄러운 소리를 적게 하려고 그 옷을 통풍구 구멍에 쑤셔넣었다. 그리고서 벤칠레 옆으로 돌아왔다. 심히 걱정이 되었다. 그러나 무엇보다도 그녀의 일이 걱정되었다. 더듬더듬 그녀의 손을 잡았는데―그 손이 어쩐지 작고, 그리고 차갑게 느껴졌다.

더 스자라는 사내는 도대체 어떤 인간일까, 하고 로버트는 스스로 물었다. 한편으로는 인간적이고 지적이고―수완 좋은 의사이다.

하지만 다른 면으로는 무정하고 원시적이고—냉혈이니까 양심의 가책 없이 사람을 죽이는 것도 사양하지 않는다. 대체 저 사내는 지금 계단 밑에서 자신이 개최하고 있는 가슴이 메 슥거리는 것 같은 의식을 정말로 믿고 있는 것일까—그렇지 않으면 그것이 자기 자신의 목적에 도움이 되기 때문에 하는 것일까? 로버트는 어느 쪽이라고 확실히 말할 수 없었다. 그 렇더라도 하나만을 확실한 것이 있었다. 그것은 이 섬의 지배 권을 억지로라도 자신의 수중에 넣기 위해서는 더 스자는 어 떤 강적에 대해서도 꺾이지 않을 것이라는 것이다. 로버트는 장래의 일을 아무리 판단해 보아도—자기랑 메리의 운명은 장 밋빛깔처럼 아름답다고는 생각되지 않았다.

계단 밑에서는 떠들썩한 소리가 차례로 일어났는데 소음 으로 판단하건대 어쩌면 카리브인들은 해산하는 듯했다. 곧 이어—두려운 악몽에서 깨어난 것처럼—죽은 듯이 고요해져 들리는 것이라고는 희미하게 송림을 스쳐 지나가는 바람소리 와 밀려와 부딪치는 파도소리만 들릴 뿐이었다. 이미 몇 시나 되었을까, 하고 혼자 물었다. ……그리고 9시는 되지 않았으 리라고 생각했다. 두 사람만 있게 해주는 것일까? —적어도 오 늘 밤 하루만이라도, 이런 비참한 어둠 속에 있는 것이니까 성 냥이라도 있었으면 좋으련만, 벤칠레가 너무나 조용하게 있었 기 때문에 아마도 피로해서 잠자고 있는 것이라고 생각했다. 그는 욱신욱신 쑤시는 어깨를 약간 낮게 하려고 쑥 몸을 펴서 누우려고 하는 순간, 갑자기 문이 열리고 더 스자가 들어왔다. 더 스자는 이미 붉은 망토는 입지 않고 이번에는 하얀 완장이 달린 와이셔츠 같은 간편한 모습으로 고무장화를 신고, 검은 소프트 모자를 쓰고 허리에 탄띠를 두르고 있었다. 그 탄띠에는 피스톨이 붙어 있었다. 더 스자의 뒤쪽에서 카스트로가 바람에 견디는 칸데라를 갖고 들어왔다. 잠시 동안 더 스자는 예의 검고 불타는 듯한 눈으로 쭈욱 로버트를 바라보고 있었는데, 이윽고 차갑고 예의 바른 목소리로 이야기를 걸었다. 그 목소리는 조금도 음험한 데는 없었다.

"나는 경고했다고 생각하는데 역시 여기까지 들어오셨군요. 당신의 걸 프렌드를 만나기 위해서인가요?"

"그렇습니다." 하고 로버트가 대답했다.

"대략 두세 시간 예정으로 이곳을 찾았습니다."

"안됐네요. 덕분에 약간 상처를 입은 것 같은데요."

"대단한 상처는 아닙니다. 금방 완치될 것입니다."

"그것은, 그러나 믿을 수 없는 것 아닙니까?"

그는 망설이면서 자기 생각을 입에 올린다고 말하는 모양이었다.

"당신들 두 사람은 나에 대해서 쉽지 않은 불쾌감을 갖게 해주었습니다. 아니, 아니─이 사실을 어떻든 이렇게 말하는 것을 용서해 주십시오. 만에 하나 그 때문에 상태가 나쁘게라도 된다면 나로서도 어쩔 수 없는 노릇이지만 하여튼 당산들에게 책임을 묻게 되겠지요."

로버트는 상대가 말하려고 하는 뜻을 확실히 알았다.

"그런 일로 도망치려고 생각하지는 않습니다." 하고 로버트는 항변했다.

"데프리스 씨는 내가 머무는 장소를 알고 있을 테니까, 그쪽에서 이곳으로 찾아와서 우리들을 발견하게 되겠지요."

그것은 쓸데없는 말이라는 듯이 더 스자는 천천히 머리를 흔들어 보였다.

"나는 지금 그랜드 람브에서 방금 돌아오는 중입니다. 저쪽 무리들은 당신이 여기에 계신 것은 생각도 하고 있지 않지요. 당신이 북해안으로 가고 있는 중이라고 생각하고 있을 테니까. 꿈에라도 이 집 일을 생각지 못할 것입니다. ……즉, 이곳은 사람이 살고 있지 않은 폐허로 알고 있겠지요."

더 스자의 어조는 사실을 말하고 있는 것이라는 냉정함이 있었다. 그러니까 그 말이 거짓말이 아니라는 것은 로버트도 믿지 않을 수 없었다. 갑자기 용기가 없어져 뭔가 반박을 하고 싶었지만 그는 말을 멈춰 버렸다.

그가 잠자코 있자 더 스자는 카스트로를 향해서 신호를 보냈다. 그리고 몸을 일으키더니 거만한 태도를 취하며 통고했다.

"내일, 밤이 밝음과 동시에 해방운동이 시작됩니다. 우리들이 자랑하고 있는 계획대로 승리의 영광이 우리들에게 돌아올 것을 믿고 있습니다. ─그리고 특히 당신들의 장래 행복을 위해서라도 더 그렇게 되기를 바라고 있는 것입니다."

더 스자는 예를 취하고 돌아서서 방을 나갔다. 문이 닫히고 자물쇠가 찰카닥 하고 소리를 내자 두 사람은 다시 암흑 속으로 빠졌는데 그때 로버트는 메리가 낮은 목소리로 울고 있는 것을 들었다.

"저 사람이 말하는 것을 그다지 마음에 두면 안돼." 하고 그는 단호하게 그녀에게 말했다.

"저 녀석은 정신이 돈 거야…… 정신이 돌아서……."

"저, 로버트, 난 당신을……."

그 순간 두 사람은 서로의 품속에 몸을 밀착시켰다.

"메리, 난!"

다른 것은 이미 말할 수 없었다. 그녀도 말없이 다만 그의 팔 안에 완전히 몸을 맡긴 채 눈물이 뺨에 흐르는 것을 잊고 있었다.

19

그날 밤은 지지부진하게, 그것도 꿈처럼 특별히 괴로운 맛을 지닌 채 지나갔다. 미래는 아무리 어둡더라도, 어쨌든 두 사람이 함께 있는 것만으로 다른 무엇과는 다른 의미 있는 일이었다. 때때로 메리는 불안스러운 잠에 떨어졌지만 로버트는 밤이 밝는 것을 기다려 뜬눈으로 밤을 지샜다. 아침의 최초의 빛이 방에 들어왔을 때 그는 일어서서 자신의 주변을 둘러보았다. 벽은 위쪽을 칠한 석조로 쇠창살이 붙은 작은 창문으로 판단해 보니 1미터 정도의 두께가 틀림없었다. 바닥과 천정은 시멘트로 칠해져 있었지만 문을 주의해서 찬찬히 본 결과 묵직한 티크 목재로 되어 있고 놋쇠의 장식이 붙어 있었다.

전부 차례로 조사해 보고 그는 지금까지 자기를 눈으로 쫓고 있던 메리쪽을 향했다.

"어쨌든, 잘 도망칠 수 없을 것 같군." 하고 그는 억지로 웃는 얼굴을 지으면서 말했다.

"이곳은 옛날 성채의 무기고로 사용하던 곳 같아…… 아마 여기는 화약이 저장되어 있었을 거야. 저 조그만 구멍이 실제로는 배기구 역할을 하고 있지…… 그러나 이런 곳을 빠져나갈 수 있는 것은 쥐새끼 정도일 거야."

그는 자신들이 놓여진 현재 입장을 웃음의 소재로 하려고 소용없는 노력을 해보았다는 것, 이곳에서 도망가는 길을 만드는 데는 다이너마이트 한 상자 정도는 필요하다는 것을 지나칠 만큼 알고 있었다.

그녀는 밝고 깊은 눈을 하고 그를 바라보았는데 그 눈길에는 젊음이 충만하고 신선한 기운이 빛나는 것 같았다.

"어때요, 선생님의 어깨 상처는?"

"어제 녀석들이 몹시 때렸으니까."

"로버트, 당신, 잠깐 나에게 보여 주시지 않을래요?"

그가 아직 상의를 입고 있지 않았기 때문에 그녀는 살그머니 우스꽝스러울 정도로 쭈뼛쭈뼛하면서 그의 와이셔츠 속으로 손을 밀어 넣었다. 어깨는 지독히 부어 있었고 아픔이 대단함에는 틀림없었지만 그녀의 차가운 손가락으로 뜨겁게 부풀은 살갗을 만지자 좋은 기분이 되었다.

"로버트." 하고 그녀는 떨리는 듯한 목소리로 속삭였다.

"어깨뼈가 부러진 것 같아요."

"정말?"

그는 희미하게 미소 지으면서 말했다.

그녀는 보통 때와는 다른 눈길로 계속 그를 보고 있는데 자신의 몸에 걸치고 있던 비단 숄을 벗어 숙련된 솜씨로 그의 팔을 완전히 몸에 결합시켜 움직이지 않도록 잘 고정시켰다. 그것은 멋진 것이었기 때문에 로버트는 아주 기분이 좋게 되었다.

"이번에는 어때요? 아직 아파요?" 하고 그녀는 염려스럽게 물었다.

그는 아무 것도 아니라는 식으로 팔을 그녀의 허리에 감으며 그녀의 입술에 키스를 하고,

"아주 좋아졌어." 하고 분명하게 말했다.

"지금 바라는 것이 있다면 우선 멋진 아침 식사지. 무엇을 주문할까요? 커피에 토스트, 거기에 약간의 베이컨을 넣은 과자가 어떨까?"

그녀는 어설프게 웃는 얼굴을 만들었다.

"어제는 난 물과 콩을 조금 받았어요."

"그것이 몇 시경?"

"아침 일찍요. 바로 지금 때쯤."

"누가 가져 왔지?"

"카스트로요…… 그 사람, 낮에는 여기 있고, 밤이 되면 다른 사람과 교대해요."

그녀는 말을 끊었다.

"그렇더라도 그 사람, 나에게 좀더 맛있는 것을 갖다 주지 않았을지라도 불쌍한 것 같았어요."

"카스트로가!" 하고 로버트는 느닷없이 외쳤다.

"저 귀머거리 병신 녀석이?"

그녀는 천천히 끄덕여 보였다.

"그 사람, 얼굴에 끔찍한 상처가 있어 차마 두 번 다시 보고 싶지 않을 정도로 끔찍하니까 이런 말 하면 이상하게 들릴지 모르지만…… 그렇지만 난 그 사람은 다른 무리들과는 다르다는 느낌을 지울 수가 없었어요…… 잘못된 길로 빠져 버렸지만 본성은 착한 게 아닐까ㅡ. 결코 나쁜 사람은 아니예요. 더 스자는 그 사람을 난폭하게 부리고 있지요. ㅡ여기로 끌려 오던 날 나는 내 눈으로 보았으니까."

"좋아, 알았어." 하고 로버트는 말했다,

"녀석이 이곳에 찾아오면 베이컨 에그를 만들어 달라고 부탁해 보지."

그러나 눈물이 나올 정도로 열심히 밝은 모습을 지어 보여도 그녀를 그런 기분으로 동화시킬 수가 없어, 그 때문에 로버트는 점점 의기소침하게 되어 방안을 왔다갔다 했다. 그리고 아무 생각 없이 쇠창살을 철봉으로 두드려 보거나 두텁고 완강한 문짝을 두드리거나 했다. 지금까지 읽은 적이 있던 탈옥 이야기 등은 지금의 그에게 있어서는 너무나 복잡하거나 지나치게 애매하게 써 있을 뿐이라서 생각하기도 무의미하고 거짓투성이었다. 그에게는 줄칼 하나, 열쇠 하나 있지 않았고 또 주머니칼이나 성냥곽조차 갖고 있지 않았다. 만일 양쪽 팔은 만족스럽게 움직인다 하더라도 이곳에서 빠져나갈 수 있는 체력은 못된다고 생각되었다. 그런데 지금 그가 사용하고 있는 팔은 한 개뿐인 것이다. 안돼, 용감하고 두려움을 모르는 영웅 역할을 연기하는 것은 지금의 자신으로선 할 수 있다고 생각하지만 근본적으로 잘못돼 있는 것이다.

그런데, 그런 신랄한 기분이 아직 마음속에 자리잡고 있었기 때문에, 아까 카스트로에 대해서 메리가 말한 말을 귀담아들으려고 하지 않았다. ─그리고 죽고 싶을 정도로 미쳐, 너무나 올바른 정신이라고는 생각할 수 없는 사고가 갑자기 떠올라 왔다. 물론 농아자인 카스트로는 주인인 더 스자의 명령하에 있을 테니까 누가 뭐라고 말하던 두 사람을 도망시켜 주리라고는 생각할 수 없다. 그러나, 어쨌든 구슬려서 간접적으로 도움을 받게 되면 생각지 않은 이득을 얻으리라─카스트로 자신을 위험에 빠뜨리는 일조차 피하지 않는다면, 그런 계획으로서 성공한다는 것은 만에 하나가 될지도 모른다. —그런 정도의 일은 로버트도 잘 알고 있다. 그러나 자기들 두 사람이 이러지도 저러지도 못하는 현재의 상황에서는 어떤 일이라도 시도해 보지 않고 앉아서 당할 수는 없는 것이었다.

그는 바닥에서 웃옷을 주워들자 급히 주머니 속을 조사해 보았다. 그리고 디어 루시아가 준 보석을 바라보고 안도의 한숨을 내쉬었다. 다른 주머니에서 만년필과 오래된 처방전을 꺼냈다. 그리고서 자기들 두 사람이 있는 장소와 지급으로 구조를 요청한다는 짧은 말을 적어 넣었다. 그는 그 종이를 잘 접자 커다란 글씨로 '그랜드 람브' 라고 썼다. 그것이 끝나자 앉아서 뭔가 불안한 기분을 진정하려고 했다.

카스트로는 오랫동안 모습을 나타내지 않았다. 너무나 길게 기다렸기 때문에 그동안 로버트는 녀석이 이제는 오지 않을 것이라는 느낌이 들기 시작할 정도였다. 아직 이른 아침이고 하루가 시작되었을 뿐이니까 하고 확실히 자기 눈으로 보고 있는 데도 1분 1분 지나가는 그 늦음에는 견디기 어려움이 있었다. 이윽고 이제는 희망이 모두 사라져 버렸다고 생각하고 있을 때 그의 귀에 누군가 계단을 올라오는 발자국 소리가 들렸다. 문이 열리고 카스트로가 들어왔다.

카스트로는 '해방군' 이라는 하얀 완장을 두르로 허리에는 어젯밤 더 스자가 한 것 같은 옛날식 탄띠를 차고 있었다. 뒤쪽으로 문을 닫자 물을 넣은 항아리에 콩과 쌀을 섞은 것과 빵을 한 개 자른 것이 놓인 쟁반을 직접 땅바닥에 놓고 물끄러미 두 사람에게 눈길을 주었다.

그의 눈에는 어떤 일이 있어도 너희들은 도망칠 수 없다는 경계심이 있는 것을 알았지만, 그러나 로버트는 그 눈 속에 무언지는 모르나 자신에 대한 증오의 마음을 조금 잠재우고 있지 않다는 것을 확신했다. 로버트는 자리에서 일어나자 창문 가까이까지 갔다. 그리고 디어 루시아의 보석을 손에 들어 그것을 카스트로에게 보이며 이쪽으로 오라는 제스추어를 했다.

그 효과는 놀라운 것이었다. ─카스트로는 천천히 다가와서 마법에 걸린 것처럼 그 파랗고 작은 보석을 멍청히 바라보고 있었는데 표정은 믿을 수 없을 정도로 놀라움을 나타내는 것이었다. 로버트는 만일 카스트로가 잡아채는 경우 보석을 창으로 던져 버릴 작정이었다. 그러나 그런 염려는 기우에 지나지 않았다. 그 이유는 확실히 카스트로는 보석을 훔치거나 하면 마력도 그 효과도 없어진다는 것을 잘 알고 있었기 때문에…… 그리고 또한 이것을 선물로 받는 경우에만 기적을 만들어 내는 힘이 있다는 것도 알고 있었던 것이다.

그리고 카스트로는 마치 개가 뼈다귀를 보면 그 장소에서 움직이지 않게 되듯이 오로지 보석을 갖고 싶다는 식으로 계속 응시하고 있었기 때문에 로버트는 아까 써 둔 종이조각을 그 보석 옆에 두었다.

카스트로는 바로 삼킬 듯이 가까이 다가왔다. 그런데 그랜드 람브라는 글자를 읽자 약간 뒤로 물러나서 세차게 머리를 옆으로 흔들었다. 로버트가 아무리 유혹해도 카스트로는 데 프리스가 있는 곳으로는 가지 않을 거라는 것을 알아차렸다. 그래서 로버트는 수신인을 '카라한 귀하. 폰세카 호텔 내' 라고 고쳐 썼다. 재빨리 그것을 읽더니 카스트로는 표정을 바꿔 가능성을 이것저것 신중히 생각하고 있는 듯했다. 아무래도 카스트로가 더 스자를 두려워하고 있다는 것은 눈에 보였지만 그렇더라도 보석을 손에 넣고 싶다는 욕망도 엄청난 것이었다. 마침내 카스트로는 결심한 듯이 보석과 총이를 손에 집자 로버트의 눈 속을 바라보더니 고개를 끄덕여 보였다. 그리고서 발을 돌려서 방에서 나갔다. 문은 카스트로 뒤에서 닫히고 좌물쇠가 잠겼다. 카스트로가 방을 나갔을까말까 하는 사이에 두 사람은 레누 마리쪽에서 멀리 총성이 들려오는 것을 들었다. 총성으로부터 약간 사이를 두고 계속되는 일제 사격 소리가 들려 왔는데 그 사이를 뚫고 '다다다다' 하는 기관총의 세찬 스타카토가 섞여 있었다. 거짓처럼 적막함이 그것의 뒤를 이어 계속되고 있다고 생각하자 다시 총성이 미친 듯이 일어나고—이번에는 섬 여기저기에서 동시에—시끄러움이 드세게 일어나는 것 같았다.

"위로가 시작된 것 같군." 하고 로버트는 싱싱한 목소리로 말했다.

"어쨌든, 우리들은 이곳에 안전하게, 그것도 기분 좋게 숨어 있으니까 이제부터 아침 식사라도 하면 좋을 거야."

그는 음식이 든 쟁반을 가지고 벤칠레가 있는 곳으로 가서 그 옆에 앉았다. 그녀는 아무 것도 먹고 싶지 않아 했지만 그러나 쌀을 약간 억지로 씹도록 시켰다. 그리고서 두터운 빵가죽을 물에 넣어 부드럽게 해서 그녀도 먹을 수 있도록 준비를 해주었다. 그녀의 안색은 너무나 나쁘고 눈 아래에 푸른빛을 띤 그늘이 생겨 이미 저항력도 없어져 버린 듯이 보였다. 그 자신도 아무리 보아도 기분이 좋다고는 말할 수 없었다. 그렇더라도 그는 어떻게 하든 두 사람을 둘러싸고 있는 절망적인 기분과 열심히 싸워 그녀를 설득시켜 일어서서 함께 방안을 왔다갔다 하는 운동을 시작했다. 육체를 움직이는 일로 생명력을 깃들이게 한다는 것은 정말로 비극적인 노력이었다.

그렇더라도 그 덕택으로 그녀의 혈색이 좋게 되어 양 뺨에 얼마쯤 생기가 돌아오게 되었다. 때때로 그는 창 있는 곳에 멈춰 서서 큰소리를 쳐서 도움을 요청했다. 물론 이렇게 동네와 멀리 떨어져 있는 곳에서 그와 같은 자신의 목소리가 누군가 친한 사람의 귀에 들어가지 않으리라는 것은 너무나도 잘 알고 있었다. 두 사람이 다시 자리에 앉자 그는 벤칠레에게 무엇이든 이야기를 시키려고 버몬드의 일, 에딘버러라든가, 캐링톤이라든가, 맥시의 일을 이야기했다. ─무엇이든 화제를 삼아서 이야기했다. 그런데, 다만 현재 자신들이 놓여져 있는 이 절망적인 입장의 이것만을 화제로 삼지 않았다. 그녀는 스코틀랜드에서 그가 태어나서 살아온 것에 대해 더욱 알고 싶어 했기 때문에 구걸하듯이 자란 자기의 소년시절과 땅의 아름다움을 합쳐서 이야기해 주었다.

전투의 소동은 약간 조용해진 듯이 오직 파도소리만 들려올 뿐이었지만 로버트는 점점 자신의 무력감을 강하게 의식하기 시작했다. 밖에는 행동이 벌어지고 있는데 자신은 자기의 어리석음으로부터 무능하다는 판결을 받고 이렇게 여기서 덫에 걸린 쥐새끼처럼 처박혀 있는 것이다. 자기 자신에게 완전히 정이 떨어진 결과 불만도 더 이상 억제할 수 없게 되어 이제까지 자신이 취한 행동이라든가, 하려고 생각했다가 실패한 일을 하나하나 스스로 비난하기 시작했다. 그런데 벤칠레 간호사는 그런 말을 잠자코 들으려고 하지 않았다. 그녀는 계속 그의 눈을 바라보았다.

"그래요, 자유스런 몸이 되어 함께 싸운다면 그것은 좋은 일에 틀림없지요. 그러나 이제부터 우리들 몸에 일어날 일을 각오하고 기다리는 쪽이 더 용기 있는 일이 아닐까요!"

시간은 모르는 채 지나가서 태양이 기울기 시작하는 저녁 가까이 되어 총소리는 마침내 멀어져 갔다. 드문드문 나던 사격소리도 점점 멀어져 완전히 조용하게 바뀔 때까지 두 사람은 긴장된 기분으로 귀를 기울이고 있었다. 그러나 여기저기 사격이 계속되던 뒤의 이 고요함은 오히려 두 사람의 마음을 더욱 압박함과 동시에 나쁜 징조처럼 생각하게 만들었다. 두 사람은 오랫동안 잠자코 앉아 있었다. 이윽고 로버트가 입을 열었다.

"뭔가 쪽지가 올 것 같은데…… 어쩌면."

"예, 그래요?" 하고 그녀는 말하고, 그리고서 또 작은 목소리로 속삭였다.

"로버트, 난 당신을 사랑하고 있어요."

그러는 동안 어둡게 되어, 밤의 어둠이 스며들기 시작하자 그는 점점 신경이 예리하게 되는 것을 느꼈다. 그는 더 이상 평정을 지키고 자제심은 갖는 것도 어려웠다. 등을 벽에 대고 두 사람은 말없이 어둠 속에서 서로 몸을 의지한 채 계속 앉아 있었다. 그녀는 자신의 머리를 그의 듬직한 가슴에 기대고 있었다. 이제부터 두 사람을 기다리고 있는 것이 무엇일까, 전혀 상상조차 할 수 없는 일이었다.

20

황혼이 눈 깜짝할 동안에 지나가고 깊은 적막 가운데 밤의 날개가 내리기 시작했다. 로버트가 소란스러운 사람들의 목소리를 들었을 때는 이미 어두워지고 있었다. 구출 받는다는 희망이 확 살아옴과 동시에 가슴이 거세게 고동치기 시작했다. 그는 재빨리 일어나서 가슴을 진정시키며 쇠창살을 통해 짙은 어둠을 바라보았다. 희망은 덧없이 사라져 갔다. 찾아온 것은 카리브인뿐이었다. 싸움에 지치고 피로해서 돌아온 것이다. 발소리로 추측하니 한 사람 내지는 두 사람으로, 이쪽으로 오는 것은 다시 지하실로 모이는 것임이 확실했다.

로버트는 배기구멍 틈의 감시 장소에서 그들 사람 수를 세어 볼 작정이었지만 지하실은 아직 등불이 켜져 있지 않았기 때문에 누워 있거나 기대 있음에 틀림없는 모습이 희미하게 보일 뿐이었다.

"녀석들, 또 이쪽으로 찾아오고 있어." 하고 그는 벤칠레에게 살그머니 속삭였다.

"거기다 기분도 대단히 좋지 않은 것 같애."

"어쩐 일이지요?" 하고 그녀가 물었지만 그 어조로 보아 그녀도 이미 대답을 알고 있는 것이 느껴졌다. 로버트는 뭔가 즐거운 것 같은 말을 하려고 했지만 자신들이 놓여진 현재의 입장이 전망이 없는 것은 덮어 둘 수가 없었다. 그리고 그녀는 진실을 알고 싶은 것이라고 느꼈다.

"내 판단이 미친 것이 아니라면." 하고 그는 한숨을 쉬면서 말했다.

"아무래도 패전한 것 같애…… 그렇지만 저 무리들이 우리들에 대해서 지금까지보다 호의적이 된다는 것은 바랄 수 없지……."

"설혹 저 사람들이 이겼더라도……." 하고 그녀가 말했다.

"우리들에 대한 태도는 잘되지 않으리라고 생각해요. 어느 쪽이라 해도 이것만은 바뀌지 않아요, 이것만은."

통풍구에서 희미하고 약한 불빛이 비치었다. ─그들이 램프를 두 개 켠 것 같았다. ─그래서 로버트도 세밀한 것까지 모두 알 수 있게 되었다. 본래 이 무리는 20명이었는데 지금은 그 가운데 9명밖에 남지 않았고, 그 9명도 피로에 지쳤는지 그저 멍청히 앞을 바라보며 긴 의자에 앉은 채 빈둥빈둥 거리고 있을 뿐이었다. 수령은 어디로 갔는지 모습을 보이지 않고 있었기 때문에 로버트는 머리 속에서 그러면 녀석은 전투에서 사라져 버렸는지도 모른다고 생각했다. 그러나 그런 일루의 희망은 금방 사라져 버렸다. 더 스자가 상처 하나 없는 모습으로 방에 들어온 것을 확실히 보았던 것이다.

더 스자는 잠깐 입구에서 망설이듯이 서 있었지만 곧이어 긴장한 표정으로 자세를 갖추더니 예의 두려운 재단 아래에 있는 대 위로 올랐다. 그리고 대 위에서 완전히 의기소침해 버린 동지들 쪽으로 고쳐 향했다. 더 스자에게도 피로의 빛은 보였지만 그러나 그의 목소리는 여전히 격정적으로 높았다. 로버트는 말은 알아들을 수 없었지만 어조로 판단하니 더 스자가 뭔가 마술적인 주문을 띄우고 있다고밖에 생각되지 않았다. 그의 선동연설이 끝나자 잠깐 조용하게 되었다. 곧이어 나이가 든 사내가 한 사람 주춤주춤 앞으로 나와 뭔가 말을 했지만 어쩐지 그것은 거절하는 말 같았다. 그러자 세찬 말의 교환이 벌어져 어떤 자는 찬성을 표하고 어떤 자는 더 스자에게 반대를 나타냈다. 그러나 결국 모두 더 스자에게 동의하게 되었다. ― 더 스자는 동지들에 대한 지배권을 다시 잡은 것이다. 축복의 흉내 같은 제스추어로 더 스자는 양손을 머리 위로 힘있게 올렸다. 그리고 발을 돌리자 도어쪽으로 걸어가서 로버트의 시야에서 모습이 사라졌다.

"메리." 하고 로버트가 말했다.

"녀석은 반드시 이곳으로 오리라고 생각한다. 우리들도 정신을 차려서 태연한 모습을 보이지 않으면 안돼. 이번에야말로 죽느냐 사느냐다."

하루 내내 두 사람은 계속 기다려 왔다. 시간이 흐르는 것이 지나치게 길다고 생각되어도 하는 수가 없었다. 그러나 이제부터 5분간은 무한히 길게 느껴질 게 틀림없었다. 마침내 자물쇠가 열리고 문이 열려 더 스자가 들어왔다. 두 사람의 사내가 그를 따랐고, 그 가운데 한 사람은 바람에 견디는 칸데라를 들고 있었다. 그 번쩍번쩍하는 빛 사이로 로버트는 더 스자의 얼굴이 초연과, 재처럼 검게 되어 마치 돌같이 굳어져 있는 것을 보았다. 묘하게 인간 같다고는 생각되지 않는 눈길에서는 억지로 억제하려는 내심의 긴장감을 띠고 있었다. 죄수인 그들 두 사람을 오랫동안 줄곧 움직이지 않고 바라보고 있었는데 곧이어 분명하지 않은 어투로,

"우리들은 패배했다."

그렇게 단언한 후 잠깐 사이를 두고 나서 자신의 생각은 전혀 어디가 다른 세계에 있고 육체만 여기에 있다고 하는 모습을 하고 부자연스런 평정함을 지키면서 계속 말했다.

"내가 그린 미래도…… 이 섬을 해방한다는 그 미래도에 관해서는……."

그는 잠시 머뭇거리다가 말을 이었다.

"슬프다. 슬퍼, 말이 아닙니다. 우리들뿐만이 아니라ㅡ 당신들에게도 마찬가지입니다."

더 스자는 말을 멈추자 방은 정적이 감돌았지만 그 고요함 속에서 로버트는 자기가 말하는 음성을 들었다.

"이제 만사가 끝났다면…… 우리들을 더 이상 이곳에 잡아 두는 것은 아무런 쓸모가 없는 일 아닙니까?"

"그렇군요. 그러면 당신들은 어떻게 했으면 좋겠습니까?"

"우리들을 자유로 해주십시오. 두 사람 함께가 안된다면 꼭 미스 벤칠레만이라도 좋습니다."

"어쨌든 그것은 불가능한 것 같습니다."

이런 거절의 말을 하는 얼음 같은 냉정함을 보고 그것이 결정적이라는 것은 의심할 여지가 없었다.

"어떤 일이 있더라도 불가능합니다. 우리들의 세력은 상당히 손해를 입었습니다. ㅡ그래도 모두 상승하는 기분이라고 말할 수 있지요. 그들에 대한 내 입장을 확보하기 위해서라도 나로서는 당신 두 사람이 희생을 하여 보상받도록 주장하지 않으면 안됩니다."

"그러나, 어째서ㅡ무엇 때문에 뽑히고 뽑혀서 우리들이 보상을 하지 않으면 안되지요, 더 스자?"

"그 점에 대해서는 유감이지만 우리들 의견은 다른 것 같군요. 속죄의 의식에 의미가 있는지 없는지 그 판단을 하는 것은 희생물이 하는 것이 아닙니다."

무슨 뜻일까, 하고 로버트는 생각했다. 녀석은 미친 것이다! 우리들은 이제 끝났다. 그렇게 생각하는 것만으로 참을 수 없는 분노가 전신으로 퍼졌다.

"그런 미친 짓은 절대로 할 수 없습니다." 하고 절박한 기분으로 소리쳤다.

"절대로!"

더 스자는 들으려고 하지 않았다. 그의 깊은 눈길과 표정 없는 얼굴은 어떤 이유를 붙여서 설득하든 통하지 않는 상태에 있는 것을 나타내고 있었다. 그것은 망상에 사로잡혀서 현실의 벽을 뛰어넘어버린 인간으로밖에 보이지 않았다. 바른 정신을 잃어버린 것 같은 미소를 떠올리면서 더 스자가 말했다.

"정성된 의식에 참여하는 영광을 당신들에게 주지요. 다만 유감인 것은 이 의식이 시작되면…… 말하자면 불유쾌하고 또 최후에는 반드시 죽는다는 것이 정해져 있는 것입니다."

로버트는 이마에 차가운 땀이 솟았다.

"제발 미스 벤칠레만은 그런 놀이에 끼지 않도록 해주십시오!" 하고 그는 다시 반복했다.

"그렇지 않으면 반드시 자네도 지독한 맛을 보게 될 테니까!"

"지독한 맛이라고? —이 내가?" 하고 더 스자는 조소적으로 물으면서 머리를 푹 숙였는데, 그러자 로버트는 그의 눈에 하얀 것이 살짝 비추고 있는 것이 보였다.

"그럼 당신은 내가 여러 사람을 부리고 있다는 것을 잊었습니까? 난 여기서 절대로 권력을 잡고 있는, 그런 나의 손안에 당신이 잡혀 있는 것이지요."

"더러운 살인자의 손이라는 것인가?"

더 스자는 손을 두드렸다. 로버트가 몸을 피하려고 하기 전에 느닷없이 두 사람의 사내가 그를 노리고 달려와서 메리가 포대 대신에 감아 준 숄을 아픈 어깨에서 억지로 벗겨내자 그것으로 양손 모두 뒤쪽으로 돌려서 묶어 버렸다. 두 사람이 그런 동작을 하고 있는 동안에도 더 스자는 냉소하는 듯한 얼굴로 메리를 향하여 몸을 굽혀 보였다.

"당신쪽은 묶을 필요도 없는 듯하군…… 지금 그대로."

"어쩜 그렇게 비열한 인간일까? 당신은 오직 경멸할 가치밖에 없군요." 하고 메리는 차가운 음성으로 말했다.

"당신들이 어떤 무뢰를 범하더라도 우리들은 아무런 아픔도 느끼지 않아요!"

이것을 듣자 비로소 더 스자는 태연함을 잃은 듯 표정에 나타난 잔인함이 뚜렷이 보였다. 그리고 몸을 굽혀 장갑으로 메리의 얼굴을 세차게 때렸다. 두 사람의 사내에게 완전히 붙잡혀 몸을 흔들 수조차 없을 정도인 로버트는 메리의 예쁜 입술이 그의 구타로 슬금슬금 부풀어 오는 것을 오직 물끄러미 바라보고 있을 수밖에 없었다. 그녀는 눈에 눈물을 떠올렸지만 그러나 우는 소리하나 내지 않았다. 그 의연한 태도가 더 스자의 분노를 더욱 부채질하여 그는 두 사내에게 로버트와 메리를 곧 지하실로 데려가도록 명령했다. 제단의 바로 앞에 있는 긴 의자 위에 두 사람은 끌려가 앉혀졌다.

로버트는 위가 경련을 일으켜서 굳어지는 것을 느끼면서 마침내 올 때까지 왔구나, 이것으로 자신들도 끝나는 것이라고 생각했다.

두 사람은 안쪽에 있는 희미한 불빛 속에 있어 이미 살아날 희망은 무엇 하나 발견할 수 없었다. 자신들을 오직 한 사람 인간답게 대우해준 카스트로가 꼭 여기에 있어 준다면…… 카스트로는 죽어 버린 것일까? 녀석이 그 쪽지를 잘 전해 주었다면…… 그러나 지금은 그러한 가느다란 희망도 결국은 버리지 않으면 안되리라.

두 사내들은 석탄 화로에 불을 붙이려고 하고 있었는데, 다른 사람은 긴장해서 숨을 죽이면서 줄곧 그것을 지켜 보고 있었다. 무엇을 하는 것일까, 하고 로버트는 다시 생각했다. 마침내 녀석들은 자신들을 상대로 해서 피의 의식을 할 예정인 것이다. 어쨌든, 손을 쓰지 않으면 안된다. ……어떤 일이든 뭔가 하지 않고는. 순순히 두 마리의 어린 양처럼 자신들이 도살될 이유는 존재하지 않는다. 새빨간 불꽃이 기세 좋게 점점 불타오를 때 로버트는 옆눈으로 메리쪽을 슬쩍 보았는데 그녀는 입술을 부들부들 떨면서도 그의 옆에 반듯하게 몸을 일으킨 채 앉아 있었다.

"메리." 하고 그는 속삭였다.

"어떻게 하든 내 손을 풀어 주시 않을래? 결박이 그렇게 단단하지 않은 것 같으니까!"

그녀는 로버트가 말한 것은 알았지만 그런 느낌을 보이지 않도록 하기 위해서 그대로 움직이지 않고 있었다. 그로부터 몇 초 후 그는 그녀의 떨리는 손이 이미 숄을 헤집고 있는 것을 느꼈다. 어깨에 닿는 것만으로도 지독히 아픈 것 같았지만 그 아픔조차 지금은 좋아지게 생각되었다.

"빨리, 자 저기다⋯⋯." 하고 로버트는 그녀에게 속삭였다.

"좋아, 그것으로 됐어."

송진가루를 반 정도 손에 잡고 던지자 석탄불에서 하얀 불꽃이 팔랑팔랑 일었다. 코를 자극하는 것 같은 연기가 짙은 가스가 되어서 일어났다. 그 순간 어깨에 붉은 주단 망토를 입은 더 스자가 들어왔다. 의식용 정장으로 바꿔 입을 만큼의 시간이 없었던 것 같다. 더 스자는 급히 의식을 진행시킬 예정이구나, 하고 로버트는 절망적인 기분이 되었다. 아까부터 메리의 손은 의젓하게 숄을 계속 벗기고 있었다. 새삼스럽게 그녀에게 급하다고 말하려고 했을 때 갑자기 매듭이 풀린 것을 그는 느꼈다. 이것으로 자유가 되었구나, 하고 생각하면서,

"메리, 좋은가, 메리." 하고 속삭였다.

"이제부터가 최후의 기회다. 이 녀석이 실패하면 곧 눈을 감는다―. 녀석들이 하는 것을 보면 안돼, 어떤 일이 일어날지 모르니까⋯⋯. 잊으면 안돼, 우리들은 함께 있다는 것을."

더 스자는 이미 단에 올라가 있었다. 그러나 의식을 시작하기 전에 두 사람의 옆으로 다가왔지만, 어쨌든 자신의 악마적인 힘에 자신을 갖고 있는 모양이었다.

"각오는 되어 있겠지." 하고 더 스자가 말을 걸었다.

"자, 당신이 부탁했기 때문에 문을 엽니다."

로버트는 빛살처럼 빠르게 몸을 굽히자 느닷없이 왼손으로 더 스자의 허리띠에서 권총을 빼어 들었다. 무기를 손으로 잡은 일로 세력이 역전되었다고 느껴 잠시 로버트는 취한 듯

한 기분이 되었다.

이번에는 자신의 뜻대로 형세가 좌우될 수 있다! 그렇게 생각하면서 방아쇠를 세차게 당겼다. 한 번, 그리고 또 한 번. 그런데 아무 소리도 나지 않았다.— 권총에는 탄환이 들어 있지 않았던 것이다.

바로 그 순간—그가 하는 수 없이 괴로운 심정으로 그 자리에 못박힌 듯 서 있는 절망의 끝, 이미 아무런 손도 쓸 수 없는, 다만 메리와 자기 앞에 놓인 최후의 때를 기다릴 뿐이라고 체념하고 있을 때 지하실 속까지 커다랗게 울리는 목소리가 들려 왔다. —계속해서 후두둑후두둑 떨어지는 돌가루의 소리가 났다고 생각하자 그것도 나중에는 굉장한 파열음에 섞여 버렸다. 망연하게 바라보면서도 로버트는 더 스자의 얼굴 색깔이 갑자기 변하는 것을 보았다. 경악 때문에 크게 눈을 뜨고 이마에 떨어지는 땀으로 몸 전체가 쪼글쪼글 졸아드는 것 같았다. 곧이어 두 번째의 세찬 폭발음이 이어졌다. 바닥까지 흔들렸다. 나무 조각이랑 돌가루랑 유리 파편들이 공중으로 흩어지고 문은 방안으로 떨어졌다. 로버트가 나중에 생각나는 최후의 모습은 찰리 카라한이 권총을 한 손에 든 채 많은 경찰들 앞에 서서 방으로 뛰어드는 모습이었다. —그리고 예의 단상에는 더 스자의 맥없이 쓰러진 모습이 있었다. 깊은 상처 구멍에서는 샘처럼 피가 넘쳐흘러 제단을 적시고 있었다.

21

그리고서 약 1개월 후—로버트는 회복해서 다시 일할 수 있게 되어 메소지스트 병원에서 근무하고 있었는데—비번 시간에 커피라도 마시려고 생각해서 맥시 상점으로 찾아갔다. 햇빛은 있었지만 아직 약간 추위를 느끼는 봄날 오후였다. 미풍이 허드슨 강에서 불어와서 자동차 도로 위의 포플러의 어린잎들을 흔들고 있었다. 병원을 빠져나와 신선한 공기를 마시니 기분이 좋았다. 어젯밤은 외과학회의 집회가 개최되어 캐링톤 박사가 개회사를 하는 도중에 그에 대해서 상당히 호의적인 말을 여러 번 해주었다. 그 뒤 그와 메리는 카라한과 나탈리를 동반해서 린디에서 저녁 식사를 했다. 이 두 사람은 지각 신혼여행길중에 뉴욕을 찾은 것이다. 산 페리페에서 온 데프리스에 관한 최근의 보고에 의하면 섬은 완전히 평온을 되찾았고 데프리스의 건강상태도 좋다는 것이었다.

그리고 로버트가 맥시의 커피 상점으로 들어가자 주인인 맥시로부터 다소 과장스럽지만, 그렇더라도 놀랍다는 어투로 기쁜 듯한 인사를 받았다.

"여, 선생! 오랜만입니다!"

그렇게 말하고서 맥시는 아직 붕대로 묶여 있는 로버트의 팔을 바라보았다.

"그것은 도대체 어떻게 된 일입니까?"

"아, 이거요······ 이상한 곳에서 발을 잘못 디뎌서."

"후헤헤, 그 정도라면 아무 것도 아니군요!" 하고 맥시는 대수롭지 않게 말했다.

"그런데 자네쪽은 어떤가, 맥시? 장사는 잘되는가?"

"덕분에, 그럭저럭 되지요. 선생, 그런데 뭘로 하시겠습니까, 커피?"

로버트는 끄덕여 보였다.

작은 상점 안은 다른 손님이 없었기 때문에 두세 마디 더 맥시에게 말을 걸고 나서 로버트는 커피를 받자 안쪽 테이블에 걸터앉았다. 그리고서 금방―그가 약간 허리를 굽혀 커피를 마시려고 하자마자―밖의 도어가 열리고 벤칠레 간호사가 들어왔다. 그녀는 카운터 앞 의자에 걸터앉았다. 운동화를 신고 테니스 라켓을 갖고 있었다. 그런 그녀의 모습을 슬쩍 보자 그의 심장을 쿵쿵 고동을 빨리했다. 맥시는 감격해서 그녀에게 인사를 했다.

벤칠레 간호사는 아직 로버트가 있는 것을 눈치채지 못하고 있었다. 카운터에 양 팔굽을 붙인 채 조용히 메뉴를 보고 있었다. 그리고 바나나 아이스크림의 더블을 초콜릿 샌디로 해서, 하고 주문했다.

"오랫동안 버몬드에 계셨군요, 미스 벤칠레."

조롱하는 듯이 눈을 깜빡이면서 그녀는 맥시의 얼굴을 계속 바라보았다.

"그렇게 길었나요?"

"상당히 길었어요. 무슨 일이 있었습니까?"

벤칠레는 초콜릿 샌디를 맛있게 혀로 핥았다.

"아저씨에게 이야기해도 좋을지 어떨지 모르지만……."

"말씀하세요, 벤칠레 양. 아무 것도 염려하실 것 없어요! 이야기해 주십시오."

"좋아요, 그럼−나는요, 약간 여행을 했어요. 맥시, 아주 못된 일도 때로는 있었어요. −하지만 이번 여행은 세계 속의 무엇과도 바꿀 수 없을 정도였어요!"

"그랬습니까?"

맥시는 그녀의 이야기가 무슨 말인지 알 수 없어서 햄버거 스테이크를 뒤집는데 사용하는 포크 자루로 머리를 두드렸다. 그런데 갑자기 그는 중대한 일이 생각났다.

"그런데 벤칠에 양, 그 메플 시럽은 어떻게 되었습니까? 버몬드 토산품을 갖다 주시겠다고 했는데."

"아, 미안해요, 맥시. 토산품 시럽을 염려할 만큼 여가가 없었어요. 그러나 또 하나 허락받고 싶은 것이 있는데……."

그녀는 아이스크림을 한 숟갈 입으로 가져갔다.

"내 웨딩 케이크를 전부 당신에게 부탁하고 싶은데."

"뭐라구요? 결혼합니까?"

그는 로버트 쪽으로 얼굴을 향하면서 소리쳤다.

"들었겠지요, 선생? 어째서 선생은 축하의 말을 한마디도 하지 않습니까?"

"그럴 필요가 있을까?"

로버트가 대답했다.

"자네 지금 질문에 대한 내 의견을 정말로 알고 싶겠지? 미인 간호사와 결혼하는 녀석은 머리가 어떻게 된 녀석뿐이니까."

"그렇게 실례되는 말은 그만둬 주십시오. 스코틀랜드 사람인 주제에. 자 축하의 말을 해주십시오！"

"아, 알았어요. 자네가 말하라고 하면 할 수 없지." 하고 로버트는 대답하고 휘청휘청 카운터 쪽으로 향했다.

"잠깐 실례합니다, 간호사 양—당신이 결혼할 상대인 그 불행한 녀석은 어디에 누구입니까?"

그녀는 스푼을 아래로 내리고 그가 잘 알고 있는 눈길로 로버트의 눈 속을 바라보며,

"그것을 알리고 싶은데요." 하고 웃으면서 말했다. 그리고 이번에는 양팔을 그의 목에 감고 입술에 뜨겁게 키스를 했다.

그때 엄청난 소리에 두 사람은 느닷없이 일어났다. 놀라 버린 맥시가 카운터에서 커피잔이랑 접시를 떨어뜨렸던 것이다.

사랑과 죽음의 카르테

2019년 11월 05일 인쇄
2019년 11월 10일 발행

지은이 | A. J 크로닌
옮긴이 | 최 봉 식
펴낸이 | 김 용 성
펴낸곳 | **지성문화사**
등 록 | 제5-14호(1976.10.21)
주 소 | 서울 동대문구 신설동 117-8 예일빌딩
전 화 | 02)2236-0654
팩 스 | 02)2236-0655, 2236-2952

정 가   15,000원